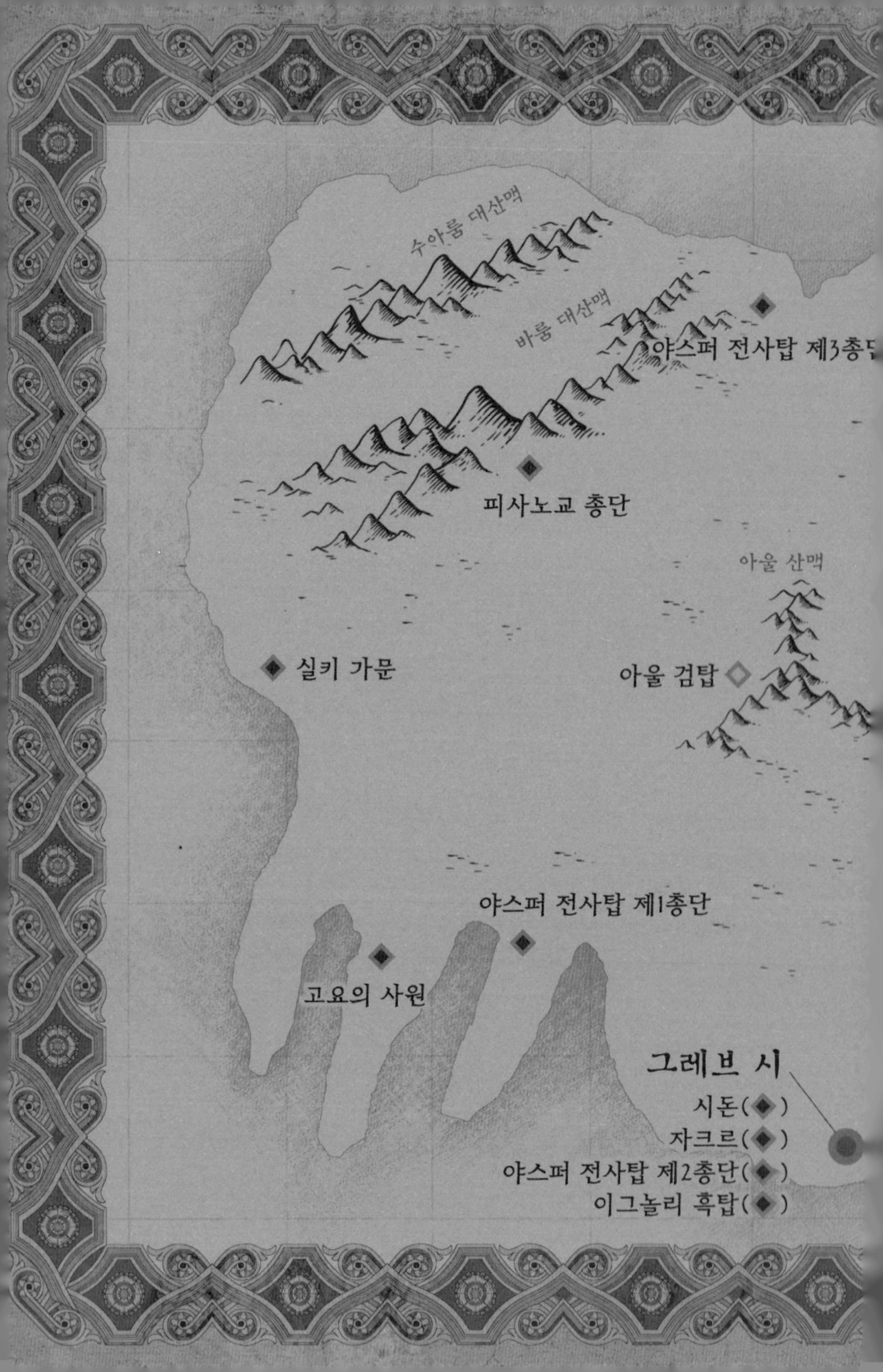
수아룸 대산맥
바룸 대산맥
야스퍼 전사탑 제3총단
피사노교 총단
아울 산맥
실키 가문
아울 검탑
야스퍼 전사탑 제1총단
고요의 사원
그레브 시
시돈( )
자크르( )
야스퍼 전사탑 제2총단( )
이그놀리 흑탑( )

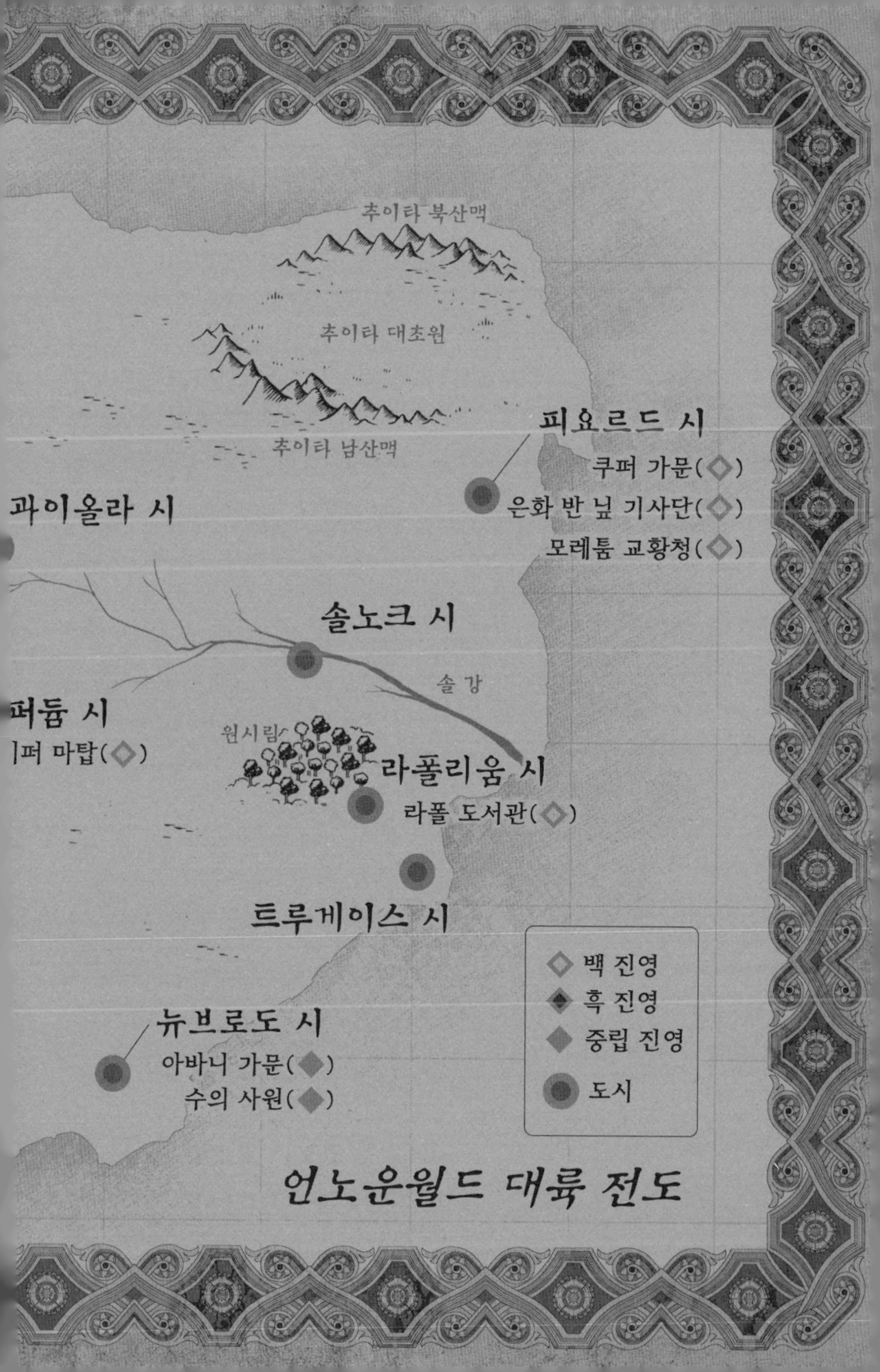
추이타 북산맥
추이타 대초원
추이타 남산맥
피요르드 시
쿠퍼 가문(◇)
은화 반 닢 기사단(◇)
모레튬 교황청(◇)
과이올라 시
솔노크 시
솔 강
퍼듐 시
마탑(◇)
원시림
라폴리움 시
라폴 도서관(◇)
트루게이스 시
뉴브로도 시
아바니 가문(◆)
수의 사원(◆)
백 진영
흑 진영
중립 진영
도시
언노운월드 대륙 전도

ORIGINAL FANTASY STORY & ADVENTURE

쥬논 판타지 장편소설

dream
books
드림북스

이탄 30 대전쟁이 시작되다 I

초판 1쇄 인쇄 2022년 7월 7일
초판 1쇄 발행 2022년 7월 28일

지은이 쥬논
발행인 오영배
편집 편집부
일러스트 필연
표지 · 본문 디자인 오정인
제작 조하늬

펴낸 곳 (주)삼양출판사 · 드림북스
주소 서울시 강북구 도봉로 173
대표 전화 02-980-2112 **팩스** 02-983-0660
편집부 전화 02-987-9393 **팩스** 02-980-2115
블로그 blog.naver.com/dreambookss
출판등록 1999년 3월 11일 제9-00046호

ISBN 979-11-283-7149-3 (04810) / 979-11-283-9990-9 (세트)

+ 이 도서의 국립중앙도서관 출판시도서목록(CIP)은 서지정보유통지원시스템홈페이지(http://seoji.nl.go.kr)와 국가자료공동목록시스템(http://www.nl.go.kr/kolisnet)에서 이용하실 수 있습니다.

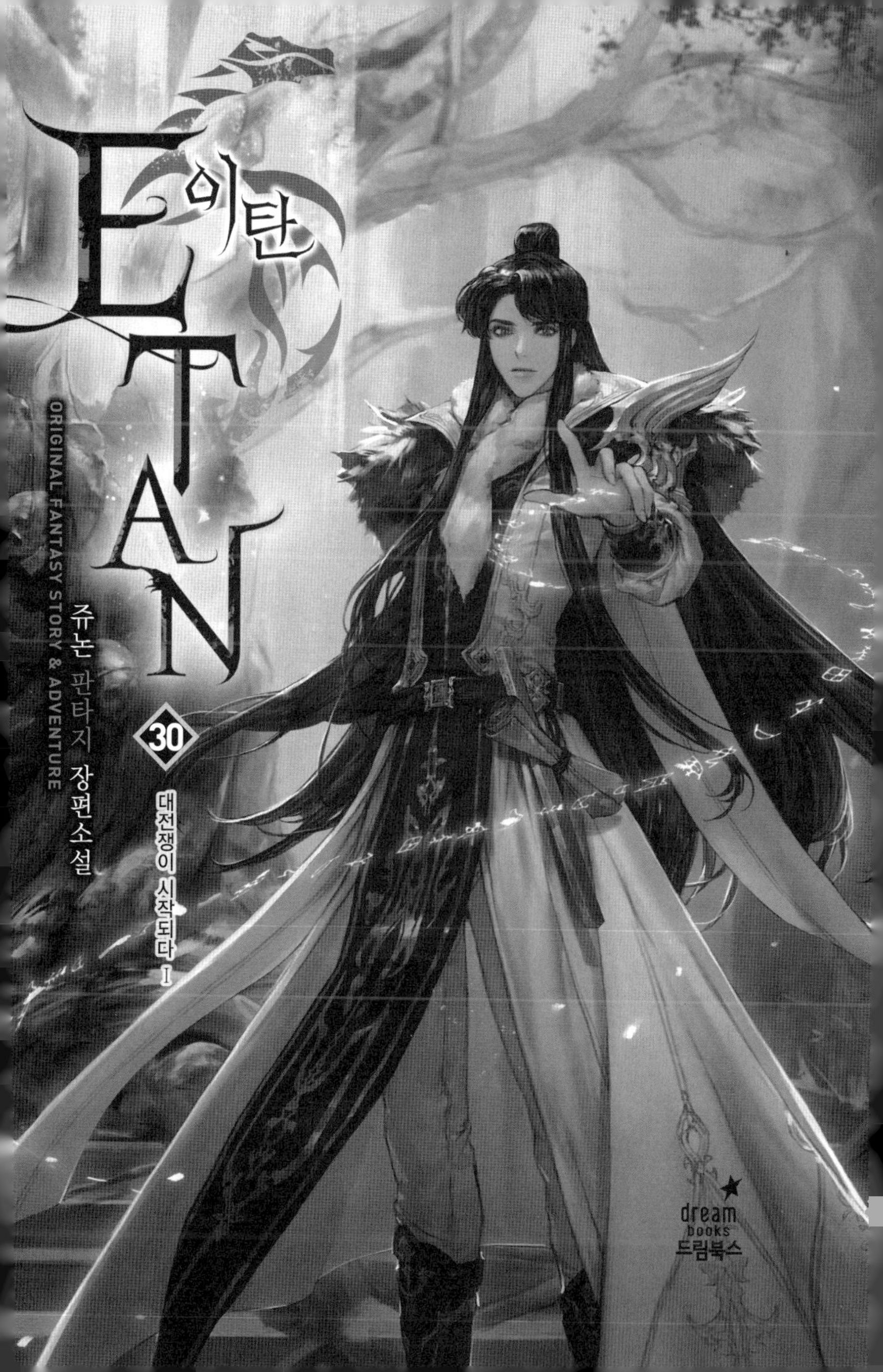

ETAN
이탄
ORIGINAL FANTASY STORY & ADVENTURE
쥬논 판타지 장편소설
30
대전쟁이 시작되다 I
dream books
드림북스

목차

부제: 언데드지만 신전에서 일합니다

사대신수

『성혈의 바하문트』

—신수: 날개 달린 사자

—상징: 공포

—속성: 흙(土), 피(血)

『불과 어둠의 지배자 샤피로』

—신수: 광기의 매

—상징: 탐욕

—속성: 불(火), 어둠(暗), 나무(木)

『포식자 하라간』

—신수: 투명 마수

—상징: 타락, 나태

—속성: 얼음(氷), 균(菌), 물(水)

『둠 블러드 이탄』

—신수: 냉혹의 뱀

—상징: 파멸

—속성: 금속(金), 빛(光)

발췌문

콘의 본래 이름이 곤이라더라.

퀀의 본래 이름은 권이라더라.

권이 만든 쿤룬의 본래 명칭은 곤륜이라더라.

이는 내가 곤에게 직접 들은 발음이니 틀림이 없다.

곤과 권은 원래 서로를 잘 아는 사이였고, 둘 다 같은 곳에서 왔으며, 지향하는 목표도 동일하다.

다만 둘 사이에는 결코 합쳐질 수 없는 간극이 존재한다.

권의 고향은 곤륜이기에 그는 고향을 그리워하여 쿤룬을 만들었다. 곤의 고향은 요도이기에 그는 옛 친구를 그리워하여 옛 친구의 흔적을 세상에 남겼다.

곤은 권이 쿤룬을 조직할 때 배척하지 않았다.
권은 곤이 벌이는 일을 위험하다고 싫어했다.

—먼 훗날 이탄이 남긴 낙서 가운데 발췌

제1화

반역

Chapter 1

이탄은 말을 빙빙 돌리는 것을 싫어했다. 그는 직설적으로 원하는 바를 콕 찍어서 문서로 회람을 돌렸다.

— 빛의 수호용을 찾아내기 위해서는 동족이 필요하다.

— 따라서 각 군벌이 보유한 수호룡을 전폭적으로 지원해 달라.

이탄이 돌린 문서의 내용을 요약하면 딱 위와 같았다.

지금까지 군벌들은 수호룡에 대해서 뚜렷하게 밝힌 적이

없었다. 수호룡에 관한 것은 늘 극비 중의 극비였다.

한데 이탄은 각 군벌들이 수호룡을 보유하고 있다는 점을 기정사실화하면서 대놓고 지원을 요청했다.

다른 군벌들은 그 자리에서 즉답을 주지는 못하였다. 수호룡에 관한 일은 결코 즉흥적으로 처리할 수 없는 까닭이었다. 이는 그만큼 각 군벌에서 수호룡이 차지하는 비중이 높다는 의미이기도 했다.

수호룡의 무력도 무력이지만, 그보다는 상징적인 의미가 더 컸다.

과거 쥬신 대제국이 전성기를 구가하던 시절, 수호룡은 제국의 절대권력을 상징했다. 수호룡 자체가 황제의 상징이나 다름없었다.

지금 각 군벌의 총수들도 과거의 풍습을 본떠서 수호룡을 통수권의 상징으로 삼았다. 그러니 이탄의 요구에 선뜻 응답이 힘든 것이다.

하지만 딱히 반대의 목소리도 나오지 않았다.

'대지의 소서러가 우리 군벌의 수호룡을 영구히 달라는 것도 아니잖아. 그는 그저 패황의 후계자를 탐색하기 위해서 수호룡의 지원을 요청한 것뿐이라고. 한데 그 정도 요구마저 거절할 수는 없지 않을까? 대지의 소서러는 조만간 패황의 후계자와 정면으로 맞붙을 사람이잖아. 그가 짊

어져야 할 희생과 수고로움에 비하면 수호룡을 빌려달라는 요구는 절대 과도하지 않아.'

릴리트는 곰곰이 고민한 결과 이와 같은 판단을 내렸다.

다만 수호룡에 대한 결정권은 릴리트에게 있지 않았다. 그것은 빅토리아 여왕의 뜻대로 결정할 수 있는 일도 아니었다. 다른 무엇보다도 위대한 존재, 즉 번개의 수호룡의 의지가 중요했다.

'으음. 위대한 존재께서 참전을 거부하시면 강제할 방법이 없는데. 이걸 어쩐다?'

릴리트는 곤혹스러운 표정으로 아랫입술을 깨물었다.

곤혹스럽기는 시어드도 마찬가지였다.

에디아니 군벌의 수호신인 물의 수호룡은 시즈너 가문과 맹약을 맺어왔다.

그런데 맹약의 당사자인 로크 가주는 타계했고, 그 아들 시어드는 아직까지 물의 수호룡으로부터 선택을 받지 못했다.

하니 시어드의 입장에서는 이탄의 요청에 선뜻 응답을 할 수가 없을 터.

'우선은 위대한 존재에게 뜻을 여쭤볼 수밖에 없겠구나. 부디 물의 수호룡께서 도움을 주시면 좋을 텐데.'

시어드는 마음속으로 이렇게 중얼거렸다.

한편 에니세이의 낯빛은 시커멓게 죽었다.

'현재 얼음의 수호룡이 실종 상태인데, 이걸 어쩌지?'

코로니 군벌의 상징인 얼음의 수호룡은 최근 빙제 알렉세이, 염제 발로바 등과 함께 자취를 감추었다.

'만약 알렉세이 님께 변고가 생겼다면 위대한 존재에게도 문제가 발생했을 가능성이 높아. 어쩌면 알렉세이 님과 발로바 님께서는 패황의 후계자에게 당하셨을 지도 모른다고. 그때 위대한 존재도 빛의 수호룡에게 당했으려나?'

예니세이는 조심스럽게 이런 추측을 해보았다.

아무래도 알렉세이 실종 사건의 배후에 쥬신의 잔당들, 특히 패황의 후계자가 도사리고 있을 가능성이 높아 보였다.

문제는 이 사실을 외부에 밝힐 수가 없다는 점이었다.

'어우 젠장. 대지의 소서러에게 뭐라고 둘러대지? 어떤 핑계를 대야 그가 납득을 할까? 다른 군벌들은 수호룡을 지원하는데 왜 코로니 군벌만 뭉그적거리느냐고 대지의 소서러가 다그쳐 물으면 뭐라고 답을 해야 하지? 어구구.'

안절부절못하는 예니세이에 비해서 고골의 표정은 한결 편안했다. 마침 고골에게는 둘러댈 핑계가 있었다.

"대지의 소서러께 미리 양해를 구하고자 합니다. 이미 뉴스를 통해서 보셨겠지만, 최근 우리 카르발 군벌은 패황의 후계자를 자청하는 무뢰배로부터 급습을 받았습니다.

안타깝게도 우리의 태양이신 콜링바 님께서는 그 무뢰배 놈과 싸우다가 부상을 입으셨지요. 또한 검은 대륙의 수호신인 수목의 드래곤께서도 빛의 수호룡과 싸우다 부상을 입어 거동이 편치 않습니다. 여기 계신 모든 분들께 송구하나, 우리 카르발 군벌은 대지의 소서러께 수호룡을 지원하기가 어렵습니다. 대신 우리 군벌에 다른 일을 맡겨주면 최선을 다해 미션을 해내겠습니다."

고골은 진실과 거짓을 적당히 섞어서 설명했다.

콜링바와 수목의 수호룡이 패황의 후계자(이탄)와 싸운 것은 사실이었다. 다만 이들은 부상을 입은 게 아니라 아예 이탄에게 납치를 당했다.

이탄이 속으로 피식 웃었다.

'인정. 수목의 수호룡은 지원에 참여하지 않아도 돼. 그는 이미 내 손아귀에 있으니까. 그건 얼음의 수호룡도 마찬가지야. 너희 둘은 열외를 인정해주지.'

고골은 이런 속사정도 모르고 힐끗힐끗 이탄의 눈치를 살폈다.

이탄이 고개를 주억거렸다.

"아쉽지만 어쩔 수 없군요. 대신 쥬신의 잔당들과 대대적인 전투가 벌어졌을 때 검은 대륙의 전사들이 선봉에 서기를 기대합니다."

"물론입니다. 대지의 소서러께서는 부디 저희 군단을 가장 위험한 전장에 투입해주십시오. 수호룡을 지원 못 하는 대신 저희가 앞장서서 피를 흘리겠습니다."

고골은 기회를 놓치지 않고 덥석 미끼를 물었다.

예니세이가 재빨리 끼어들었다.

"대지의 소서러님……, 혹시 우리 코로니 군벌도 카르발과 같은 역할을 맡으면 안 되겠습니까?"

질문을 던지는 예니세이의 자세가 무척 쭈글쭈글해 보였다.

다른 군벌 사람들은 예니세이를 향해서 일제히 인상을 썼다.

이탄의 반응도 그리 편치 않았다.

"왜요? 혹시 귀 군벌의 수호신도 거동이 불편한 거요?"

"아니, 뭐. 그런…… 어험험. 어험험험. 맞습니다. 요새 시베리아의 수호신께 문제가 좀 생겼습니다. 어험험. 그래서 말인데, 우리 군벌이 수호룡을 지원하지 못하는 대신 우리 병사들의 살과 피를 이번 전쟁에 갈아 넣으면 안 되겠습니까? 대지의 소서러께 간곡히 부탁 좀 드리겠습니다."

예니세이는 두 눈을 질끈 감고 약세를 인정했다.

Chapter 2

이탄은 손가락으로 테이블을 톡톡톡 두드렸다.

다른 군벌 사람들은 이탄의 입만 바라보았다. 이 자리에서 결정권이 누구에게 있는지를 드러내주는 장면이었다.

잔뜩 고민을 하는 척하는 겉모습과 달리, 이탄의 속은 무척 유쾌했다.

'후훗. 시베리아의 수호신에게 문제가 좀 있다고? 그렇지. 얼음의 수호룡은 이미 내 손에 들어와 있다는 점이 문제라면 문제겠지.'

이탄은 애써 표정 관리를 했다.

이탄은 잠시 간의 고민 끝에 다시 고개를 들었다.

"혹시 나머지 두 군벌도 수호룡 지원에서 발을 빼는 건 아니겠지요? 공동의 적을 만나 우리 다섯 군벌이 모처럼 협의체를 발족시켰는데, 다들 뒤로 빼고 우리 간씨 세가만 앞장세우면 곤란합니다. 혹시라도 그런 마음이라면 협의체를 해체하고 각자 알아서 쥬신의 잔당들과 싸우는 게 나을 겁니다."

이탄의 말에 다들 펄쩍 뛰었다.

"간씨 세가만 앞장세우다니요? 절대 그럴 일은 없습니다. 솔직히 말씀드려서 저희 빅토리아 폐하께서는 대지의 소서러와 함께 싸우지 않는 한 단독으로는 패황의 후계자를 감당하기 힘들다고 말씀하셨습니다.”

릴리트가 선수를 쳤다.

험프도 유리알 안경을 고쳐 쓰고는 이탄을 달랬다.

“존경하는 대지의 소서러, 우리 에디아니 군벌의 입장도 발렌시드와 동일하외다. 우리는 반드시 간씨 세가와 함께 피를 흘릴 것이고, 함께 싸워서 이길 것이외다. 다만 대지의 소서러께서도 우리가 수호룡의 지원을 화끈하게 약속드리지 못하는 점을 양해해주시구려. 일단 위대한 존재의 의견을 물어본 다음, 내일까지 확답을 드리리다.”

“좋습니다. 내일까지 발렌시드와 에디아니의 답을 기다리지요.”

이탄은 대답 시한을 내일까지라고 못 박았다.

첫날 회의는 이것으로 마무리되었다.

다음 날 아침.

아침 식사를 하기 전부터 릴리트가 이탄을 찾아와 기쁜 소식을 전했다.

“빅토리아 폐하께서 제게 전언을 주셨습니다. 그분께서는 기꺼이 대지의 소서러의 요청을 받아들여 유럽의 수호신을 지원하시겠다고 확답하셨습니다.”

이탄에게 긍정적인 답을 하게 된 것이 기뻤기 때문일까? 릴리트의 볼은 잘 익은 사과처럼 발그레 상기되었다.

"고맙소, 빅토리아 폐하께 내가 감사한다고 꼭 전해주시오."

이탄이 활짝 웃으며 릴리트의 손을 맞잡았다.

"앗!"

릴리트의 입에서 조그맣게 탄성이 터졌다. 릴리트는 볼을 넘어서 목덜미까지 새빨갛게 달아올랐다.

허둥지둥 횡설수설하던 릴리트가 자신의 숙소로 돌아갔다.

릴리트가 다녀간 이후엔 험프가 이탄을 찾아왔다.

"잠시 들어오시죠."

이탄은 험프를 방 안으로 맞아들였다.

험프는 검지로 유리알 안경을 살짝 들어 올리더니, 어렵게 입술을 떼었다.

"대지의 소서러, 지금부터 내가 하는 이야기는 비밀로 해주었으면 하오."

"물론입니다. 말씀하시지요."

이탄은 기다렸다는 듯이 내납했다.

사실 이탄은 험프가 찾아온 이유를 대충은 짐작했다. 지난밤, 이탄의 천공안으로 읽은 미래에 새로운 드래곤 한 마리가 보였기 때문이었다.

'그 드래곤이 어디서 불쑥 등장했나 했더니, 바로 험프와 맹약을 맺은 드래곤이었구나.'

이탄이 미소로 기다리는 가운데, 험프가 조심스럽게 자신의 비밀을 공개했다.

"사실 우리 가라폴로 가문은 오래 전부터 남극 대륙에 관심을 가지고 탐사를 해왔다오. 그러다 25년쯤 전, 우연히 그곳에서 세계의 파편을 하나 얻게 되었지."

"지금 세계의 파편이라고 하셨습니까?"

이탄은 깜짝 놀란 시늉을 했다.

험프가 힘차게 고개를 주억거렸다.

"그렇소. 세계의 파편이오."

"혹시 그 파편이 부화를 했습니까?"

이어지는 이탄의 질문에 험프는 한 번 더 고개를 끄덕였다.

"그렇다오. 무사히 부화를 하여 위대한 존재가 탄생했소이다."

"하면……?"

"대지의 소서러께서 짐작하는 대로요. 부끄럽지만 나는 남극에서 얻은 파편에 대해서 그 누구에게도 알리지 않았다오. 친형제나 다름없는 안토니오 형님에게도, 최근 타계하신 로크 형님에게도 알리지 않았지. 당연히 이 일은 시어드도 알지 못하오."

험프는 고해성사를 하듯이 이탄에게 비밀을 털어놓았다. 가족에게도 숨겨왔던 25년간의 비밀이 이탄 앞에서 처음으로 베일을 벗었다.

이탄이 묵직한 눈빛으로 험프를 응시했다.

"일단 저는 험프 가주님의 행동을 이해합니다. 세계의 파편이란 그런 것이지요. 가장 소중한 가족에게도 말할 수 없는 것."

험프의 오른쪽 눈이 은색으로 빛났다. 험프는 진실안을 통해서 지금 이탄이 한 말이 진심임을 알아보았다.

이탄이 나직하게 물었다.

"한데 그런 중대한 비밀을 저에게 털어놓는 이유가 무엇입니까?"

험프는 고집스럽게 입술을 꾹 다물었다.

이탄은 상대가 입을 열 때까지 기다려주었다.

마침내 험프가 마음의 결심을 하고 이탄에게 속내를 고백했다.

"대지의 소서러를 믿고 솔직히 말하리다. 나는 로크 형님과 안도니오 형님에게 죄책감을 느끼고 있소. 로크 형님이 충격을 받고 돌아가신 원인이 뭐요? 저 망할 놈의 쥬신의 잔당들이 형님의 맏아들인 지미에게 테러를 가해서 그를 식물인간 꼴로 만들어 놓았기 때문이 아니오. 또한 대지의 소서러도 알고 있지 않소. 지금 안토니오 형님은 정상이 아니오. 하와이 전투에서 흑마법에 당하는 바람에 형님은 인사불성 상태에 빠져 있지. 크우우욱. 그런데 나는 두 분 형님이 그런 꼴을 당할 동안 내 비밀을 지키는 데 급급했다오. 두 분 형님께 들통이 날까 봐 위대한 존재를 드러내지 않고 꽁꽁 숨겨만 왔지. 이 일을 시어드가 알게 되면 나를 어찌 보겠소? 녀석은 이 못난 삼촌을 평생 믿고 따르는데, 나는! 나는! 크흐윽."

험프가 주먹을 부르르 떨었다. 감정이 과도하게 고양된 탓인지 험프의 목소리에 울음기가 섞였다.

이탄은 험프의 고백을 묵묵히 듣기만 했다.

Chapter 3

험프가 어렵사리 말을 이었다.

"지난밤, 나는 나와 맹약을 맺은 위대한 존재에게 부탁을 했다오. 그리하여 위대한 존재로부터 긍정적인 답을 들었다오. 부디 대지의 소서러는 바람의 수호룡 알리어스 님을 활용해주시구려. 그리하여 저 악랄한 쥬신의 잔당들을 샅샅이 찾아내고 두 분 형님의 복수를 해주시오. 꼭! 꼭! 꼬옥!"

험프의 유리알 안경에 습기가 차올랐다.

이탄은 두 손을 내밀어 험프의 손을 굳게 잡았다. 따스한 온기가 전해지자 험프가 숙였던 고개를 다시 들었다.

이탄은 아무 말 없이 고개만 주억거렸다.

그거면 충분했다. 구구절절한 말은 필요가 없었다. 험프의 눈가에 새삼스레 감동이 차올랐다. 험프는 은빛 진실안을 동원하여 이탄의 의지를 읽어보았다.

험프 경, 걱정 마시죠. 저는 반드시 쥬신의 잔당들을 세상에서 지워버리겠습니다.

이탄의 눈은 이렇게 주장하고 있는 듯했다.

"크흑."

험프는 입에서 터져 나오려는 오열을 손으로 콱 틀어막았다.

험프가 나가고 얼마 후, 이번에는 시어드가 이탄을 찾아왔다.

"시이드 군, 어서 오세."

이탄은 두 팔을 벌려 시어드를 반겼다.

시어드는 살짝 흥분한 표정으로 방문 목적을 밝혔다.

"기뻐하십시오. 물의 수호룡 알리어스 님께 승낙을 받았습니다. 위대한 존재께서는 기꺼이 대지의 소서러를 도와주실 것입니다.”

“하하하. 그거 다행이구먼. 자네가 수고가 많았어.”

이탄은 호탕하게 웃으며 시어드의 어깨를 두드렸다.

시어드는 사장에게 인정을 받은 신입직원과 같은 표정으로 두 주먹을 불끈 쥐어 보였다. 그리곤 신이 나서 돌아갔다.

이것으로 이탄의 의도는 모두 달성되었다.

아니, 이탄은 목표를 초과달성했다.

원래 이탄이 희망했던 것은 발렌시드 군벌이 보유한 번개의 수호룡, 그리고 시즈너 가문을 지키는 물의 수호룡, 이상 두 마리였다.

한데 이탄이 미처 생각지도 않았던 바람의 수호룡까지 덤으로 딸려왔다.

이탄은 머릿속으로 여러 수호룡들을 떠올린 다음, 그들에게 순서를 매겨 정리했다.

1. 불의 수호룡: 건국황 이관과 맹약, 현재는 화염의 여제와 맹약 => 언제든 확보 가능

2. 물의 수호룡: 에디아니 군벌과 맹약 => 대여

를 약속받음

3. 번개의 수호룡: 발렌시드 군벌 빅토리아 여왕과 맹약 => 대여를 약속받음

4. 얼음의 수호룡: 코로니 군벌 빙제 알렉세이와 맹약 => 최근에 강제로 이탄과 맹약

5. 수목의 수호룡: 카르발 군벌과 맹약 => 최근 강제로 이탄과 맹약

6. 대지의 수호룡: 간씨 세가 간철호와 맹약 => 이탄이 진짜 간철호로부터 맹약을 이어받음

7. 바람의 수호룡: 에디아나 군벌의 험프 가라폴로와 맹약 => 대여를 약속받음

8. 어둠의 수호룡: 광황 이충과 맹약 => 현재 이탄과 맹약

9. 빛의 수호룡: 패황 이군억과 맹약 => 현재 이탄과 맹약

10. 자주색 세계의 파편: 최근 이탄이 확보 => 현재 부화를 기다리는 중

이탄은 이상의 내용을 한 장의 종이로 정리했다.

이 가운데 어둠의 수호룡은 처음에는 10번 위치에 있었지만, 최근에 8번으로 오류를 바로잡았다.

이상의 열 마리 수호룡들 가운데 이미 대부분은 이탄과 인연을 맺은 상태였다.

이탄은 대지의 수호룡(6번)과 빛의 수호룡(9번), 그리고 어둠의 수호룡(8번)을 차례로 손에 넣었다.

거기에 더해서 이탄은 로크의 장례식에 참석하기 직전에 두 마리 수호룡과 추가로 맹약을 맺었다. 알렉세이에게 빼앗은 얼음의 수호룡(4번)과 콜링바로부터 갈취한 수목의 수호룡(5번)이 그 대상이었다.

이들 두 수호룡은 이탄의 윽박지름을 이기지 못하고 기존의 맹약을 철회했다. 그런 다음 강제로 이탄과 맹약을 맺게 되었다.

이게 전부가 아니었다.

이탄은 마음만 먹으면 언제든지 불의 수호룡(1번)도 가질 수가 있었다. 실제로도 이탄은 때가 되면 불의 수호룡을 잠깐 빌려 쓸 요량이었다.

또한 이탄은 얼마 전 타클라마칸 사막에서 열 번째 세계의 파편을 얻었으며, 그 파편이 부화하기만을 기다리는 중이었다.

그러니까 이미 일곱 마리 드래곤이 이탄의 손에 들어왔거나, 혹은 들어오기로 예정이 되어 있는 상태였다.

오늘 이탄은 이 일곱에 셋을 추가했다. 이탄은 물의 수호룡(2번)과 번개의 수호룡(3번) 그리고 바람의 수호룡(7번)까지 입수할 기회를 마련한 것이다.

"열 마리 알리어스들을 한 자리에 모은다? 그러고 나면 과연 어떠한 현상이 벌어질까?"

상상을 하는 순간 이탄의 입안에는 군침이 고였다.

"흐흐흐. 혹시 열하고성일지에 적힌 대로 고대의 신 알리어스가 부활하기라도 하려나? 만약에 알리어스의 재림이 이루어진다면, 그는 얼마나 강할까? 내가 부정 차원에서 맞붙었던 여섯 눈의 존재와 비슷한 수준일까? 언노운 월드에서 싸웠던 그 괴상한 파동 여신도 꽤 강했는데 말이야."

이탄이 거듭 입맛을 다셨다.

여섯 눈의 존재나 인과율의 여신은 이탄과 거의 막상막하로 싸웠다. 그들과 다시 싸운다면 이탄도 소멸을 염두에 둘 수밖에 없었다. 이탄은 신중한 성격이라 자신의 소멸을 걸고 함부로 도박을 하기는 싫었다.

그렇게 신중한 이탄이 자칫 위험할지도 모르는 신의 부활을 도모하는 이유는 한 가지였다.

'세계의 파편이 한 자리에 모였을 때 진짜로 고대의 신 알리어스가 부활할 수도 있겠지. 그러면 나는 아마도 알리어스와 목숨을 걸고 싸워야 할 가능성이 높아. 자고로 한 산에 두 마리 호랑이가 살 수는 없으니까.'

하지만 가능성이 그것만 있는 것은 아니었다. 이탄은 알리어스의 부활이 아닌 또 다른 가능성을 염두에 두었다.

'세계의 파편을 모두 모았을 때 알리어스가 부활할 가능성도 물론 있겠으나, 그게 아니라 알리어스의 지식, 혹은 알리어스의 힘만 고스란히 전수될 가능성도 있잖아?'

이탄은 알리어스의 유산을 얻기를 원했다.

'그걸 손에 넣어야 해. 내가 여섯 눈의 존재를 압도하려면, 그리고 파동으로 이루어진 그 괴상한 여신을 확실하게 꺾으려면 지금의 내 실력에 안주해서는 안 돼.'

이탄은 스스로를 채찍질했다.

Chapter 4

물론 지금의 이탄도 충분히 강했다. 지금까지 이탄이 손에 넣은 권능들만 따져보아도 어마어마했다.

붉은 침으로부터 얻은 4가지 권능들, 즉 복리증식, 분혼기생, 적양갑주, 만금제어의 권능.

10,000개에 달하는 만자비문의 뜻과 5,000개에 달하는 만자비문의 힘.

정상 세계의 인과율인 언령들.

광목(廣目) 시리즈 음악.

팔곡(八曲).

천주부동(天柱不動).

이탄이 재해석하여 만들어낸 백팔수라(百八修羅)와 금강체(金剛體) 술법.

나라카의 눈.

광정(光精) 등등등.

이탄이 소유한 것들만 따져도 장난이 아니었다.

여기에 더해서 이탄은 만자비문의 나머지 절반을 손에 넣을 요량이며, 팔곡도 모두 모아서 완성시킬 계획이었다.

그럼에도 이탄은 만족하지 못했다.

이런 것들만으로는 신격 존재들, 혹은 마격 존재들을 상대로 반드시 이긴다고 장담하지 못하는 까닭이었다.

"최악의 경우에 여섯 눈의 존재와 인과율의 여신이 힘을 합쳐서 나를 공격하면 어떻게 하지? 내가 그 둘을 동시에 상대할 수 있을까?"

아직까지는 노(No)라는 대답밖에 할 수 없었다.

이탄은 1대 1로 신격 존재와 싸웠을 때 소멸당하지 않을 자신은 있었으나, 2대 1의 싸움이라면 이야기가 달랐다.

그래서 이탄은 또 다른 무기가 필요했다. 이탄은 현재보다 미래에 더 강해져 있기를 소망했다. 이탄은 압도적인 존재로 거듭나기를 원했다.

오로지 소멸되지 않기 위해서.

오로지 생존을 위해서.

이탄이 이 소박한(?) 꿈을 이루려면 어지간한 마법이나 무술은 도움이 되지 않았다. 오직 신급 파워, 신의 권능만이 이탄에게 도움이 될 뿐이었다.

이런 면에서 봤을 때 세계의 파편은 이탄에게 신무기가 되어줄 가능성이 컸다. 신에게도 통하는 신무기 말이다.

"그러니 꼭 획득해야지."

이탄은 입술을 굳게 다물었다.

오늘 쥬신 제국의 복원 세력이 둘로 쪼개졌다.

내우외환이라는 표현은 아마도 이럴 때 쓰라고 만들어졌을 것이다. 지금 외부에서는 오대군벌의 승냥이들이 쥬신 제국 복원 세력을 일망타진하려고 전 세계를 수색 중이었다. 승냥이들의 거친 숨소리가 바로 귓가에서 들리는 듯 상황은 위태로웠다.

이런 와중에 쥬신 제국 복원 세력은 분열이라는 내홍을 겪게 되었다. 그것도 봉합이 불가능할 정도로 분열이 커졌다.

놀랍게도 이수민이 분열의 선봉에 섰다.

이수민은 원래 분열주의자가 아니었다. 오히려 그녀는 어떻게든 조직을 하나로 모으기 위해서 참고 또 참던 충직한 신하였다.

그러던 이수민이 하루아침에 돌변했다.

그럴 만도 하였다. 최근에 이수민은 하나뿐인 딸 이린을 잃었다. 이수민의 손에서 이린을 빼앗아간 장본인은 간씨 세가이지만, 그 빌미를 제공한 이들은 어디까지나 이공과 학선생이었다.

따라서 이수민은 간씨 세가를 증오하는 것만큼이나 이공과 학선생도 원망했다. 아니, 원망을 넘어서 이수민은 증오를 품었다.

이 상황에서 또 다른 악재가 발생했다. 이수민이 발리섬에서 학선생에게 참을 수 없는 치욕을 당한 것이다.

당시를 떠올릴 때마다 이수민은 발작하듯 분노했다. 자다가도 벌떡 일어나 허공에 쌍욕을 박았다.

이상 두 가지 사건이 기폭제가 되었다. 이수민은 더 이상 인내하지 않았다. 그녀는 자신만의 깃발을 들고 일어섰다.

"학송이라는 간신배에게 휘둘리는 이따위 서시 같은 소식으로는 더 이상 위대한 제국을 복원할 수 없다. 이 이수민이 비록 역사에 불효불충한 자로 기록되는 한이 있더라도 조직을 다시 세우려 한다. 뜻이 있는 자들이여, 내게로 오라."

암호랑이의 포효가 거칠게 터져 나왔다.

이수민의 우렁찬 일갈에 조직이 둘로 쪼개졌다.

쥬신 제국의 복원 세력은 원래 8개 군단, 즉 팔군으로 이루어진 단체였다. 이 팔군은 다시 내군과 외군으로 구별되었다.

천로군, 지로군, 현로군, 황로군이 내부에서 코어(Core) 역할을 하는 내군이었다.

동로군, 서로군, 남로군, 북로군은 조직의 외부를 지키는 외군에 해당했다.

그런데 외군 소속 4개 군단이 최근 오대군벌의 무차별 폭격을 받아서 전멸하고야 말았다. 쥬신 제국 복원 세력 입장에서는 조직의 절반이 썽둥 잘려나간 셈이었다.

외군의 붕괴는 단순히 조직의 축소로 끝나지 않았다. 동서남북의 외군이 허물어지자 내군도 대폭 위축될 수밖에 없었다.

내군의 총사령관들은 부하들을 뿔뿔이 흩어놓았다. 오대군벌의 날카로운 눈을 피하기 위해서는 불가피한 조치였다.

이 와중에 이수민이 자신만의 깃발을 들었다.

이수민의 남편이자 지로군의 총사령관인 호문평이 가장 먼저 이수민을 지지하고 나섰다. 지로군에 소속된 범 같은 장수들도 이수민의 깃발 아래로 모여들었다.

천로군의 경우는 지로군과 달랐다.

천로군의 총사령관인 용성은 현재 방콕에서 이공을 호위하는 중이었다. 그런 만큼 용성이 이공을 버릴 수는 없었다.

용성이 자리를 굳게 지키자 그의 부하 가운데 절반가량이 방콕으로 집결했다. 이들은 이공이 아니라 용성을 믿고 모인 충직한 군인들이었다.

반면 나머지 절반은 용성이 아닌 이수민에게 몸을 의탁했다.

천로군은 원래 이수민이 기틀을 잡은 곳이기에 이런 현상이 벌어졌다.

현로군은 중립을 지켰다. 현로군의 총사령관인 양선창 대장군은 이공과 이수민 가운데 어느 쪽도 택하지 않았다.

양선창이 목소리를 내지 않자 그의 부하들도 지하로 잠적한 채 연락을 끊었다.

마지막으로 황로군은 묘한 선택을 했다.

황로군의 총사령관인 관욱 대장군은 태자인 이택민을 모시고 유럽 쪽으로 몸을 피한 상태였다.

그 와중에 이수민이 학선생을 맹비난하며 반기를 들었다. 관욱은 그 즉시 부하들을 설득하여 이수민에게 보냈다.

이는 관욱도 학선생을 조직의 암세포로 판단했다는 의미였다.

하지만 막상 관욱 본인은 이택민의 곁에 남았다.

“태자마마를 위험에 빠트릴 수는 없지. 나라도 남아서 마마의 곁을 지켜드릴 수밖에.”

관욱은 이 한 마디로 본인의 우직한 성품을 드러내었다.

Chapter 5

결과적으로 이수민은 천로군의 절반, 지로군 전체, 그리고 황로군의 대부분으로부터 지지를 얻어내었다.

반대로 천로군의 나머지 절반, 그리고 황로군의 총사령관은 이공의 편에 섰다.

구성원들의 머릿수만 따지면 이수민이 압승을 거둔 셈이었다.

하지만 총사령관의 분포를 따지면 이수민이 1, 이공이 2, 중립이 1이었다.

여기에 이수민의 고민이 있었다.

“끄응. 황로군 대부분이 나를 지지한다고는 하지만, 과연 그들이 황로군의 총사령관인 관욱 대장군을 상대로 칼을 휘두를 수 있을까? 그건 불가능해. 또한 천로군의 장수들이 용성 대장군을 상대로 싸운다고? 그것도 말도 안 되는 소리야. 따라서 지금의 상태로는 나와 학송이 팽팽한 백중세지."

이수민은 양측의 전력을 객관적으로 판정했다. 이렇게 팽팽하게 갈린 상태에서 이수민이 단숨에 학송을 제거하기란 어려웠다.

또한 이수민은 학송뿐 아니라 오대군벌과도 싸워야 했다. 그도 모자라 이수민은 충효사상을 중요하게 생각하는 노신들과도 불편한 관계가 되었고, 부친인 이공으로부터 온갖 욕설을 들어야 했다.

"앞으로 내 앞에는 고된 길이 펼쳐질 거야. 후우우."

이수민의 입에서는 한숨이 절로 나왔다.

이처럼 앞날이 무척 고될 것을 알면서도 이수민은 험로를 선택할 수밖에 없었다. 이는 학송에 대한 이수민의 분노가 그만큼 크기 때문이기도 하지만, 그보다는 다분히 패황(이탄)을 의식한 행동이었다.

"학송, 그놈이 아바마마와 택민이를 내세워서 패황 폐하께 인정을 받게 되면 끝장이다. 그런 최악의 상황만큼은 막아야 해."

이수민이 가장 우려하는 상황을 피하려면, 조직을 둘로

쪼갤 수밖에 없었다. 그리곤 어떻게든 그녀 쪽에서 패황의 지지를 얻어야만 했다.

그 길만이 조직이 살고, 쥬신 제국이 다시 떨쳐 일어서는 방도였다. 오직 그 길만이 간씨 놈들과 학송의 마수로부터 이린을 구해낼 수 있는 유일한 방도였다.

이수민이 아무리 고민해 보아도 다른 묘안은 보이지가 않았다. 다른 사람들은 뭐라고 수군거릴지 모르겠으나, 이수민은 권력욕 때문에 부친과 등을 진 게 아니었다. 그녀는 정말 낭떠러지에서 뛰어내리는 심정으로 분열의 길을 선택했다.

와장창!

방콕 빈민가에서 요란하게 유리창 깨지는 소리가 울렸다.

"이런 미친 계집. 진짜로 한번 해보자는 거냐? 크헉, 크헉. 크헉헉."

집기를 던져 유리창을 깨고 거칠게 숨을 몰아쉬는 사람은 다름 아닌 학선생이었다.

학선생은 이수민이 조직을 둘로 쪼갤 줄은 몰랐다. 정말 몰랐다.

"비록 내가 네년의 딸을 손에 넣으려고 이공을 부추기기는 했다만, 천공안은 본디 네년의 소유가 아니었어. 그 탁월한 이능력은 열성조께서 우리 조직 전체에 내려주신 보물이라고. 그러니까 천공안은 마땅히 조직의 두뇌인 내 곁에 있어야 해. 눈과 뇌가 가까이 붙어 있어야 함은 만물의 정한 이치가 아니던가. 그런데 이수민 그 멍청한 년은 사소한 일에 앙심을 품고 대역죄를 저질러? 이런 미친 반역자년 같으니라고."

학선생이 씩씩거리다가 유리창을 한 장 더 깨트렸다.

"크우욱. 또한 비록 내가 발리에서 네년을 덮치려 하였으나, 그것 또한 내 입장에서는 정당방위일 뿐이다. 이수민, 네년은 발리에서 나를 죽이려고 했잖아. 실제로 내 와이프는 네년의 독수로부터 남편인 나를 지키려다가 거의 죽을 뻔했다고. 크우우. 그러니까 내가 와이프의 복수를 해주는 게 당연하잖아. 그리고 죽어가는 내 와이프 대신 네년이 내 와이프 역할을 해줄 수도 있는 것 아냐? 그런데 그런 사소한 일에 앙심을 품고 조직을 둘로 쪼개? 후욱, 후욱, 후욱. 이런 미친 반역자년. 어디 내가 가만히 두나 보자."

학성생은 분노를 참지 못하고 마당으로 뛰쳐나가 이공의 방으로 쳐들어갔다.

"폐하, 폐하."

학선생이 큰 목소리로 이공을 찾았다.

마침 이공의 방에서는 이공과 승상 인국진, 그리고 용성 대장군이 머리를 맞대고 대책을 논의 중이었다.

"아니, 소민이 년도 연락을 받지 않는다고? 수민이 년이 반역을 저지른 것도 모자라서 소민이 년까지 연락을 끊었다고? 끄으윽."

이공이 인국진에게 삿대질을 하다 말고 뒷목을 잡았다.

인국진은 곤혹스럽게 고개를 숙였다.

'폐하와 학송이 수민 마마를 너무 몰아붙이셨지 않습니까. 그러니까 수민 마마께서 이런 극단적인 선택을 하신 것 아닙니까.'

솔직히 인국진은 이공에게 이렇게 따지고 싶었다.

하지만 이런 속마음과 달리 인국진은 이수민이 아닌 이공의 편에 섰다. 인국진의 도덕적 관념에 비추어 봤을 때, 그 어떠한 경우라도 자식이 아버지의 뜻을 거스를 수는 없었다. 신하가 주군의 목에 칼을 들이미는 것도 말이 안 되는 짓이었다.

'수민 마마께서 왜 이런 참담한 짓을 저지르셨을꼬? 지금 수민 마마의 행동은 70여 년 전 다섯 승냥이들이 선대 폐하께 저질렀던 불충과 무엇이 다르겠는가? 결국 따지고 보면 모두 다 반역이고 역적질이거늘. 쯧쯧쯧.'

인국진이 고개를 절레절레 내저었다.

이번에는 이공의 화살이 용성 대장군에게 향했다.

"대장군은 대체 뭐하는 사람이오? 천로군의 장수들 가운데 절반이 역적 수민에게 넘어갔다니! 이게 말이 되는 소리요? 용성 대장군은 부하들 관리도 못 하는 졸장이었소?"

이공이 침을 튀면서 용성을 꾸짖었다.

용성도 고개를 반쯤 숙인 채 묵묵히 이공의 꾸중을 들었다.

이공은 더욱더 큰 목소리로 화를 내었다.

"에잉, 꼴도 보기 싫소. 두 사람 다 고의 앞에서 꺼지시오. 승상은 어떻게든 며느리를 단속해서 소민이 년을 수민이의 곁에서 떼어내시오. 소민이를 고의 앞으로 데려오란 말이오. 그리고 용대장군은 수민이에게 넘어간 부하들을 다시 불러들이시오. 그들을 당장 고의 곁으로 불러들이란 말이오."

"폐하. 제가 소민 마마와 다시 접촉해 보겠습니다. 일단 고정하시고 성심을 굳건히 하소서."

인국진이 이공을 달랬다.

"……."

용성은 아무런 대꾸도 없이 이공에게 고개만 숙였다.

바로 그 타이밍에 학선생이 방으로 뛰쳐들어 왔다.

"폐하, 폐하."

이공은 우당탕 소리와 함께 방문을 열어젖힌 학선생을 올려다보았다.

“오! 학선생.”

이공이 학선생을 반겨 맞았다.

Chapter 6

학선생은 평소의 나긋나긋한 모습과 달리 거칠게 안으로 밀고 들어와 목청을 높였다.

“폐하, 이게 어찌 된 일입니까. 폐하의 따님이 반역을 저질렀습니다. 천공안을 독점하려던 그 욕심 많은 딸내미가 기어이 사고를 치고야 말았단 말입니다.”

학선생의 말투는 거칠었다. 이공을 노려보는 학선생의 눈에는 독기가 가득했다.

이공은 자신도 모르게 움찔 손을 떨었다.

학선생은 무례하게도 이공 앞에 털썩 앉아 따졌다.

“폐하께서 말씀해 보소서. 위기 상황에서 천공안을 폐하의 곁으로 불러들이는 것은 마땅한 일이 아닙니까. 그것은 폐하의 옥체와 태자마마의 안위를 위해서 불가피한 선택이었습니다. 때문에 폐하께서 이린 마마를 방콕으로 불러들였지요. 한데 간씨 놈들이 그만 이린 마마를 중간에 납치했습니다. 이게 어디 제 잘못이랍니까? 제가 무슨 사심을 품고서 이린 마마를 불러들였겠습니까? 그런데 폐하의 못된 딸내미는 왜 이 학송의 이름을 콕 찍어서 천하의 반역자라고 모욕을 줍니까? 그 반역자 딸내미는 왜 우리 조직을 둘로 쪼개서 제 목에 칼을 들이밀려 합니까? 폐하께서는 도대체 가족 하나 제대로 다스리지 못하고 무엇을 하셨습니까? 제 딸내미는 제 말이라면 하늘처럼 여기고 꼼짝을 못하거늘, 폐하의 딸내미는 왜 그 모양 그 꼴이란 말입니까?"

"아니, 학선생!"

학선생의 폭언에 이공의 눈이 휘둥그레졌다. 이공의 손도 벌벌 떨렸다.

인국진이 학선생을 꾸짖었다.

"어허, 상서령. 폐하의 앞에서 이 무슨 망발이오."

"평소 상서령답지 않게 무엄하군."

용성도 학선생을 향해서 눈을 부라렸다.

"흥."

그러나 학선생은 콧방귀만 뀔 뿐이었다.

솔직히 학선생은 인국진과 용성을 안중에도 두지 않았다.

평소 학선생은 황제와 태자도 우습게 보는 사람이었다. 그런 그가 한낱 승상과 대장군 따위를 두려워할 리 없었다.

학선생은 피를 토하듯이 이공에게 외쳤다.

"폐하, 지금 당장 전군에 어명을 내리셔서 반역자의 목을 베라고 하십시오. 여기 계신 용대장군을 남인도로 파병하셔서 반역자의 머리를 잘라오라고 명하십시오. 용대장군이 직접 나선다면 반역자의 편에 붙은 천로군 장수들도 생각이 달라질 겁니다."

"큭."

그 말에 용성이 주먹을 불끈 쥐었다.

학선생은 용성을 힐끗 보았다가 간언을 계속했다.

"만약 용대장군이 어명을 받들지 않으면 그 또한 반역자의 편이라고 보시면 됩니다."

"크윽."

용성이 한 번 더 신음을 토했다.

학선생은 용성이 분노하건 말건 신경 쓰지 않았다.

"폐하, 옛 성현들께서 이르기를, 군주의 위엄이란 늦가을 서릿발과 같아야 한다고 했습니다. 폐하께서는 서릿발과 같은 어명을 내리셔서 반역자 딸내미의 목을 치소서. 그래야 폐하의 면이 설 것입니다. 만약 폐하께서 잔정에 이끌리셔서 결정을 망설이실 거라면, 차라리 소신을 파면하여 주십시오. 소신은 폐하의 곁을 떠나겠습니다."

학선생의 눈에 핏발이 섰다.

지금 학선생은 이공에게 '나와 이수민, 둘 중 하나만 선택하라.' 는 강요를 하는 중이었다. 학선생은 이번 사태가 봉합되어 이공이 이수민과 화해하는 것을 꺼렸다.

'이수민이 승기를 잡거나, 조직이 어정쩡하게 봉합되는 날에는 내 목이 날아간다. 이수민, 그녀은 반드시 내 목을 노릴 거야. 나중에 험한 꼴을 당하느니 차라리 나는 전쟁을 택하겠노라. 네년과 이공이 격렬하게 싸우고, 그 결과 우리 모두가 오대군벌에게 멸망을 당한들 어떠하리오. 내게는 차라리 그 편이 낫다. 파국의 날이 올 때 나는 이공과 이택민의 목을 잘라 간씨 세가에 바치고 간철호의 그늘 아래서 꾸역꾸역 살아남을 것이다.'

다른 한편으로 학선생은 이수민이 항복하는 장면도 염두에 두었다.

'비록 지금은 이수민 그녀이 욱하는 마음으로 반역을 꾀했지만, 사실 그녀도 아주 독한 성격은 아니거든. 조직의 내분이 점점 더 심해지다가 오대군벌에게 어부지리만 주겠다 싶으면 의외로 그녀이 꼬리를 내릴 수도 있어. 특히 용내상군과 이공이 직접 나서서 압박하면 그녀이 생각보다 쉽게 무너질 수도 있다고.'

학선생은 은근히 이런 기대를 품었다.

"학선생……."

이공이 손으로 허공을 더듬었다. 이공은 지금 학선생의 모습이 무척 낯설었다.

'학선생은 늘 친절하고 충성스럽던 신하가 아니던가. 그런 학선생이 눈에 핏발을 세우고 고에게 대들다니.'

이공은 학선생이 무섭기까지 했다.

학선생이 한 번 더 이공을 다그쳤다.

"폐하, 당장 전군에 어명을 내려서 반역자의 목을 가져오라 하소서. 폐하께서 우유부단한 선택을 하시면 차라리 소신이 폐하의 곁을 떠나겠습니다."

"학선생, 그건……."

이공이 부들부들 떨 때였다. 인국진이 벌떡 일어나 이공에게 머리를 조아렸다.

"폐하, 상서령의 주장은 결코 쉽게 받아들일 일이 아니옵니다."

"승상."

이공이 구원자라도 만난 듯이 인국진을 돌아보았다.

학선생도 찢어 죽일 듯한 눈빛으로 인국진을 노려보았다.

인국진이 구구절절하게 아뢰었다.

"아군의 내홍이 커지는 날에는 게걸스러운 승냥이 놈들에게 아군의 위치가 들통 날 가능성이 크옵니다. 또한 폐하께서 전군을 동원하시면 당장 누가 폐하의 곁을 지키겠나이까? 이번 일은 조정의 대소신료를 모아서 의견을 들으신 연후에 신중하게 결정하소서."

그러자 학선생도 벌떡 일어나 승상 옆에 무릎을 꿇었다. 학선생이 목을 길게 뽑아 맞대응을 했다.

"폐하, 승상의 말은 그릇되었습니다. 오로지 단숨에 반역자의 목을 치고 폐하의 위엄을 바로 세우는 것만이 다섯 승냥이들과 맞서 싸울 수 있는 유일한 길입니다. 폐하께서 머뭇거리실수록 더 많은 병사들이 반역자 무리에 가담할 것이고, 그럴수록 승냥이들만 더 유리해질 뿐입니다. 소신의 말이 틀렸습니까?"

"으으음."

이공은 학선생의 질문에 답을 하지 못했다.

Chapter 7

이공은 영민한 인물이 아니었다. 그는 승상의 말을 들으면 그 말이 옳은 듯하고, 학선생의 반론을 들으면 다시 그 반론이 맞는 것 같아 도저히 판단을 내리지 못했다. 이공은 그저 마른 침만 꼴깍 삼킬 뿐이었다.

학선생이 혀끝을 칼날처럼 곤두세워서 인국진을 공격했다.

"폐하께서 머뭇거리실수록 승냥이만 유리합니다. 승상은 이 사실을 잘 알면서도 승냥이 운운하며 군벌들에 대한 두려움을 폐하께 심어주고 있습니다. 노련한 승상이 왜 그러겠습니까? 바로 아들 때문입니다. 승상은 지금 간씨 놈들에게 체포되었을지도 모르는 아들의 목숨을 구하느라 혈안이 되어 있어 폐하를 그릇된 길로 이끌고 있습니다."

드디어 학선생이 인국진의 약점을 쳤다.

인국진의 볼이 푸들푸들 떨렸다. 인국진의 눈에서는 불똥이 튀었다.

"으드득. 학송 네 이놈!"

분노한 인국진은 고개를 벌떡 들고 학선생을 노려보았다.

인국진은 학선생의 선친인 학운철과 친구 사이였다. 그래서 인국진은 학선생을 친조카처럼 여겼다.

그런데 이제 보니 학송은 독사였다. 친근한 척 곁으로 미끄러져 들어와 단숨에 발목을 물고 독액을 흘려 넣는 독사.

'내가 사람을 잘못 보았구나.'

인국진이 자괴감에 주먹을 떨었다.

학선생은 거기서 멈추지 않았다. 그는 한 발 더 나가 인국진을 사지로 떠밀었다.

"폐하, 평소에 소신이 폐하께 늘 주청을 드렸습니다. 폐하의 큰 딸은 위험한 인물이니 경계하시라고 하였지요. 또한 소신은 폐하께서 신속히 조치를 취하시어 그녀에게서 군권을 빼앗고 천공안을 거두라고 충언을 올렸습니다. 그런데 폐하는 인정에 휘말려 머뭇거리지 않았습니까? 그 결과가 무엇입니까? 결국 반역자 딸내미에게 기회만 주었을 뿐입니다. 승상도 마찬가지입니다. 만약 간씨 놈들이 인유강 장군을 미끼로 삼아 승상을 회유하려 든다면 어쩌시겠습니까? 놈들이 승상에게 아들의 목숨과 폐하 중에 하나만 선택하라고 강요하면 승상이 어떤 결정을 내릴 것 같습니까?"

"뭣이라? 이런 미친 놈."

인국진이 학선생에게 달려들어 멱살을 틀어쥐었다.

"어허, 승상. 지금 고가 보는 앞에서 무슨 짓을 하는 게요."

이공은 반사적으로 학선생의 편을 들었다.

"승상, 부디 진정하시지요."

용성은 뒤에서 인국진을 붙잡았다.

인국진이 팔다리를 버둥거렸다.

"크윽. 용대장군, 이거 놓으시오. 놓으란 말이오."

용성이 인국진의 귓가에 대고 속삭였다.

"승상, 폐하의 앞입니다. 부디 자중하십시오."

용성이 인국진을 제지한 이유는 학선생을 돕기 위해서가 아니었다. 용성은 인국진이 다치는 것을 원치 않았다.

결국 인국진은 용성에게 붙잡힌 채로 학선생에게 저주를 퍼부었다.

"으허허. 학송, 이 간교한 놈아, 지옥에나 떨어져라. 내가 누구냐? 어릴 때부터 너를 무등 태워주며 키운 사람이다. 그런데 네가 폐하 앞에서 나를 불충한 자로 몰아? 내가 내 아들과 폐하 중에 누구를 택할 것 같으냐고 물었더냐? 내 선택은 당연히 폐하다. 네놈이 무슨 자격으로 쥬신 대제국을 향한 늙은이의 피처럼 붉은 단심을 모독하느냐? 이 늙은이는 일평생을 쥬신 대제국과 폐하만을 위해서 바쳤느니라. 크헉, 끄어억!"

인국진은 한바탕 울분을 쏟아내다 말고 뒷목을 잡고 쓰러졌다. 인국진의 입가에 하얗게 거품이 꼈다.

"승상, 정신 차리십시오. 승상!"

용성이 인국진을 바로 눕히고 턱을 벌려 기도를 열었다. 용성은 인국진의 팔다리도 마구 주물렀다.

용성의 빠른 응급조치 덕분에 인국진은 숨을 다시 쉬었다.

용성은 그제야 한숨을 돌린 다음, 벌떡 일어나 학선생에게 성큼 다가섰다. 용성의 몸에서 뻗은 묵직한 기세가 학선생의 숨통을 조였다.

"크윽."

학선생은 움찔 몸서리를 쳤다.

아마도 주변에 이공이 없었다면 학선생은 곧바로 꼬리를 내렸을 것이다. 그는 용성에게 싹싹 빌면서 목숨만 살려달라고 구걸했을 테지.

하지만 지금 학선생에게는 최고의 방패가 존재했다. 학선생은 영악하게도 그 방패를 써먹는 방법을 알았다.

"폐하, 이대로 소신을 죽이려 하십니까?"

학선생이 이공을 자신의 방패막이로 삼았다.

이공은 기꺼이 학선생의 방패가 되어주었다.

"용대장군, 고가 보는 앞에서 이게 무슨 짓이오. 학선생은 고의 충신이자 용대장군의 동료요. 어서 그 무서운 기세를 거두시오."

"폐하, 부디 살펴주십시오. 조금 전 상서령은 승상에게 얼토당토않은 누명을 씌우려 했습니다. 이는 분명 상서령의 죄입니다."

용성이 부르짖듯이 주장했다.

학선생은 곧바로 받아쳤다.

"폐하, 어서 용대장군에게 어명을 내리소서. 당장 출전하여 반역자 이수민의 목을 베어오라는 어명 말입니다. 용 대장군은 지금 폐하의 어명을 받들기 껄끄러워하여 엉뚱한 핑계로 소신을 겁박하고 있습니다."

학선생은 인국진에게 돌렸던 혀의 칼을 다시 용성에게 겨누었다.

'비록 내가 용성의 칼질 한 번 막지 못하는 문관 출신이나, 세 치 혀를 놀려서 싸우는 전투라면 절대 밀리지 않는다. 내가 오히려 너희들을 묵사발 내주마.'

학선생의 눈매가 표독하게 올라갔다.

"상서령. 이제는 나까지 모함하는 겐가?"

용성은 무시무시한 기세를 학선생에게 쏟아부었다.

"으윽."

학선생은 겁이 나서 바지에 오줌을 찔끔 지렸다.

그러면서도 학선생은 배에 힘을 꽉 주고 버텼다.

'이공 늙은이는 내가 가진 최고의 방패다. 이공이 내 손에 있는 이상 용성은 나에게 손가락 하나 까딱할 수 없어.'

학선생은 주문을 외우듯이 이 말만 반복했다.

그러는 동안에도 용성이 흩뿌리는 기세는 학선생의 온몸을 찢어발길 듯이 훑고 지나갔다. 그럴 때마다 학선생은 척추가 찌르르 울렸다. 척추를 타고 사타구니까지 찌릿함이 퍼졌다.

학선생이 유독 척추가 아픈 이유가 있었다. 이탄은 발리에서 학선생의 척추 안쪽 신경 한 가닥을 끊어놓았다. 그런데 학선생이 용성의 기세에 노출되자 그 상처 부위가 벌어지면서 시큰시큰 쑤신 것이다.

불행하게도 이 신경 한 가닥은 남자에게 아주 중요한 곳이었다. 아직까지 학선생은 이탄이 그의 몸에 무슨 짓을 저질렀는지 모르고 있지만 말이다.

Chapter 8

'크윽. 또 거기가 시큰하네. 이거 왜 이러지? 힐러에게 한 번 진찰을 받아봐야 하나?'

학선생은 용성과 눈싸움을 하다 말고 잠시 딴 생각을 했다.

그 사이 이공이 용성의 소매를 붙잡았다.

"용대장군, 그만하시오. 학선생이 고를 위하다 보니 말이 과했소."

"폐하."

용성이 무슨 말을 하려고 했으나, 이공이 그 말을 중간에 잘랐다.

"하지만 용대장군, 학선생의 주장이 아주 틀린 것은 아니라오. 고는 용대장군이 왜 반역자 무리에 가담한 천로군의 장수들을 꾸짖지 않는지 모르겠소. 혹시 용대장군도 마음속으로는……?"

이공의 눈에 의심의 빛이 맴돌았다.

그 순간 용성의 가슴 속에서는 무언가가 뚝 부러졌다.

'말도 안 돼. 폐하께서 이 용성을 의심하시다니. 내 평생을 가족도 돌보지 않고 폐하께 바쳤건만. 내 딸 설란이마저 쥬신 황실을 위해 바쳤건만. 크흐윽.'

용성의 흔들리는 동공이 이공에게 향했다.

"어험. 에헤헴."

이공은 용성의 눈을 마주 보기 껄끄러운 듯 헛기침을 했다.

옆에서 학선생이 또다시 끼어들었다.

"폐하, 어서 용대장군에게 어명을 내리소서. 용대장군이 폐하의 어명을 받들겠다고 말하면, 소신은 비로소 용대장군에 대한 의심을 풀겠나이다. 그리곤 소신은 용대장군께 진심으로 사과를 할 것입니다. 부디 폐하께서는 소신이 다른 신하들과 불화를 일으키지 않도록 어명을 내려주시옵소서."

"응? 그렇지. 용대장군, 어떻소? 고를 위해서 학선생의 말을 따라주겠소? 고는 용대장군과 학선생이 사이좋게 조정을 이끌어가기를 바라오."

"폐하!"

용성은 울부짖듯이 이공을 노려보았다.

이공이 움찔했다.

학선생은 못을 박듯이 이공을 닦달했다.

"폐하, 부디 소신이 용대장군과 불편해지지 않도록 어서 어명을 내려주시옵소서. 소신은 용대장군이 폐하의 어명을 받드는 모습만 보면 되옵니다. 그럼 소신은 모든 오해를 풀고 용대장군과 살갑게 지낼 것이옵니다."

"오오, 학선생."

"폐하께서 용대장군을 믿고 계시듯이, 소신도 용대장군을 믿고 싶어서 이러는 것이옵니다. 부디 통촉하여 주시옵소서."

학선생의 혀는 독사의 비늘처럼 매끄러웠다.

용성은 더 이상 참을 수가 없었다.

"이 노옴, 학송. 네가 끝내 그 간교한 혀를 놀려서 폐하를 현혹하려 드는구나."

촹!

용성이 검을 뽑았다. 검날에서 치솟은 시퍼런 오러는 당장에라도 학선생의 목을 벨 것처럼 보였다.

실제로 학선생의 목에서 얇은 핏줄기가 치솟았다.

"히익!"

학선생은 바지에 오줌을 주륵 쌌다.

그보다 한발 앞서 이공이 엉덩방아를 찧었다.

"큭."

이공은 신하들이 보는 앞에서 엉덩방아를 찧은 것이 무척 수치스러웠다. 그리고 이런 꼴을 유도한 용성 대장군이 의심스러웠다.

'학선생의 말대로 용대장군이 정말 마음속에 반역의 불씨를 품고 있단 말인가? 제 부하들을 수민이 녀에게 순순히 보내준 것도 수상하고, 감히 고의 앞에서 검을 뽑은 것도 괘씸하지 않은가. 으으으. 역시 세상에 믿을 사람은 학선생뿐이로구나.'

수치심이 분노로 변한 것은 순식간이었다. 이공은 벌떡 일어나 용성에게 외쳤다.

"어명이다. 천로군의 대장군 용성은 당장 고의 어명을 받들라."

"폐—하—."

용성이 부르짖듯이 목청을 높였다.

이공은 토씨 하나 바꾸지 않고 학선생의 주장을 어명에 옮겨 담았다.

"용대장군은 당장 그 검을 거두어라. 그대의 검이 향할 곳은 학선생과 같은 충신의 목이 아니라 반역자 수민의 목이니라. 용대장군은 당장 출전하여 반역자 수괴의 목을 베어 고의 앞에 그 머리를 가져오라. 이는 쥬신 제국 황제의 이름으로 내리는 어명이니, 이를 어기는 자는 곧 반역자이니라."

반역자.

불충.

용성이 절대로 용납할 수 없는 단어들이 굴레가 되어 용성을 조였다. 고지식한 용성에게 어명을 어긴다는 것은 결단코 있을 수가 없는 일이었다. 비록 그 어명이 말도 안 되는 것이라 할지라도 용성은 어길 수가 없었다.

만약 용성이 어명의 옳고 그름을 따질 만큼 유연했다면?

아마도 용성은 70년 전의 혼군 이윤이 내렸던 수많은 어명들도 모두 거부했을 것이다.

어여쁜 유부녀를 납치해 오라는 어명, 충신의 목을 베라는 어명, 죄도 없는 가문을 멸문시키라는 어명 등등…….

과거 이윤은 정말 치가 떨리는 어명을 남발하여 용성을 괴로움에 떨게 만들었다.

그래도 용성은 꿋꿋이 어명을 받들었다. 용성은 이윤을 혼군이라 규정하며 반역을 일으킨 오대군벌과 정면으로 맞서 싸웠다.

'한데 아픔의 역사가 반복되는구나. 이런 말도 안 되는 어명을 또 받들어야 하다니. 크으윽. 설란아, 아비는 과연 어떤 선택을 해야 하느냐? 어떻게 해야 하지?'

용성은 두 눈을 질끈 감았다.

이공이 화를 내었다.

"용대장군은 고의 말이 들리지 않는가? 왜 답이 없는가? 용대장군은 당장 어명을 받아 반역자 수괴의 목을 베어오라."

"폐—에—하—아—."

용성이 무너지듯 이공 앞에 엎드렸다.

용성의 눈꼬리를 타고 붉은 피눈물이 흘렀다. 용성의 손톱이 손바닥 속으로 파고들어 손에서도 피가 뚝뚝 떨어졌다. 터질 듯한 분노를 속으로 삭이면서도 용성은 끝내 학선생에게 검을 휘두르지 못했다.

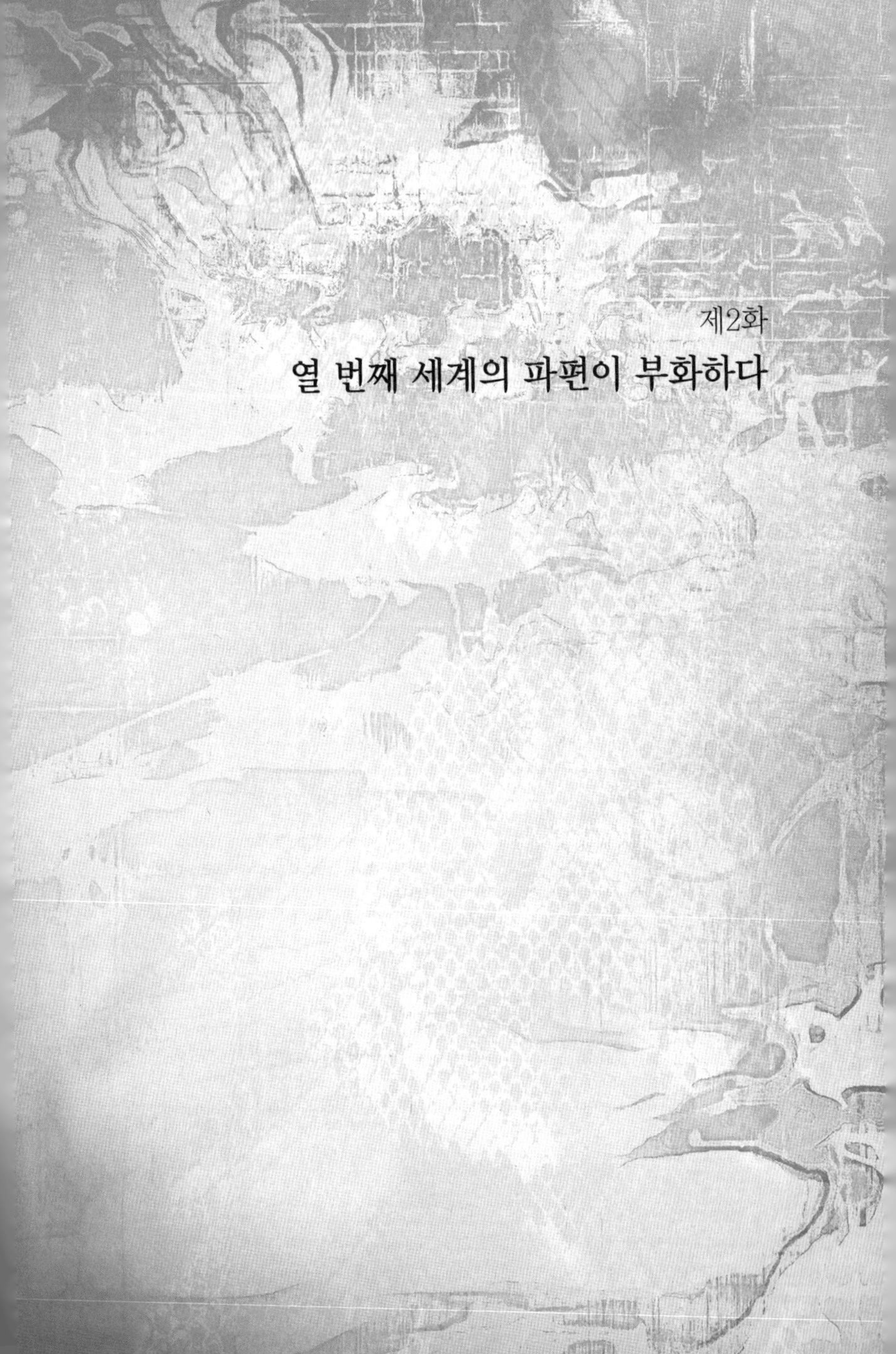

제2화

열 번째 세계의 파편이 부화하다

이날의 승자는 단연 학선생이었다. 학선생은 승상 인국진과 천로군의 총사령관 용성을 단숨에 쓸어버렸다.

승상은 쓰러졌고, 용성은 이수민의 목을 베기 위해 출전했다.

용성의 부하들 가운데 일부도 용성과 함께 방콕을 떠나 인도행 비행기에 몸을 실었다.

용성은 부하 징수들 중에 무에가 출중한 자들만 25명을 뽑아서 데려갔다. 나머지 천로군 병력은 이공의 호위를 위해서 방콕에 그냥 남겨두었다.

승상과 뜻을 함께하던 노신들은 할 말을 잃은 채 두문불

출했다. 일부 충신들이 이공에게 충언을 올리려 찾아갔으나 이공이 허락하지 않았다.

아니, 그 전에 환관들이 충신들의 방문을 차단했다. 환관들은 누가 실세인지 빠르게 파악하고 줄을 선 것이었다.

충신들은 더더욱 낙담하여 이공의 곁에서 멀어졌다.

회양당 무리가 충신들의 빈 자리를 채웠다. 이들은 이공의 안위보다도 학선생의 뜻을 더 살피는 족속들이었다.

"이제 나는 이공 늙은이의 주변을 완벽하게 틀어쥐었구나. 이대로 천 년 만 년 권력을 누리면서 편히 살면 좋으련만, 결국 오대군벌의 눈을 피하지 못하겠지? 간씨 놈들에게 천공안마저 빼앗겼으니 좋은 날이 오래가지는 못할 거야. 그렇다면 역시 패황밖에 답이 없구나. 이공 늙은이를 구워삶았던 것처럼 패황도 구워삶을 수밖에."

학선생은 패황을 잘 꼬드겨서 오대군벌을 무찌르는 도구로 써먹고자 했다.

"특히 오대군벌 중에서도 간씨 세가를 먼저 공격하게 만들어야 해. 그래야 내 안전이 확보되지."

학선생은 간씨 세가가 천공안의 권능을 사용할까 봐 두려웠다. 또한 간씨 세가가 학선생의 밀서를 만천하에 공개할까 봐 무서웠다. 그렇게 약점이 잡혀 있으니 학선생이 간씨 세가를 두려워하는 것은 당연했다.

"패황을 잘 부추겨서 간씨 놈들부터 제거하면 좋은데. 전란의 와중에 내가 이린을 되찾고 밀서도 다시 회수하면 그야말로 최상의 시나리오지."

학선생은 야무진 꿈을 꾸었다.

사실은 이루어질 수 없는 꿈이었다. 패황과 간철호는 동일인물이기 때문이었다.

밤사이에 눈이 소복하게 내렸다. 대지에는 3 센티미터 두께로 하얀 융단이 깔렸다. 눈이 그친 하늘은 옅은 푸른색이 낀 회색에 가까웠다.

이탄은 간씨 세가의 깊은 곳에 들어앉아 눈 덮인 고요한 세상을 만끽했다. 겨울의 고즈넉한 풍경이 액자 속 그림처럼 이탄의 동공에 맺혔다.

"좋구나."

이탄은 김이 모락모락 올라오는 찻잔을 입가에 대고 한 모금의 찻물을 목으로 넘겼다. 따사로운 온기가 이탄의 온몸으로 퍼져나갔다.

'듀라한이 아닌 인간의 몸으로 차를 마실 수 있다는 것은 큰 행복이지.'

이탄은 새삼스레 인간의 몸에 감사함을 느꼈다. 이탄에게는 모처럼 여유를 갖고 차를 마시는 이 시간이 정말 소중했다.

그 평온이 한순간에 깨졌다.

“으잉? 벌써 부화가 시작되었어?”

이탄은 벌떡 일어나 가주 전용 연무장으로 공간이동을 했다.

간씨 세가 깊숙한 곳에 마련된 넓은 연무장은 원래 간성주의 소유였다.

그러나 간성주는 오래 전 본가를 떠났고, 그 후로는 간철호가 이곳을 독점적으로 사용했다. 당연히 이탄도 가주 전용 연무장을 혼자서 사용했다.

“나를 제외한 세가의 그 누구도 이곳에 들이지 마라.”

이게 이탄이 내린 엄명이었다.

간씨 세가에서 이탄의 명을 거역할 사람은 아무도 없었다. 간철호의 정실부인들도, 자식들도, 심복인 백호대주 서원평도 가주 전용 연무장에는 얼씬도 하지 못했다.

물론 예외는 존재했다.

인간이 아닌 존재들, 즉 이탄과 맹약을 맺은 수호룡들은 아예 가주 전용 연무장에 둥지를 틀었다.

그런데 오늘따라 이 수호룡들 사이에 편이 갈렸다.

빛의 수호룡, 어둠의 수호룡, 대지의 수호룡, 얼음의 수호룡, 수목의 수호룡. 이상 다섯 알리어스들은 이탄과 직접 맹약을 맺은 기득권(?) 세력이었다. 다섯 수호룡들이 하나로 똘똘 뭉쳐서 나머지 수호룡들을 핍박했다.

[크롸롹. 이게 말이 돼?]

불의 수호룡은 정말로 화가 많이 났다.

[왜 너희들만 넓은 자리를 독차지하느냐고? 왜 우리는 본래 몸체를 다 드러내지도 못하고 몸을 축소한 상태로 비좁게 지내야 하는 건데? 크우롸롹.]

성격이 급한 불의 수호룡답게 그는 기득권 세력에게 따박따박 따지고 들었다.

옆에서 번개의 수호룡이 맞장구를 쳤다.

[맞아. 고작 이런 대접을 받으려고 우리가 여기에 온 건 아니잖아. 네놈들이 이렇게 텃세를 부리면 우리는 당장 여길 떠날 테다.]

번개의 수호룡도 한 성깔 했다. 번개의 수호룡은 온몸에서 번쩍번쩍 스파크를 튀면서 상체를 곤두세웠다.

시퍼런 전하가 뛰놀 때마다 번개의 수호룡의 몸 주변에서 우르릉 우르릉 우렛소리가 울렸다. 특히 번개의 수호룡의 뿔 사이에는 전하가 잔뜩 뭉쳐서 수 미터 크기의 구체를 형성했다. 이것은 번개가 집결되어 만들어진 구, 즉 뇌구(雷球)였다.

번개의 수호룡은 지금 이 상황이 정말 마음에 들지 않았다.

'모든 유럽인들의 추앙을 받던 내가 아니던가. 그런 내

가 이 구석진 곳에서 텃세나 받다니, 이런 대접은 정말 참을 수가 없어.'

번개의 수호룡은 벼락이 쏟아질 듯한 눈빛으로 동족들을 노려보았다.

기다렸다는 듯이 물의 수호룡도 나섰다.

물의 수호룡은 모든 알리어스들 중에서도 가장 수려한 생김새를 지녔다. 물의 수호룡은 미끈한 동체와 우아한 몸짓을 자랑했다. 또한 수호룡의 몸체 주변에 저절로 생겨난 물안개가 하나로 어우러져서 그야말로 신비롭고도 환상적인 분위기를 자아내었다.

물의 수호룡은 우아한 외모만큼이나 성격도 차분했다. 어지간한 일에는 화를 내지 않고 늘 온화하게 처신하는 존재가 바로 물의 수호룡이다.

그런 물의 수호룡도 오늘만큼은 화를 내었다.

[너희 다섯 드래곤이 연무장의 10분의 9를 차지하고 우리 넷은 몸을 축소하여 10분의 1만 사용하라니. 이건 너무 무례한 폭거다. 최소한 우리에게 3분의 1은 내줘야지. 아니 그러한가?]

물의 수호룡은 화를 내는 모습조차도 우아했다.

엉뚱하게도 불의 수호룡은 같은 편인 물의 수호룡에게 발끈했다.

[크롹! 3분의 1이 뭐야? 너희가 그렇게 물러터지게 나오니까 저것들이 기세가 등등해서 우리를 우습게보잖아. 우리는 총 넷이니까 당당히 10분의 4는 차지해야 해. 크롸롹. 내 말이 틀렸냐?]

불의 수호룡은 온몸에서 뜨거운 열기를 뿜어내면서 동료들을 부추겼다.

불의 수호룡의 편에 선 존재들은 북미 오대호에서 날아온 물의 수호룡, 유럽의 하늘을 휘젓고 다니던 번개의 수호룡, 그리고 남극에서 부화한 바람의 수호룡이었다.

Chapter 2

번개의 수호룡이 냉큼 동의했다.

[나는 동의. 최소한 10분의 4는 우리 몫으로 받아내야지.]

[나도 동의.]

심지어 아직 나이가 어린 바람의 수호룡조차도 바람의 칼날을 뽑아내어 한바탕 싸울 태세를 갖췄다.

[하아, 모두의 의견이 그렇다면 어쩔 수 없지. 40퍼센트로 가자.]

온화한 물의 수호룡도 어깨를 한 번 으쓱하고는 불의 수호룡의 선동을 받아들였다.

반면 기득권 세력은 눈 하나 꿈쩍하지 않았다.

[크풍! 건방진 것들. 너희들 떨거지 네 마리가 작당을 하면 어쩔 거냐? 너희가 감히 우리의 상대나 될 것 같아?]

빛의 수호룡이 콧방귀를 뀌었다.

후왕!

빛의 수호룡이 몸체를 부풀리자 휘황찬란한 빛이 연무장을 가득 채웠다. 그 기세가 실로 범상치 않았다.

[맞아. 너희는 우리 상대가 아니야.]

대지의 수호룡도 쿵쿵 발을 굴렀다. 그가 움직이자 연무장 바닥이 울리고 묵직한 기세가 주변을 잠식했다.

[여러분, 여기 이 두 수호룡은 우리가 맡겠습니다.]

[부디 우리에게 맡겨주세요.]

수목의 수호룡과 얼음의 수호룡은 각자 바람의 수호룡과 물의 수호룡 앞에 서서 이렇게 주장했다.

수목의 수호룡은 예전부터 바람을 고깝게 여겼다.

'바람은 가만히 있는 나뭇가지를 흔들고 지나가는 귀찮은 존재일 뿐.'

이게 수목의 수호룡의 유전자에 새겨진 선입견이었다.

한편 얼음의 수호룡은 물의 수호룡을 무척 싫어했다.

'지가 내 엄마야 뭐야? 사람들은 얼음이 물로부터 비롯

되었다고 주장하는데 말이야, 그거 아니거든. 물과 얼음은 상이 다른 것일 뿐, 물에서 얼음이 나온 거 아니거든. 크흥, 흥흥, 흥.'

얼음의 수호룡은 독기 어린 눈으로 물의 수호룡을 쏘아보았다.

[키햐햐향.]

마지막으로 어둠의 수호룡도 검은 날개를 퍼덕이며 기득권 세력에 한 발을 걸쳤다.

다섯 수호룡들이 본격적으로 기세를 뿜어내자 연무장 안이 후끈 달아올랐다. 다섯 기득권층은 신참 수호룡 네 마리를 강하게 압박했다.

[크욱, 제기랄.]

상대가 강하게 나오자 불의 수호룡 등은 급격히 위축되었다.

이상하게도 기득권층 수호룡들은 기세가 넘쳐났다. 그에 비해서 나머지 네 마리 수호룡은 제대로 기를 펴기 힘들었다.

불의 수호룡은 그 이유를 잘 알았다.

[제, 젠상. 너희들이 센 척하시반 그게 어니 너희들의 힘이더냐? 다 맹약자를 잘 둔 덕분이지. 나도 이탄 님의 피를 한 방울만 받으면 너희들에게 뒤지지 않는다고.]

최근에 불의 수호룡은 간철호의 실체를 알게 되었다. 지금의 간철호는 거죽만 본인의 것일 뿐, 속을 채운 알맹이는 이탄이라는 신격 존재였다.

그런데 빛의 수호룡을 비롯한 여러 동족들이 이미 그 신격 존재와 맹약을 맺고 있는 게 아닌가!

'X나 부럽다.'

이 사실을 처음 깨달았을 때 불의 수호룡이 느낀 감정은 이거였다. 불의 수호룡은 부러움과 억울함, 그리고 질투를 더 이상 숨길 수가 없었다.

'너희 기득권들은 운이 좋아서 신의 피 한 방울을 나눠 받은 행운아에 불과하잖아. 젠장. 나도 신의 피를 받고 싶다고. 딱 한 방울만, 아니 반 방울만이라도 받고 싶다니까.'

불의 수호룡이 느낀 질투심은 이내 자책으로 변했다.

'어쩌다 내가 무능하고 우유부단한 맹약자를 선택했더란 말인가. 따지고 보면 이게 모두 내 잘못이로구나.'

사실 그 우유부단한 맹약자가 바로 이탄의 어머니이건만, 불의 수호룡은 거기까지는 알 수가 없었다.

불의 수호룡이 느낀 자책감이 다시 억울함으로 바뀌기까지는 그리 오랜 시간이 걸리지 않았다.

'아니, 내가 설령 쭉정이와 계약을 맺었다고 쳐. 이탄 님이 원하시면 나는 얼마든지 기존의 계약을 파기하고 이탄 님의 피를 받을 텐데, 왜 이탄 님은 나에게 기회를 주지 않으시는 거지? 저기 있는 얼음의 수호룡과 수목의 수호룡에게는 맹약자를 바꿀 기회를 주셨으면서? 엉? 어어엉?'

불의 수호룡은 이 모든 게 다 불만이었다.

자신이 화염의 여제 이채민과 맹약을 맺은 것도 불만, 그 때문에 이탄에게 간택을 못 받은 것도 불만, 똑같은 처지였는데 이탄이 얼음의 수호룡과 수목의 수호룡만 받아준 것도 불만, 이렇게 기득권층 동족들에게 억눌려서 살아가는 것도 불만.

불의 수호룡은 이 모든 상황이 다 억울했다. 그렇게 쌓이고 쌓였던 울분이 겉으로 터져 나왔다.

[크롸롸롸롹. 제기랄. 억울해서 못 살겠다. 어디 한번 붙어보자. 너희들이 얼마나 잘났는지 한번 싸워보자고.]

불의 수호룡이 축소했던 몸을 다시 원상태로 부풀렸다. 단숨에 어마어마하게 커진 불의 수호룡이 숨을 훅 들이쉬었다가 강하게 내뿜었다.

화르르르륵—.

시뻘건 화염의 브레스가 가주 전용 연무장 내부를 뜨겁게 달구었다.

[하! 이게 미쳤나? 어디서 감히 불을 싸질러?]

빛의 수호룡이 싸늘하게 상대를 노려보았다. 빛의 수호룡은 휘황찬란한 브레스를 마주 내뿜어서 불의 수호룡이 내뿜은 화염을 막았다. 두 마리 드래곤이 부딪치자 그 여파가 연무장 전체로 퍼져나갔다.

드디어 도화선에 불이 붙었다. 다른 드래곤들도 눈을 부라리면서 싸움박질에 끼어들었다.

[도저히 이렇게는 못 살겠다. 뒤집어 보자.]

번개의 수호룡은 뿔 사이에 응집되어 있던 뇌구를 날려 기득권층 수호룡들을 공격했다.

빠캉! 빠카카캉!

수 미터 크기의 뇌구로부터 시퍼런 벼락이 미친 듯이 쏟아졌다.

[어림도 없다. 어디서 되도 않는 전기충격기를 쏘고 지랄이야?]

대지의 수호룡이 진흙으로 이루어진 브레스를 난사하여 벼락의 향연을 막아내었다. 원래 흙은 번개의 천적이었다.

얼음의 수호룡도 곧바로 참전했다. 얼음의 수호룡은 물의 수호룡을 향해서 날카로운 얼음 창 수백 발을 쏘았다.

[꾸어엉.]

물의 수호룡이 미끈한 동체를 물로 만들어 얼음 창을 휘감았다.

Chapter 3

수목의 수호룡은 연무장 바닥을 뚫고 굵은 나무뿌리들을 소환했다.

그에 맞서서 바람의 수호룡이 바람의 칼날로 나무뿌리를 베었다.

어둠의 수호룡은 온 사방을 암흑천지로 만들었다.

암흑 속에서 빛의 사슬이 훙훙 날아왔다. 불의 수호룡이 빛의 사슬에 꽁꽁 묶여서 괴로워하다가 온몸을 용암처럼 만들었다.

지글지글, 연무장이 타들어 갔다.

우당탕탕, 연무장이 들썩였다.

연무장이 쩡쩡 얼면서 벽에 금이 마구 갔다.

연무장 바닥은 온통 나무뿌리로 뒤덮였다.

연무장 바닥엔 물이 찰랑찰랑 차올랐다.

그 위를 바람의 칼날이 할퀴고 지나갔다.

여러 마리 수호룡들이 한 덩어리로 뒤섞여 충돌하자 연무장 내부엔 파괴적인 에너지가 넘쳐났다.

강렬한 에너지에 자극을 받아서일까?

연무장 한구석에 고이 보관 중이던 자줏빛 보석, 즉 열 번째 세계의 파편에 금이 쩍 갔다. 파편이 쪼개지면서 열 번째 알리어스가 부화할 조짐을 보였다.

이탄이 이 변화를 감지했다.

이탄은 부화의 시기를 놓치지 않으려고 자주색 파편에 미리 감각을 고정해놓은 상태였다. 덕분에 파편에 변화가 발생하자마자 곧바로 그 사실이 이탄에게 전달되었다.

"엉? 벌써 부화가 시작되었다고?"

예상보다 빠른 부화에 이탄이 놀랐다. 이탄은 그 즉시 공간을 뛰어넘어 지하 연무장으로 넘어왔다.

한데 이탄 앞에 펼쳐진 것은 수호룡들이 만들어 놓은 난장판이다.

"이런 썅! 이게 무슨 개판이야."

이탄의 입꼬리가 분노로 씰룩거렸다.

그때까지도 수호룡들은 이탄의 등장 사실을 몰랐다. 그들은 그저 열심히 주변을 때려 부수며 치고받는 중이었다.

"이 상놈의 도마뱀 새끼들이 진짜."

이탄은 신경질적으로 손을 수평으로 쓸었다.

슈욱―.

이탄의 손짓에 휘감겨 수호룡들의 혼백이 신체로부터 이탈했다. 이탄에게 붙잡힌 아홉 마리 수호룡의 혼백은 어느새 이탄의 영혼 속 붉은 방으로 끌려왔다.

가장 먼저 이 사태를 알아차린 드래곤은 빛의 수호룡이

었다.

[헙! 이탄 님.]

빛의 수호룡의 혼백은 불의 수호룡을 공격하다 말고 얼어붙었다.

[우힉? 이탄 님이라고? 큰일 났다. 큰일 났어.]

대지의 수호룡은 허둥지둥하며 어디로 숨어야 할까를 고민했다. 대지의 수호룡은 이미 입꼬리부터 울상이 되었다.

새카만 색깔의 어둠의 수호룡은 순간적으로 얼굴이 하얗게 탈색된 듯 보였다.

[아으으.]

[잘못했습니다.]

신참에 불과한 얼음의 수호룡과 수목의 수호룡은 서로를 부둥켜안고 벌벌 떨었다. 그들은 도망칠 생각도 못 하고 침만 꼴깍 꼴깍 삼켰다.

이들 다섯 수호룡들은 이미 붉은 방에서 살벌한 경험을 했더랬다. 그래서 그들은 이 장소에 끌려온 것만으로도 오금이 저리고 혼백이 마구 일그러졌다.

겁이 나기는 불의 수호룡도 마찬가지였다. 불의 수호룡은 아무런 소리도 내지 못했다. 그저 이빨만 딱딱딱 맞부딪칠 뿐이었다.

벌벌 떠는 동족들과 달리 초짜 드래곤 세 마리는 아직까지도 어리둥절했다.

[뭐야? 너희들 왜 그래?]

물의 수호룡이 의문을 품었다.

[여긴 또 어디지? 이게 진짜 세상이 맞나?]

[문이 없잖아? 내가 이곳에 어떻게 들어온 것일까?]

번개의 수호룡과 바람의 수호룡은 아직도 사태 파악을 못 하고 주변만 두리번거렸다.

세 드래곤들이 어리둥절할 수밖에 없는 것이, 그들은 붉은 방이 처음이었다.

그때였다.

[꾸웩!]

빛의 수호룡이 위로 확 딸려 올라가면서 허공에 거꾸로 매달렸다. 갑자기 등장한 붉은 갈고리가 수백 미터 크기의 빛의 수호룡을 거꾸로 매달았다.

이어서 대지의 수호룡, 얼음의 수호룡, 수목의 수호룡도 차례로 몸이 뒤집히더니 빛의 수호룡 옆에 나란히 내걸렸다.

어둠의 수호룡은 아직 크기가 작은 신생아에 불과하였으나, 이탄은 예외를 인정하지 않았다.

[키햐아앙!]

어둠의 수호룡도 여지없이 거꾸로 매달려 바동거렸다.

[이탄 님, 잘못했습니다.]

불의 수호룡이 납죽 엎드렸다.

그렇게 빌어봤자 소용없었다.

[꾸롹?]

불의 수호룡도 푸줏간의 고기처럼 거꾸로 매달렸다.

나머지 드래곤들, 즉 물과 번개, 바람의 수호룡은 이상한 낌새를 눈치 채고는 세 갈래로 나눠서 도망쳤다.

'뭐가 뭔지는 모르겠지만 일단 도망쳐야 해.'

'여긴 위험해.'

'그런데 어디로 도망치지?'

세 마리 드래곤은 어떻게든 이곳에서 벗어나려고 발버둥 쳤다.

안타깝게도 붉은 방에는 출구가 없었다. 감히 탈출을 시도했던 세 마리 드래곤들은 얼마 지나지 않아 갈고리에 몸이 꿰뚫려 허공에 대롱대롱 매달리는 신세가 되었다.

이탄이 드래곤들 앞에 팔짱을 끼고 섰다. 드래곤들을 향한 이탄의 눈은 무저갱처럼 깊고 어두워서 안이 들여다보이지 않았다.

딱!

이탄이 손가락을 튕기자 허공에 9개의 해머가 등장했다.

[흐어어.]

빛의 수호룡이 바람 빠지는 소리를 내었다. 피처럼 붉고 커다란 해머를 목격한 순간, 모든 수호룡들의 눈에 공포가 어렸다.

이윽고 매타작이 시작되었다.

Chapter 4

여러 수호룡들이 영혼 속 붉은 방에 갇혀서 끔찍한 경험을 맛보는 사이, 이탄은 자줏빛 파편에 온 신경을 집중했다.

쩍쩍 갈라진 파편 속에서 앙증맞은 크기의 새끼 드래곤이 부리를 쑥 내밀었다. 그리곤 당차게 첫 뇌파를 터뜨렸다.

[뿌약!]

이탄이 빙그레 미소를 지었다.

"거 참, 생김새만큼이나 뇌파 소리도 특이하네."

이탄의 독백처럼 이 자줏빛 드래곤은 생김새가 다른 드래곤들과는 달랐다. 이 드래곤은 특이하게도 조류처럼 부리를 지녔다. 이 드래곤의 두 눈은 보석처럼 영롱하게 반짝거렸다. 몸체에 비늘 대신 자줏빛 털이 숭숭 돋아 있는 모습도 독특했다.

박쥐의 그것을 닮은 여섯 장의 날개와 뱀처럼 길게 늘어진 꼬리가 아니었다면 드래곤이 아니라 새끼 새로 착각할 뻔했다.

이탄은 자줏빛 신생 드래곤과 눈을 마주쳤다.

[뿌약? 뿌약.]

자줏빛 드래곤은 이탄을 올려다보며 고개를 한 번 갸웃하더니, 부리로 파편을 톡톡 깨고 밖으로 나왔다.

'한번 이리 와보겠느냐?'

이탄이 손바닥을 살포시 내밀었다.

자줏빛 드래곤은 잠시 머뭇거리다가 폴짝 뛰어서 이탄의 손바닥 위에 올라섰다. 그런 다음 드래곤은 세 쌍의 날개를 쫙 펴고 퍼덕퍼덕 휘저어 물기를 말렸다. 부리로는 깃털을 톡톡 쪼았다.

그 모습이 무척 귀엽고 앙증맞았다.

이탄은 손바닥에 전달되는 기운을 통해서 이 드래곤의 성질을 파악했다.

"에너지가 넘치는구나. 딱히 빛이나 열에너지는 아니다만, 너의 조그만 몸뚱어리 속에는 에너지가 잔뜩 농축되어 있어."

이탄이 정확히 파악했다. 자줏빛 새를 연상시키는 이 독특한 드래곤은 에너지의 수호룡이었다.

이탄은 서둘러 신생 드래곤과 맹약의 절차를 밟았다. 이탄이 손끝에서 피 한 방울 내서 떨어뜨려 주자 자줏빛 드래곤은 그 피를 쪽쪽 빨아먹었다. 그리곤 단숨에 몸집이 몇 배는 커졌다.

처음 알에서 깨어났을 무렵 자줏빛 드래곤은 머리부터 꼬리까지 길이가 불과 6 센티미터에 불과했다.

이탄의 피를 마신 이후로 이 드래곤은 30 센티미터로 폭풍 성장했다.

'기특하구나. 무럭무럭 잘 자라고 있어.'

이탄은 자줏빛 드래곤의 머리를 슥슥 쓰다듬어 주었다.

[뿌야악.]

자줏빛 드래곤은 이탄의 손길을 즐기는 듯 머리를 마구 비볐다.

그 모습이 귀여워서 이탄은 한 번 더 미소를 지었다.

'너도 다른 드래곤처럼 이름이 알리어스냐? 내 말이 맞지?'

이탄은 별 기대 없이 물었다.

딱히 상대의 대답을 바라고 던진 질문은 아니었다. 이탄은 지금까지 모든 드래곤들이 알리어스라는 이름을 사용했으므로 이번에도 당연히 그 이름일 것이라 생각했다.

한데 자줏빛 드래곤이 고개를 가로저었다.

이탄은 의외의 대답에 눈을 동그랗게 떴다.

'뭐? 아니라고?'

자줏빛 드래곤은 힘차게 고개를 주억거렸다. 드래곤의 보석 같은 눈은 [저는 절대 알리어스가 아니거든요.]이라고 주장하는 듯했다.

이탄은 끝끝내 자줏빛 드래곤의 진짜 이름을 듣지 못했다. 세계의 파편에서 갓 부화한 어린 드래곤은 아직까지 이탄과 제대로 된 의사소통을 하지 못했다. 뇌파도 오직 한 종류, 즉 [뿌약.] 밖에 내뱉지 못했다.

'어둠의 수호룡이나 빛의 수호룡은 부화와 동시에 자유롭게 의사를 전달하던데, 얘는 좀 다르네.'

이탄은 수호룡들 사이에도 발달속도에 차이가 난다는 점을 비로소 깨달았다.

'언어가 조금 늦으면 어때? 무럭무럭 자라기만 해라.'

이탄은 자줏빛 드래곤의 머리를 또다시 쓰다듬어 주었다.

[뿌약, 뿌약, 뿌약.]

자줏빛 드래곤은 이탄의 손바닥으로 파고들면서 살갑게 머리를 비볐다.

이로써 열 번째 세계의 파편이 무사히 부화에 성공했다.

조금 전 이탄이 아홉 마리 수호룡들에게 버럭 화를 낸 이유는 그깟 연무장이 엉망이 되어서가 아니었다. 이탄은 수호룡들의 싸움에 휘말려서 열 번째 세계의 파편이 깨졌기라도 할까 봐 우려했다.

그런데 세계의 파편은 멀쩡했다. 오히려 수호룡들이 뿜어낸 기세가 열 번째 파편을 자극하여 부화가 앞당겨진 것 같았다.

이탄은 전후사정을 눈치채고는 수호룡들에 대한 진노를 풀었다.

딱!

이탄이 손가락을 튕겼다.

이탄의 영혼 속 붉은 방으로 소환되었던 아홉 마리 수호룡의 혼백이 다시 현실 세상으로 돌아왔다.

[쿠확? 쿠우우우.]

[끄어어어억.]

수호룡들은 현실로 돌아온 이후에도 한동안 정신을 차리지 못했다.

빛의 수호룡이 배를 까뒤집고 고통스럽게 몸부림쳤다.

불의 수호룡은 악몽이라도 꾸는 듯이 [살려주세요.]를 몇 번이고 반복했다.

어둠의 수호룡은 애처롭게 다리를 경련했다.

그나마 붉은 방을 경험해본 여섯 드래곤들의 상태는 좀 나았다.

물의 수호룡은 난생 처음 허공에 거꾸로 매달려 해머질을 당해보았다. 그 충격에 물의 수호룡은 순간적으로 실어증에 걸렸다.

번개의 수호룡도 머릿속이 하얗게 변했다. 번개의 수호룡은 세상에 태어난 이래로 이런 끔찍한 고문을 당해보기는 처음이었다.

이것은 바람의 수호룡도 마찬가지였다.

세 마리 드래곤은 얼이 빠진 표정으로 와들와들 떨었다.

'험험. 다들 얘 좀 봐라.'

이탄은 패닉 상태의 드래곤들 앞에 자줏빛 드래곤, 즉 에너지의 수호룡을 내밀었다.

갓 태어난 수호룡은 이탄의 손바닥 위에서 조그맣게 몸을 웅크리고는 '우와, 이 커다란 분들은 다 뭐예요?' 라는 표정으로 곁눈질을 했다.

빛의 수호룡은 그제야 자줏빛 드래곤을 발견했다.

Chapter 5

[크락?]

빛의 수호룡이 벌떡 몸을 일으켰다.

[꾸어엉?]

다른 수호룡들도 목을 쭉 빼고 이탄의 손바닥에 시선을 집중했다.

[오호라, 열 번째 파편이 부화했구나.]

[오올, 진짜네.]

모든 수호룡들이 휘둥그레진 눈으로 자줏빛 드래곤을 내려다보았다.

다들 조금 전까지만 해도 공포에 질려서 벌벌 떨었는데, 어느새 붉은 방에 대한 공포는 잊어버렸다. 아홉 마리 수호룡들은 갓 태어난 드래곤에게 시선을 빼앗겼다.

[키하항. 너무 작잖아.]

어둠의 수호룡은 자신도 모르게 이렇게 중얼거렸다.

그러는 어둠의 수호룡도 태어난 지 얼마 되지 않았다. 어둠의 수호룡은 이제 조금 성장하여 50 센티미터를 겨우 넘었을 뿐이다.

그러니까 지금 이 자리에서 에너지의 수호룡을 제외하면 가장 어린 드래곤이 바로 어둠의 수호룡이었다.

'한데 뭐라고? 상대가 너무 작다고? 크롸롹, 제 덩치는 생각도 안 하는구나. 크롸롹.'

빛의 수호룡이 피식 웃었다.

'이건 마치 두 살짜리 꼬맹이가 갓난아이를 향해서 너무 어리다고 말하는 것과 비슷하잖아?'

불의 수호룡은 속으로 이렇게 중얼거렸다.

다른 수호룡들도 서로를 마주 보며 어깨를 으쓱했다.

어쨌거나 에너지의 수호룡 덕분에 분위기가 부드럽게 풀리는 듯싶었다.

산통을 깬 것은 이번에도 불의 수호룡이었다.

[크롹. 저 조그만 녀석도 이탄 님과 맹약을 맺었잖아?]

불의 수호룡은 자줏빛 드래곤의 몸에서 풍기는 이탄의 향기를 발견했다. 불의 수호룡은 질투에 미쳐 이글거리는 눈으로 신생아 수호룡을 노려보았다.

불의 수호룡이 에너지의 수호룡에게 눈을 부라린 것은, 차마 이탄을 노려볼 용기가 없기 때문이었다.

'왜 재만 되고 나는 안 됩니까? 왜 다른 수호룡들과는 맹약을 맺어주면서 나에게는 손을 내밀어 주지 않는 겁니까?'

솔직히 말해서 불의 수호룡은 이탄에게 이렇게 따져 묻고 싶었다.

이탄이 그 심정을 눈치챘다.

이탄이 불의 수호룡과 맹약을 맺지 않는 이유는 이채민 때문이었다. 만약 이탄이 불의 수호룡을 빼앗으면 이채민이 상실감에 허덕이다가 자결을 할지도 몰랐다. 이탄은 그게 싫어서 불의 수호룡을 그냥 내버려 두었다.

이탄은 시어드와 험프, 그리고 빅토리아 여왕과도 우호적 관계였다. 이탄이 물의 수호룡, 바람의 수호룡, 번개의 수호룡을 빼앗지 않은 이유도 바로 여기에 있었다.

그렇다고 해서 이탄이 영구히 이 네 마리 수호룡을 내버려 두겠다는 뜻은 아니었다.

'세계의 파편을 하나로 모을 방법이 오직 맹약뿐이라면?'

이탄은 그럴 경우에 일말의 망설임도 없이 단호한 결정을 내릴 성격이었다.

'하지만 방법이 꼭 맹약만 있는 것은 아니지.'

이탄은 천공안을 통해서 미래를 읽었다. 이탄이 읽어낸 미래에는 세계의 파편이 하나로 합쳐져 있었다.

'맹약을 통해서 수호룡들을 빼앗지 않고서도 세계의 파편을 합치는 데는 아무런 문제가 없어.'

다만 아쉽게도 세계의 파편이 하나로 합쳐진 이후에 어떤 일이 벌어지는지는 읽히지가 않았다.

천공안이라고 해서 전지전능하지는 않았다. 천공안은 정말 사기적인 권능이지만, 신격 존재, 혹은 마격 존재와 관련된 미래는 읽을 수가 없었다.

'미래를 알 수가 없으니 직접 부딪쳐 볼 수밖에.'

이탄은 조만간 세계의 파편을 하나로 합쳐볼 요량이었다.

'딱 하나의 파편만 더 모으고. 딱 하나만 더.'

천공안으로 읽은 미래에서 세계의 파편의 수는 총 11개였다. 지금까지 이탄이 모은 수호룡이 총 열 마리니까 이제 하나만 더 수집하면 끝이었다.

물론 그 전에 이탄은 조치를 하나 취할 필요성을 느꼈다. 불의 수호룡과 물의 수호룡, 번개와 바람의 수호룡을 곁에 묶어두기 위한 조치였다.

'너희들과 맹약을 맺지는 않을 거다. 내가 너희를 빼앗아오면 너희들의 기존 맹약자들이 큰 타격을 받을 테니까.'

이탄의 이 한 마디에 네 마리 수호룡이 크게 실망했다. 불의 수호룡뿐 아니라 나머지 세 수호룡도 실망한 기색이 역력했다.

그중에서도 가장 억울한 드래곤은 물의 수호룡이었다.

[크웅. 저는 지금 맹약자도 없는 처지인걸요.]

물의 수호룡이 조그맣게 중얼거렸다.

그 말은 사실이었다. 얼마 전 로크 시즈너가 죽었으므로 물의 수호룡은 맹약자가 없는 셈이었다.

물론 물의 수호룡은 로크의 둘째 아들인 시어드 시즈너와 조만간 맹약을 맺을 계획이었다. 그래도 어쨌거나 현재는 자유로운 몸이 아닌가.

이를 알면서도 이탄은 물의 수호룡을 빼앗지 않았다.

시어드에 대한 배려 때문이었다.

대신 이탄은 네 마리 수호룡의 불만을 달랠 방안을 내어놓았다.

'자. 여기 있다.'

이탄이 손끝에 상처를 내어 피를 뿌렸다.

네 방울의 붉은 피가 허공에 둥실 떠올랐다. 이 핏방울들은 네 마리 수호룡의 코앞에서 우뚝 멈췄다.

[헉? 신의 피!]

[이탄 님!]

네 마리 수호룡이 놀란 눈으로 이탄을 돌아보았다.

한편 이들을 제외한 나머지 여섯 수호룡은 이탄의 피를 곁눈질하면서 군침을 꼴깍 삼켰다. 이 여섯 마리 수호룡들은 이탄의 피가 얼마나 대단한 힘을 품고 있는지 경험을 해보았다. 그러니 신의 피를 보자마자 침이 꼴깍 넘어갈 수밖에.

'너희들 몫이 아니야.'

이탄은 엄한 표정으로 여섯 마리 수호룡들을 자제시켰다.

[아아, 네에.]

빛의 수호룡을 포함한 여섯 수호룡들은 아쉬운 듯 입맛만 다셨다.

이탄은 네 마리 임자(?) 있는 수호룡들을 돌아보았다.

'내 피를 한 방울씩 나눠 줄 테니 그걸 흡수해라. 대신 기존의 맹약이 끊어지지 않도록 잘 컨트롤 해.'

이탄의 말에 불의 수호룡이 눈을 번쩍 떴다.

[이탄 님, 그 말씀은……?]

'너희 수호룡들이 한 번에 단 한 명의 맹약자만 둔다는 점은 나도 알고 있다. 하지만 그건 너희가 스스로 그렇게 정한 규칙일 뿐, 기존의 맹약자를 둔 상태에서 또 다른 이와 정신을 연결하는 것은 가능하다.'

[억? 그게 진짜입니까?]

[말도 안 돼.]

수호룡들이 깜짝 놀랐다. 지금 이탄이 뇌에서 튀어나온 이야기는 수호룡들도 모르던 사실이었다.

Chapter 6

이탄이 핀잔을 주었다.

'내가 왜 너희에게 거짓말을 하겠나? 아까운 내 피를 낭비하면서 말이야.'

듣고 보니 그러했다. 이탄이 굳이 거짓말을 해서 귀한 피를 낭비할 이유는 없었다.

[쿠랏. 감사합니다.]

불의 수호룡은 냉큼 이탄의 핏방울을 받아마셨다.

[쿠우오옹, 감사합니다.]

이어서 물의 수호룡이 이탄의 피를 흡수했다.

번개의 수호룡과 바람의 수호룡도 조심스럽게 이탄의 피를 영접하고는 이탄과 정신을 연결했다.

이탄이 한 번 더 경고했다.

'나와 연결을 하는 것은 좋지만, 기존의 맹약이 절대 끊어지지 않도록 조심해라. 이를 이기는 놈에게는 내 피를 다시 거둬들이는 것은 물론이고 그만큼의 대가를 치르도록 만들어 줄 거다.'

[네넵.]

이탄의 으스스한 협박에 네 마리 수호룡 모두 찔끔했다. 특히 불의 수호룡은 심장이 덜컥 내려앉았다. 불의 수호룡은 이채민이 마음에 들지 않아 이 기회에 그녀를 손절할 마음을 품고 있어서였다.

어쨌거나 네 마리 수호룡은 이탄의 피를 체내에 흡수했고, 이탄과 정신을 연결하는 데 성공했다.

그 즉시 네 수호룡의 기세가 몰라보게 달라졌다. 다들 힘이 치솟고 없던 이능이 새로 생겨났다.

그뿐만이 아니었다. 네 마리 수호룡들은 엄청난 희열에 전신을 떨어야만 했다. 신적 존재와 정신을 연결한다는 것은 황홀하리만치 굉장한 일이었다. 무엇을 느끼는 것인지 네 마리 수호룡은 눈을 꼭 감고 바들바들 전율했다.

이탄은 그런 드래곤들을 묵묵히 지켜보았다.

[크롸롸. 이탄 님, 한 번에 2개의 맹약을 유지하는 게 가능한 거였군요. 정말 믿을 수가 없습니다. 그러니까 이건 마치 비유를 하자면…… 인간들이 바람을 피우는 것과 비슷하네요. 유부녀가 결혼을 유지하면서 다른 남자를 사랑하는 그런 기분이 이럴까요?]

이탄과 연결에 성공한 뒤, 불의 수호룡은 이렇게 주접을 떨었다.

그 즉시 이탄이 손을 휘둘렀다.

빠악!

이탄의 손에서 방출된 붉은 기운이 허공을 격하고 날아

가 불의 수호룡의 뒤통수를 강하게 후려쳤다.

[꿰액.]

불의 수호룡은 연무장 바닥에 고꾸라져 턱을 처박았다. 수호룡의 뒤통수에서는 피가 철철 흘렀다. 이탄의 손이 얼마나 매웠던지 불의 수호룡의 뒤통수가 벗겨지고 붉은 두개골이 그대로 드러났다.

이탄이 인상을 썼다.

'비유를 해도 어디서 그런. 다시는 그런 저렴한 말을 뇌에 담지 마라. 확 연결을 끊어버리는 수가 있다.'

[크헙? 잘못했습니다. 안 됩니다, 이탄 님. 제발 연결을 끊지 말아주십시오.]

불의 수호룡은 뒤통수에서 느껴지는 통증도 잊은 채 펄쩍펄쩍 뛰었다.

예전에 불의 수호룡은 이채민에게 [확 연결을 끊어버릴 테다.]라고 협박했었다. 그러자 이채민은 기겁을 하면서 불의 수호룡 앞에 납죽 엎드렸다. 수호룡과 연결이 끊어진 이후 겪게 될 상실감이 몸서리치게 두려웠기 때문이었다.

보통은 이게 정상이었다. 수호룡과 인간 사이에 맹약을 맺으면, 주도권은 수호룡이 가지게 마련.

이탄의 경우는 달랐다.

이탄은 신격 존재이므로, 그가 수호룡과 맹약을 맺으면

이는 이탄이 그 수호룡에게 시혜를 베풀어 준 것과 마찬가지였다.

'한데 신과의 연결이 끊어진다고? 그건 안 돼. 절대 안 돼. 만약에 이게 끊어지면 나는 상실감을 견디지 못하고 콱 죽어버릴 거야.'

불의 수호룡은 이탄의 협박에 겁이 덜컥 났다.

다른 수호룡들도 기겁했다.

[크락? 이탄 님과의 연결이 끊어지다니, 상상만 해도 끔찍하구나.]

빛의 수호룡이 부르르 몸서리를 쳤다.

[키향! 그건 아니야. 절대 안 돼.]

어둠의 수호룡은 이탄의 곁에서 떨어지기 싫은 듯 이탄에게 달라붙어 오동통한 다리로 이탄의 발을 꼭 붙들었다.

[쿠어엉.]

대지의 수호룡이 슬그머니 다가와 이탄에게 꼬리 끝을 살짝 붙이고 앉았다.

차갑기만 하던 얼음의 수호룡도 꼬리를 수줍게 내밀어 이탄에게 붙였다.

수목의 수호룡도 나무뿌리처럼 생긴 촉수를 뻗어 이탄과 살포시 접촉했다.

이 자리에서 가장 어린 에너지의 수호룡은 뽀로롱 날아

와 이탄의 품으로 바싹 파고들었다.

물의 수호룡이, 바람의 수호룡이, 번개의 수호룡이 이탄에게 신체의 일부를 밀착했다.

'너희들, 뭐냐?'

이탄이 눈썹을 찌푸렸다.

[히히히.]

모든 수호룡들이 이빨을 드러내고 어색한 미소를 지었다.

이탄도 수호룡들을 매정하게 뿌리치지는 못했다.

'칫. 정말 어쩔 수가 없는 녀석들이라니까.'

그저 이탄은 검지로 자신의 콧잔등을 긁을 뿐이었다.

Chapter 7

이집트 카이로에서 출발한 비행기가 인도 남부의 공항에 착륙했다. 잠시 후, 정장을 입은 사내 5명이 입국장을 통해서 빠져나왔다.

사내들은 하나 같이 체격이 건장하고 민첩해 보였다. 사내들의 선두에는 머리가 희끗희끗한 중년인이 자리했다.

비록 외모는 중년처럼 보이지만 사실 이 중년인은 100세에 육박했다.

그의 정체는 용성.

천로군의 총사령관이자 쥬신 복원 세력의 제2무력이 인도 남부에 모습을 드러낸 것이다.

사실 용성은 공항처럼 인파가 많은 곳에 쏘다녀서는 안 될 사람이었다. 쥬신 복원 세력의 최강자인 화염의 여제가 실종된 지금, 용성이야말로 쥬신 복원 세력을 지탱해야 할 뼈대이기 때문이다.

'그래 봤자 나는 사냥개에 불과하지. 폐하께서는 이 늙은이를 말 잘 듣는 사냥개로밖에 생각하지 않으셔. 크크큿.'

용성은 자조적인 웃음을 흘렸다. 용성이 품고 있는 고뇌가 착잡한 그의 표정을 통해서 고스란히 드러났다.

용성이 방콕을 떠나 싱가폴과 이집트를 차례로 거쳐서 신분을 세탁한 다음 이곳 인도까지 날아오게 된 이유가 무엇이던가? 또한 용성이 25명의 정예부하들을 몇 단계에 걸쳐서 인도로 들여보낸 이유가 무엇이던가?

바로 사냥감을 물기 위해서였다.

"역적 이수민의 목을 베어 오라."

용성의 귓가에는 아직까지도 이공의 표독한 어명이 메아리쳤다.

용성은 이수민이 역적이라는 주장에 동의할 수 없었다. 용성은 자해에 가까운 이 어명의 배후에 간신 학송의 그림자가 드리워 있음을 누구보다 잘 알았다.

그럼에도 용성은 어명을 거부하지 못했다.

'나의 고지식함이 결국 나 스스로를 해치고 더 나아가서는 조직을 해칠 것임을 나도 안다. 후우우. 그래도 어쩔 수가 없구나. 일단은 어명을 받들 수밖에.'

용성이 어금니를 질끈 물었다. 어찌나 이빨을 세게 물었던지 귀밑에서 용성의 턱뼈가 툭 불거져 나왔다.

용성이 공항 밖으로 나오자 기다렸다는 듯이 검은색 벤이 접근했다. 벤 안에는 용성보다 먼저 인도에 들어와 있는 천로군 장수들이 타고 있었다.

용성과 그의 부하들은 다섯 대의 벤에 나눠 타고는 공항을 떠났다.

그 시각, 공항 저 먼 곳에서는 새까만 선글라스를 낀 여인이 대포처럼 큰 카메라를 손에 들고는 연신 용성의 모습을 촬영했다.

찰칵, 찰칵, 찰칵, 찰칵.

경쾌한 셔터 소리와 함께 여러 장의 사진이 카메라에 담겼다. 이중에는 용성이 벤에 올라타는 모습, 딱딱하게 굳은 용성의 얼굴 표정, 용성과 동행한 사내들의 얼굴 한 컷 한

컷이 빠지지 않고 포함되었다.

촬영을 마친 여인은 어디론가 사진을 송부했다. 그런 다음 그녀는 선글라스를 이마 위로 올리고는 무전기를 손에 들었다.

"늙은 셰퍼드가 공항에 도착했다. 사진을 보냈으니 확인해 보도록."

선글라스 여인은 무전기로 정보를 전달했다.

치직거리는 잡음과 함께 무전기 저편에서 답이 들렸다.

"뭐가 이렇게 오래 걸렸데? 그자는 무려 엿새 전에 방콕 공항에서 출발했잖아? 이거 아주 기다리다가 진이 빠지겠는걸."

"훗. 나름 세간의 이목을 피하려고 이곳저곳을 우회하여 신분을 세탁한 모양이야. 하지만 정말 어리석은 짓이지. 우리는 이미 이곳에 자리를 깔고서 셰퍼드가 도착할 때만 기다리고 있었는데 말이야. 호호호."

선글라스 여인은 주홍색 립스틱을 꺼내어 입술에 바르면서 용성을 비웃었다.

무전기 저편에서 살짝 들뜬 동료의 목소리가 전달되었다.

"여하튼 늙은 셰퍼드가 나타났으니까 되었지 뭐야. 네가 찍은 사진은 대주님께 잘 전달할게."

"그래. 부탁해."

통화를 마친 뒤, 선글라스 여인은 카메라를 분해하여 가죽 가방에 담고는 자리를 떴다.

잠시 후, 간씨 세가 주작대주의 업무용 폰에 짤막한 두 줄의 메시지가 찍혔다.

* 늙은 셰퍼드 출현.
* 사진 첨부.

이어서 주작대주의 폰으로 첨부화일이 줄줄이 들어왔다. 주작대주는 첨부된 사진을 꼼꼼하게 확인한 다음, 입꼬리를 살짝 끌어올렸다.

"옳거니, 이제 작전을 시작해도 되겠구나."

주작대주는 용성이 인도 남부 공항에 도착했다는 사실을 즉각 이탄에게 보고했다.

이윽고 간씨 세가의 마크가 새겨진 수송기 일곱 대가 인도 중부에서 날아올라 인도 남부로 향했다.

한데 특이하게도 수송기에 탑승한 것은 간씨 세가의 병력이 아니었다. 코로니 군벌이 자랑하는 아이스 마법병단 200명, 그리고 아프리카의 검은 전사 400명이 간씨 세가의 군 수송기를 탔다.

여기에는 간씨 세가의 인물도 한 명 추가되었다. 이번 소탕 작전의 지휘관은 백호대주인 서원평이 그 대상이었다.

결국 지금 인도 남부로 날아가고 있는 병력은 서원평까지 합쳐서 총 601명인 셈.

서원평이 작전의 지휘를 맡은 것은 이탄의 뜻이었다.

얼마 전 시카고 회합에서 코로니 군벌의 대표인 에니세이와 카르발 군벌의 고골은 이탄에게 모든 지휘권을 넘기기로 약속했다.

당시에 에니세이는 다음과 같은 말로 이탄의 비위를 맞춰주었다.

"피치 못할 사정상 군벌의 최상층부가 전투에 나서기는 어렵습니다. 대신 저는 참전하겠습니다. 또한 우리 코로니의 최정예 마법병단을 아끼지 않고 투입할 테니 부디 대지의 소서러께서 그들을 부려주십시오."

고골도 곧장 입을 맞추었다.

"카르발 군벌의 처지도 코로니와 다르지 않습니다. 우리도 콜링바 님께서 직접 힘을 써주시기는 곤란한 상황이란 말입니다. 대신 대지의 소서리께서 허락해주시면 검은 전사들을 집중 투입하여 쥬신 잔당들의 소탕에 앞장서겠습니다. 부디 대지의 소서러께서 우리 전사들을 마음껏 부려주십시오."

이탄은 예니세이와 고골의 제안을 선뜻 받아들였다.
사실 이탄에게는 다른 꿍꿍이가 있었다.
"검은 전사들은 성격이 단순하거든. 그러니까 네가 그들을 잘 포섭해 놓아라. 평소에 네가 하던 대로만 하면 검은 전사들이 알아서 너를 따르게 될 거다."
이탄은 서원평에게 미리 언질을 주었다. 이참에 카르발의 전사들을 회유하겠다는 것이 이탄의 엉큼한 속셈이었다.
"넵, 의장님."
서원평은 고개를 숙여 대답했다.
그 후 이탄은 아이스 마법병단과 검은 전사들을 미리 소집하여 인도 중부에 대기시켜 놓았다. 그리곤 서원평에게 이들의 훈련을 맡겼다.
"전투 시 서로 합을 맞추려면 미리 훈련을 해둘 필요가 있겠지."
이게 이탄의 핑곗거리였다.
덕분에 아이스 마법병단과 검은 전사들은 서원평과 찐하게 합숙훈련을 하면서 서로의 마음을 맞춰갔다.
그러다 오늘 드디어 출전 명령이 떨어졌다.

Chapter 8

간씨 세가의 군 수송기가 601명의 병력을 태우고 인도 남부의 고원지대로 향하는 동안, 이탄도 한바탕 연극을 준비했다.

'자자, 다들 손을 모으고 잘 해보자. 너희들 동선은 미리 잘 맞춰봤지?'

이탄이 손을 먼저 내밀었다.

[넵. 맞춰봤습니다.]

그 위에 빛의 수호룡이 앞발을 겹쳤다. 빛의 수호룡은 평소보다 수백 분의 1로 몸체를 축소한 상태였다.

불의 수호룡이 기다렸다는 듯이 말을 받았다.

[이탄 님, 걱정 마십시오. 잘해내겠습니다.]

앞발을 척 겹치는 불의 수호룡의 모습은 어쩐지 무척 신나 보였다.

이어서 어둠의 수호룡, 대지의 수호룡, 물의 수호룡, 번개의 수호룡, 바람의 수호룡이 차례로 앞발을 포갰다.

얼음의 수호룡, 수목의 수호룡, 에너지의 수호룡은 한 발 뒤에서 부러운 듯 그 모습을 쳐다보았다.

이탄은 이번 연극에 이들 세 수호룡은 투입하지 않았다.

이탄이 신호를 주었다.

'자자, 하나, 둘, 셋, 하면 화이팅을 외치는 거다. 하나, 둘, 셋!'

[화이팅!]

일곱 수호룡이 힘차게 화이팅을 외쳤다.

잠시 후, 빛과 어둠, 불의 수호룡이 먼저 출발했다. 세 수호룡은 이탄이 만들어 놓은 공간이동 통로를 통해서 북극으로 곧장 넘어갔다.

이탄은 이들 세 마리 드래곤에게 쥬신 잔당의 역할을 맡겼다.

원래 불의 수호룡은 건국황 이관의 맹약자였고, 빛의 수호룡과 어둠의 수호룡은 각각 패황 이균억과 광황 이충의 맹약자들이었다. 덕분에 세상 사람들은 이들 세 수호룡을 쥬신 황실의 수호신처럼 인식했다.

반면 대지의 수호룡과 번개의 수호룡, 물의 수호룡 등은 오대군벌과 관계가 깊었다.

이탄은 오늘 양측의 수호룡들을 대거 투입하여 세상이 화들짝 놀랄 만한 전투를 보여줄 요량이었다.

이탄은 이 싸움에 빅토리아 여왕과 험프 경, 그리고 예니세이까지 동원했다. 물론 이탄 본인도 직접 참전할 예정이었다.

아니, 단순한 참전을 넘어서 이탄은 오늘 1인 3역을 맡았다. 이탄이 직접 패황 이군억과 광황 이충의 흉내를 내려는 것.

수호룡들은 이 엄청난 사기극에 가슴이 두근거렸다. 특히 불의 수호룡은 위험한 모험을 앞둔 사내아이처럼 눈이 흐물흐물해졌다.

[이건 마치 내가 대단한 흑막이 된 것 같잖아. 크롸뢋.]

불의 수호룡이 가슴을 쭉 내밀고 뻐기듯이 이야기하자 빛의 수호룡은 어이가 없다는 듯이 고개를 내저었다.

그러면서도 빛의 수호룡은 조그맣게 뇌파를 뇌까렸다.

[그러게. 이런 묘한 기분은 또 처음이네.]

솔직히 빛의 수호룡도 심장이 뛰었다.

아직 어린 어둠의 수호룡이야 말할 것도 없었다.

[키햐앙! 키햐아앙!]

어둠의 수호룡은 생선 가게를 털기로 계획을 짠 도둑고양이처럼 신나 했다. 원래 흑막 역할을 하는 것은 어둠의 수호룡의 오랜 취향이었다.

세 마리 드레곤이 북극 하늘에서 자리를 잡고 연극의 막이 오르기만을 기다릴 때였다. 공간이 와락 일그러지면서 2명의 사내가 새로 등장했다.

그중 한 명은 얼굴에 황금빛 가면을 썼고 체격이 건장했다.

다른 한 명은 얼굴에 흑색의 가면을 착용했고 몸이 깡말랐다.

이들 2명은 오늘 각각 패황과 광황의 역할을 할 배우들이었다.

이탄은 인과율을 지배하는 권능들 가운데 '숙주'와 '기생'을 꺼내들었다. 그리곤 쥬신 잔당들의 인체실험실에서 강탈해온 실험체 가운데 체격조건이 맞는 2명을 골라서 이 언령을 사용했다.

이들 실험체는 특수한 약물처리 덕분에 이성이 남아 있지 않았다. 정신적으로 백지상태나 마찬가지였다.

그러니 이탄의 언령이 잘 먹힐 수밖에.

이탄은 두 숙주의 몸에 자신의 영혼의 일부를 불어넣었다. 거기에 더해서 이탄은 만자비문의 여러 뜻 가운데 '동화하는'도 사용했다.

두 숙주는 곧 이탄이 되었다.

이탄은 숙주 가운데 한 명을 패황으로, 다른 한 명을 광황으로 설정했다.

"패황과 광황을 만들었으니 만반의 준비가 끝이 났군."

이탄은 기다렸다는 듯이 빅토리아 여왕과 험프 경, 그리고 예니세이에게 연락을 취했다.

"오! 드디어 빛의 수호룡의 흔적을 찾았다고요? 그거 잘

되었군요. 거기가 어디죠? 어서 가서 종지부를 찍어야죠."

뇌전의 여제 빅토리아는 비장한 각오로 전쟁터에 나섰다.

"대지의 소서러께서 애를 많이 쓰셨구려."

시카고 인근에서 대기 중이던 험프 경도 곧장 에디아니 군벌의 전투기를 몰아 북극으로 향했다.

"저도 출발합니다."

예니세이도 모스크바를 떠나서 이탄의 계획에 동참했다.

이탄은 몇몇 언론에도 이 사실을 흘렸다. 주로 아시아, 유럽, 북미 지역의 언론들이 그 대상이었다.

언론들은 당장 취재 경쟁에 뛰어들었다.

이탄은 손바닥을 슥슥 비볐다.

"배우가 준비되었고, 관객들도 모두 모았으니 이제 시작해볼까?"

각본 이탄.

연출 이탄.

드디어 대규모 사기극의 화려한 막이 올랐다.

제3화

쥬신 제국 .VS. 오대군벌 I

Chapter 1

푸화확!

북극 하늘 한복판에서 태양보다 더 눈부신 광휘가 폭발했다. 빛의 사슬 수십 가닥이 얼음바다를 향해서 내리꽂혔다.

하늘에서 쏟아진 빛의 사슬은 마치 살아있는 생명체처럼 움직이며 오대군벌의 수뇌부들을 공격했다.

이탄이 비장하게 소리쳤다.

"정면은 제가 전담하여 맡으리다. 세 분께서는 방어에는 신경 쓰지 말고 오로지 공격에만 집중하시죠."

그 말과 함께 이탄이 허공으로 떠올랐다.

이탄이 입고 있는 주홍빛 갑옷으로부터 고대의 문자들이 툭툭 튀어나오더니 이탄의 몸 주변에 둥그런 방어막을 둘러주었다.

방어와 동시에 이탄은 중얼중얼 주문을 외워 중력마법을 발휘했다.

차가운 바다에 부유 중이던 커다란 빙하가 콰아악 바닷물을 박차고 떠올라 허공으로 부상했다.

수십 미터, 수백 미터 크기의 빙하들은 이내 이탄의 머리 위로 떠올라 엄폐물 역할을 맡았다.

"헉?"

"와아!"

단숨에 빙하 수십 개를 허공으로 들어버리는 이탄의 마력에 빅토리아와 험프가 화들짝 놀랐다.

예니세이의 눈동자도 가늘게 흔들렸다.

하지만 이들은 마냥 감탄만 하고 있을 만큼 한가하지 않았다. 이탄이 허공에 띄운 빙하가 빛의 사슬을 가로막는 동안에도 북극 하늘에서 쏟아지는 광휘는 점점 더 거세졌기 때문이었다.

빅토리아가 이빨을 꽉 물었다.

"제기랄. 정말 지독히도 강하구나. 저 정도면 위력이면 단순히 패황의 후계자가 아니라 전설 속의 패황이 직접 되살아났다고 해도 믿겠어."

빅토리아의 독백은 사실이었다. 지금 하늘에서 가중되고 있는 빛의 기세는 범상치 않았다.

"쥬신의 잔당 놈들, 대체 언제 저런 괴물을 키워낸 게지?"

험프가 진저리를 쳤다.

"크으윽."

예니세이는 입을 열 엄두도 내지 못했다. 그저 잇새로 신음만 흘렸다.

솔직히 예니세이는 쏟아지는 광휘를 피해서 도망치고 싶었다.

하지만 아무 데도 피할 곳이 없었다. 여기서 밀렸다가는 오대군벌 전체가 박살 날 판국이었다.

'오냐. 어디 한번 해보자.'

예니세이는 죽음을 각오했다.

그 순간 하늘에서 빛이 폭포수처럼 쏟아졌다. 무지막지하게 쏟아져 내린 빛의 향연은 단숨에 커다란 빙하를 녹이고 이탄을 직접 타격했다.

"이이익. 크악."

이탄이 이빨을 꽉 물었다. 이탄의 머리 위로 수십 톤에 이르는 흙이 소환되어 두꺼운 벽을 이루었다.

하늘에서 쏟아지는 광휘는 두꺼운 흙벽을 파헤치면서 무지막지한 타격을 아래로 전달했다.

"크흡!"

이탄의 입에서 피가 울컥 튀어나왔다.

그래도 이탄은 무너지지 않았다. 이탄은 끊임없이 흙을 재소환하면서 적의 공격을 버텨내었다.

그렇게 흙을 계속 추가하다 보니 어느새 이탄이 소환한 흙벽은 가로 세로 수 킬로미터를 넘어섰다. 두께도 수십 미터가 훌쩍 넘었다.

이건 마치 신화 속 대지의 신이 땅거죽을 통째로 들어서 하늘의 붕괴를 틀어막는 듯한 모양새였다.

빅토리아가 입을 쩍 벌렸다.

'대지의 소서러는 정말 엄청나구나.'

험프와 예니세이의 눈동자는 폭풍이라도 만난 듯 흔들렸다.

[크랏!]

북극 하늘 위에서 드래곤의 우렁찬 뇌파가 터졌다. 그와 동시에 빛의 사슬 세 가닥이 벼락처럼 쏘아져 빅토리아와 험프, 예니세이를 공격했다.

그 전에 이탄이 반응했다.

"어딜 감히 한눈을 파느냐? 네놈의 상대는 나다."

이탄은 수십 미터 크기의 흙의 벽 3개를 동시에 소환하여 빛의 사슬을 막아주었다. 덕분에 빅토리아 등은 방어에 에너지를 낭비하지 않아도 되었다.

이탄이 방해를 한 것이 고까운 듯, 북극의 하늘 위에서 분노한 음성이 들렸다.

"반역자 놈 주제에 시건방을 떠는구나. 오냐. 네놈부터 죽여주마."

우렁찬 포효에 뒤이어 빛의 기둥이 이탄을 쩍쩍 내리찍었다. 이것은 수백 년 전 패황이 즐겨 사용했다고 전해지던 공격 수법이었다.

상대의 무지막지한 공격력에 빅토리아 등은 얼굴이 하얗게 질렸다.

한데 이탄은 그 공격마저 아슬아슬하게 막아내었다. 이탄은 더 많은 양의 흙의 소환하여 흙의 벽을 무려 수 킬로미터 두께로 키웠다.

단지 두께만 커진 것이 아니었다. 흙의 벽 자체가 둥글게 안으로 굽으면서 거대한 화로처럼 변했다.

이탄이 만들어낸 대지의 화로는 하늘에서 쏟아지는 빛의 기둥과 빛의 사슬을 모조리 막아내었다.

[크롸롸롸랏—.]

분노한 빛의 수호룡이 숨을 훅 들이마셨다가 브레스를

쏘았다.

이탄은 마나를 더 끌어올려 대지의 화로를 강화했다.

미친 듯이 공격을 퍼붓는 패황의 후계자도 엄청났지만, 그걸 꿋꿋이 막아내는 이탄도 어마어마했다.

"크읏. 빅토리아 폐하, 어서 서두르십시오."

이탄이 잇새로 으르렁거렸다.

"알았어요."

빅토리아 여왕은 즉시 번개의 수호룡을 소환했다.

쩌저정!

우렛소리와 함께 등장한 번개의 수호룡이 머리에 빅토리아를 태우고 번쩍 사라졌다. 그런 다음 수호룡은 북극 하늘 높은 곳에서 다시금 모습을 드러내었다.

빅토리아가 고개를 내밀고 아래를 내려다보았다.

저 밑에 휘황찬란한 빛의 수호룡이 보였다. 수백 미터나 되는 덩치를 자랑하는 빛의 수호룡은 숨 막히는 위압감을 발산했다.

한편 빛의 수호룡의 뿔 사이에는 황금빛 가면을 쓴 사내가 지상을 향해서 연신 빛의 기둥을 내리찍는 중이었다.

빅토리아는 라이트닝 스태프(Lightning Staff: 번개 지팡이)를 힘차게 들었다가 아래로 겨누었다.

빠카카카캉! 빠카캉!

라이트닝 스태프에서 쏟아진 번개가 빛의 수호룡의 머리 부위에 떨어졌다.

Chapter 2

"날파리 따위가 감힛!"

패황의 후계자는 신경질적으로 손을 휘저었다. 그의 손에서 쏟아진 빛의 알갱이, 즉 광정이 번개를 뚫고 빅토리아에게 쏘아졌다.

"헙?"

광정은 빅토리아가 채 반응을 하기도 전에 그녀의 심장을 꿰뚫었다.

아니, 꿰뚫는 것처럼 보였지만 막상 유효타는 날리지 못했다. 어느새 빅토리아의 앞에 소환된 흙의 방패가 광정이 가진 에너지의 90퍼센트 이상을 막아준 덕분이었다. 남은 10퍼센트의 힘만으로는 빅토리아가 입고 있는 마법 갑옷을 뚫지 못했다.

빅토리아는 얼떨떨한 표정으로 있다가 재빨리 공간이동을 했다.

번쩍하고 사라졌던 번개의 수호룡이 수십 미터 옆에서

다시 나타났다. 번개의 수호룡은 빛의 수호룡을 향해서 아가리를 쩍 벌렸다.

쩌저저저적—.

번개의 수호룡이 쏟아낸 브레스가 수십 가닥의 푸른 벼락으로 변해서 빛의 수호룡을 공격했다.

빅토리아는 한 번 더 놀랐다.

번개의 수호룡이 쏘아낸 브레스가 평상시보다 몇 배는 더 위력적이었기 때문.

번개의 수호룡이 급격히 강해진 것은 이탄의 피 한 방울을 마신 덕분이었지만, 빅토리아는 그 사실을 알 수가 없었다.

어쨌거나 지금 빅토리아는 깊게 생각할 여유가 없었다. 두 번째 광정이 정확히 빅토리아의 미간을 노리고 날아온 탓이었다.

"이크!"

빅토리아는 꺼지듯이 그 자리에서 사라졌다가 수백 미터 밖으로 피신했다.

그 사이 험프가 공격을 이어받았다.

험프는 몸이 투명한 바람의 수호룡을 타고 적에게 접근한 다음, 수천 가닥의 바람을 칼날을 날렸다.

반대편에서는 물의 수호룡이 폭포수처럼 물대포를 쏘아서 빛의 수호룡을 흔들었다.

패황의 후계자가 온 사방으로 광정을 날렸다.

그때마다 이탄이 흙의 방패를 소환하여 적의 공격을 무산시켰다. 덕분에 험프는 바람의 수호룡을 타고 종횡무진 하며 빛의 수호룡에게 끊임없이 공격을 넣을 수 있었다. 물의 수호룡도 바람의 수호룡과 보조를 맞춰서 기습공격을 반복했다.

"이이익, 쓰레기 같은 반역자들이 죽으려고 작정을 했구나."

패황의 후계자가 두 주먹을 번쩍 치켜들었다.

[쿠우롸롸롹.]

빛의 수호룡은 고개를 치켜들고 몸을 꼿꼿이 세우더니, 이탄 대신 바람의 수호룡을 뒤쫓기 시작했다.

[으헉?]

험프가 기겁했다. 수백 미터 크기의 수호룡이 뒤에서 덮치자 그 공포는 장난이 아니었다.

이번에도 이탄이 험프의 목숨을 살렸다. 이탄은 대지의 화로를 허물어뜨린 다음, 그 어마어마한 양의 흙을 허공으로 날려서 빛의 수호룡을 공격했다. 동시에 이탄은 빙하도 마구 집어던져 빛의 수호룡을 격추시키려 들었다.

해일처럼 밀려드는 흙더미에 놀라서 빛의 수호룡이 허공으로 급격히 상승했다.

덕분에 험프는 위기에서 벗어났다.

그 순간 기다렸다는 듯이 빅토리아가 뛰어들었다.

빠카카캉!

빅토리아가 쏘아낸 벼락이 패황의 후계자를 강타했다.

"크앗!"

고압 전류가 패황의 후계자의 온몸을 훑고 지나갔다. 순간적으로 패황의 후계자가 휘청거렸다.

"옳거니."

빅토리아가 쾌재를 불렀다.

하지만 다음 순간, 패황의 후계자가 소환한 빛의 기둥이 하늘에서 떨어져 빅토리아와 번개의 수호룡을 동시에 강타했다.

"꺄아악—."

빅토리아가 바람에 떨어진 가을 낙엽처럼 추락했다.

번개의 수호룡도 피를 흘리며 허공에서 몸을 뒤틀었다.

험프가 재빨리 손짓을 했다.

[꾸어어엉.]

물의 수호룡은 긴 울음과 함께 활공했다. 다행히 물의 수호룡이 추락하는 빅토리아를 등으로 받아내었다.

패황의 후계자는 빅토리아의 숨통을 아예 끊어버리려는 듯 두 번째 공격을 날리려 시도했다.

그보다 한발 앞서 예니세이가 전투에 끼어들었다.

예니세이는 이탄이 날려준 빙하를 타고 허공으로 높이 솟아오른 다음, 자신이 가진 최고의 마법인 극빙의 숨결을 발휘했다.

와그작!

패황의 후계자가 극빙의 숨결에 노출되어 금세 얼어붙었다.

다음 순간, 패황의 후계자는 온몸에 낀 살얼음을 강제로 깨부수면서 얼음 속에서 뛰쳐나왔다.

이탄이 기다렸다는 듯이 허공으로 뛰어올라 패황의 후계자를 끌어안았다. 그보다 한발 앞서 어마어마한 양의 흙이 패황의 후계자를 뒤덮었다.

이탄은 흙에 강한 압력을 주었다. 수십 톤이 넘는 흙의 벽은 투명한 프레스로 누른 것처럼 꽉 압착되더니 얇은 갑옷처럼 변했다.

그 얇은 갑옷이 패황의 후계자를 구속했다. 흙의 갑옷은 패황의 후계자의 팔다리와 몸통뿐 아니라 얼굴과 코, 입까지 모두 틀어막았다.

"크허헙."

패황의 후계자는 흙 속에 갇혀서 버둥거렸다.

이탄이 상대를 꽉 끌어안은 채 악을 썼다.

"어서 공격하시오. 어서!"

이탄의 표정은 다급하기 그지없었다.

"알았어요."

겨우 정신을 차린 빅토리아가 라이트닝 스태프에 전하를 잔뜩 모았다. 번개의 수호룡은 그 위에 브레스를 더해서 빅토리아를 도왔다.

인간과 드래곤, 이 둘이 힘을 합쳐 수십 미터 크기의 창을 만들어내었다. 이것은 온통 벼락으로 이루어진 창이었다.

Chapter 3

험프도 바람의 드래곤의 등 위에 우뚝 서서 양팔을 쫙 펼쳤다.

쿠콰콰콰콰—.

험프의 가슴 앞에서 강렬한 토네이도가 형성되었다.

예니세이는 빙하를 밟고 서서 극빙의 숨결을 최고조로 끌어올렸다.

"이때요. 어서!"

이탄이 이를 악물고 외쳤다.

빠카카카캉!

공기를 태우면서 날아간 벼락의 창이 패황의 후계자의 등판을 찔렀다. 공기 중에서 타는 냄새가 진동했다.

쿠콰콰콰콰—.

험프도 토네이도를 날렸다. 공기를 찢어발기며 날아간 토네이도는 빛의 수호룡을 꼬리부터 집어삼켰다.

한편 예니세이는 패황의 후계자를 향해서 극빙의 숨결을 내뿜었다.

패황의 후계자는 흙의 벽을 뚫고 뛰쳐나오려다가 말고 다시 온몸이 얼어붙었다. 그 상태에서 벼락의 창이 패황의 후계자의 등을 찔렀다.

이탄은 딱 그 타이밍에 맞춰서 흙의 갑옷의 일부를 해제했다. 덕분에 빅토리아가 날린 벼락의 창은 고스란히 패황의 후계자의 등으로 파고들었다.

"끄압!"

패황의 후계자가 입을 쩍 벌렸다. 그의 입에서 하얗게 연기가 피어올랐다.

이번 합동 공격에 피해를 입은 것은 패황의 후계자만이 아니었다. 빛의 수호룡도 토네이도에 휘말려 피투성이가 되었다.

[크롸롸롸롹.]

빛의 수호룡이 나선형의 돌풍을 타고 저 멀리 날아가는 동안, 이탄은 패황의 후계자를 꽉 끌어안은 채 그 위에 새로운 흙을 마구 덧붙였다.

쿵! 쿵! 쿵!

하늘에서 쏟아진 흙이 무게를 더할 때마다 패황의 후계자는 정신없이 추락했다.

이탄은 그런 상대의 몸에 올라타 주먹을 퍽퍽 내리찍었다. 이탄의 주먹에 얻어맞을 때마다 패황의 후계자의 입에서는 피가 뿜어졌다.

하지만 다음 순간 전세가 역전되었다. 패황의 후계자가 날린 광정이 이탄의 턱을 강타한 것이다.

"컥!"

이탄이 피를 뿜으며 뒤로 날아갔다.

패황의 후계자는 그 틈에 흙더미를 헤치고 탈출하더니, 휘파람을 불어서 빛의 수호룡을 다시 불러들였다.

이탄이 즉각 손을 뻗었다. 그러자 빙하 뒤에 숨어 있던 대지의 수호룡이 불쑥 몸을 던져 빛의 수호룡에게 매달렸다.

빛의 수호룡은 패황의 후계자에게 날아오려다 말고 휘청거렸다.

그 즉시 번개의 수호룡이 이능을 발휘하려 빛의 수호룡

의 머리 위로 공간이동했다. 그런 다음 번개의 수호룡은 여러 개의 발톱으로 빛의 수호룡을 머리와 목을 콱 찍고는 상대의 몸에 고압전류를 흘러 넣었다.

쩌저저적, 빠카카카캉!

빛의 수호룡의 온몸에서 푸른 스파크가 튀었다.

[크락.]

빛의 수호룡이 고통스럽게 온몸을 뒤틀었다.

물의 수호룡은 그때를 놓치지 않았다. 즉각 상대에게 달려들어 뒤에서 상대를 들이받았다. 사방으로 물보라가 튀었다.

바람의 수호룡도 가만히 있지 않았다. 바람의 수호룡은 빛의 수호룡을 또다시 저 먼 곳으로 날려버렸다.

대지와 물, 번개, 바람의 수호룡이 힘을 합쳐 빛의 수호룡을 정신 못 차리게 만드는 동안, 이탄은 다시 한번 대규모의 흙을 소환했다.

"이노옴, 같이 죽자."

이탄은 패황의 후계자를 꽉 끌어안으며 악을 썼다.

"미친 새끼, 죽으려면 니나 죽어라."

패황의 후계자가 손바닥으로 이탄의 얼굴을 마구 후려쳤다.

이탄의 얼굴에서 피가 튀었다. 눈이 퉁퉁 부었다.

그래도 이탄은 꿈쩍도 하지 않았다. 이탄은 상대를 꽉 끌어안은 채 북해의 차가운 물 속으로 뛰어들었다.

첨벙!

물보라가 튀었다.

빅토리아가 곧장 이탄을 쫓아왔다. 빅토리아는 앞뒤 가리지 않고 바닷물에 뛰어들더니 그 일대를 강렬한 벼락으로 지져버렸다.

쩌저저저적!

해수면을 타고 시퍼런 벼락이 작렬했다.

"끄아악."

패황의 후계자가 수면 위로 떠오르다가 말고 비명을 질렀다.

험프가 다이빙 하듯 위에서 떨어지면서 바람의 화살을 날렸다. 퓨퓨퓻! 소리와 함께 날아온 바람의 화살이 패황의 후계자의 가면을 부쉈다.

"어푸, 어푸푸."

패황의 후계자는 얼굴에서 피를 철철 흘리며 다시 수면 아래로 가라앉았다.

예니세이가 바다로 뛰어들어 주변을 꽝꽝 얼렸다.

그 바람에 패황의 후계자도 얼음 속에 갇혔다.

빅토리아가 뒤에서 덮쳐서 패황의 후계자의 뒤통수를 벼

락으로 지졌다. 얼음이 깨진 대신, 패황의 후계자의 뒤통수는 새까맣게 탔다.

이탄은 그때까지도 패황의 후계자의 하체에 꼭 달라붙어 있었다.

단지 붙어 있기만 한 것이 아니었다. 이탄은 바닷물 속에서 상대를 꽉 끌어안고는 수십 톤이 넘는 무게를 실었다.

덕분에 패황의 후계자는 하반신이 뚝 끊어질 듯한 고통을 느껴야 했다.

"크헉, 꺽, 꺼억."

패황의 후계자는 적들의 연속공격에 정신을 차리지 못했다.

그 와중에도 패황의 후계자는 광정을 날려서 주변의 적들에게 반격했다.

결과는 실패.

광정이 날아올 때마다 이탄이 흙의 방패를 소환하여 동료들을 보호해주었다.

'역시 믿음직스럽구나.'

'대지의 소서리가 우리와 한 편이라 다행이다.'

빅토리아와 험프는 동시에 감사하다는 생각을 떠올렸다. 방어에 신경을 쓸 필요가 없어지자 그들의 공격력은 한층 강화되었다.

빅토리아가 연신 벼락을 후려쳤다. 험프는 바람을 자유자재로 부리며 패황의 후계자를 바닷물 속으로 처박았다. 차가운 바닷속에서는 이탄이 패황의 후계자를 꽉 끌어안고 무서운 압력으로 잡아당겼다.

패황의 후계자의 뼈에서 우두둑 우두둑 소리가 울렸다. 패황의 후계자의 눈동자에는 난생 처음 공포라는 감정이 어렸다.

Chapter 4

그때 패황의 후계자에게 지원군이 도착했다.

[키하아앙.]

날카로운 뇌파와 함께 조그맣고 시커먼 드래곤이 등장하여 해수면 일대를 어둠으로 뒤덮었다.

그 어둠 속에서 파괴적인 사념이 전파했다.

사념은 마치 검은 벼락처럼 주변을 때렸다. 이 사념은 물리적 공격이 아니라 정신 계통의 공격이었다.

"우힉?"

예니세이가 펄쩍 뛰면서 빙하 위로 도망쳤다.

"켁!"

빅토리아는 순간적으로 온몸이 굳어서 더 이상 벼락을 쏟아놓지 못했다.

험프도 후다닥 허공으로 몸을 피했다.

세 사람은 마치 악몽이라도 꾼 듯 머리를 부르르 흔들었다.

연쇄공격이 멈추자 패황의 후계자가 정신을 차렸다. 패황의 후계자는 양 손바닥 사이에 광정을 만든 다음, 그것으로 이탄의 등을 내리찍었다.

"끄악."

이탄이 허리를 활처럼 휘었다.

그 바람에 이탄은 패황의 후계자를 놓아주고야 말았다.

패황의 후계자는 두 다리로 이탄의 어깨를 걷어차고는 단숨에 해수면 위로 솟구쳤다. 하늘에서 빛의 기둥이 떨어져 패황의 후계자를 안전하게 보호했다.

"이런 젠장."

험프가 얼굴을 잔뜩 찡그렸다.

"아뿔싸, 저놈에게 동료가 있었구나."

비토리아도 사색이 되었다.

"이런 씨발."

예니세이는 아예 욕을 뱉었다.

이윽고 세 사람 앞에 또 다른 적이 나타났다. 북해의 빙하를 박차며 빠르게 접근하는 사내가 그들의 눈에 보였다.

이 사내는 얼굴에 검은 가면을 썼다. 옷도 블랙이었다. 사내의 어깨 위에선 조그맣고 새까만 드래곤이 파닥파닥 날갯짓을 하였다.

사내가 빅토리아를 향해서 손을 뻗었다.

츠츠츠츳—.

불길하고 시커먼 안개가 바람을 타고 날아와 빅토리아를 휘감았다.

"설마 이건?"

빅토리아는 부르르 몸서리를 치더니 풀쩍 뒤로 피했다.

빅토리아뿐 아니라 험프도 저 검은 안개의 정체를 알아보았다.

"헉? 이건 광황의 흑마법이다. 패황뿐 아니라 광황의 후계자도 나타난 게야."

험프는 소용돌이를 일으켜서 멀리 피신했다.

"뭣? 광황이라고욧?"

광황이라는 말에 예니세이가 펄쩍 뛰었다. 예니세이는 바다로 뛰어들어 도망쳤다.

그러는 사이 이탄이 해수면을 박차고 점프했다. 이탄은 다시금 수십 톤이 넘는 흙을 소환하여 대지의 화로를 만들었다.

이번에 이탄은 대지의 화로를 위로 들어 방어용으로 사용하지 않았다. 대신 이탄은 대지의 화로를 거꾸로 덮어서 패황의 후계자와 검은 가면 사내를 그 속에 가두었다.

물론 이탄도 화로 안에 함께 갇혔다.

2명의 초강자들을 화로로 가둬버리기 전, 이탄이 악을 썼다.

"시간이 없습니다. 제가 이놈들을 붙잡아 둘 수 있는 시각은 잘해야 몇 십 분입니다. 그 사이 놈들의 수호룡부터 없애야 합니다."

빅토리아가 피눈물을 흘렸다.

"크흑. 대지의 소서러!"

험프도 이탄의 희생정신(?)에 감동했다.

예니세이도 바닷속에서 이탄의 말을 듣고는 정신이 번쩍 들었다.

'상대가 패황이건 광황이건 우리에게는 도망칠 길이 없다. 쥬신 놈들은 우리 오대군벌을 끝까지 추격하여 단죄하려 들 게야.'

예니세이는 도망을 치다 말고 다시 해수면으로 뛰쳐나와 빅토리아 여왕과 힘을 합쳤다.

그즈음 빛의 수호룡은 엉망진창으로 밀리던 중이었다.

대지, 번개, 바람, 물.

총 네 마리 드래곤이 사방에서 동시에 몰아치니까 빛의 수호룡도 도저히 감당이 되지 않았다.

그 와중에 빅토리아가 번쩍 날아와서 빛의 수호룡의 꼬리를 번개로 지져버렸다.

험프가 바람을 타고 달려들어 빛의 수호룡에게 토네이도를 쏘았다.

예니세이는 험프에게 매달려 높이 뛰어오르더니 빛의 수호룡의 한쪽 날개를 극빙의 숨결로 얼렸다.

[크우우롸락.]

빛의 수호룡은 만신창이가 되어 지상으로 추락했다.

바로 그 타이밍에 어둠의 수호룡이 불쑥 나타났다. 어둠의 수호룡은 빛의 수호룡을 검은 장막으로 감춰주었다.

물의 수호룡이 물을 마구 쏘아서 검은 장막을 거두려 시도했다. 안타깝게도 시커먼 어둠은 쉽게 흩어지지 않았다.

이번에는 번개의 수호룡이 수십 가닥의 벼락을 쏘아서 어둠의 수호룡을 공격했다.

그 순간, 하늘이 시뻘겋게 물들었다. 수호룡들의 머리 위에서 무지막지한 열기가 솟구쳤다.

[끄롸악.]

우렁찬 포효와 함께 온 하늘이 불타올랐다.

불의 수호룡이 기습적으로 등장하여 네 마리 드래곤과

빅토리아 등에게 화염의 브레스를 쏘아버린 것이다.

"이런 미친!"

빅토리아의 눈에 절망이 어렸다.

"안 돼애—."

험프의 눈동자도 사정없이 흔들렸다.

"망했구나."

예니세이는 아예 희망을 접었다.

오대군벌의 네 마리 수호룡과 3명의 초인들이 힘을 합쳐도 빛의 수호룡을 단숨에 제압하지 못했다.

그런데 어둠의 수호룡과 불의 수호룡이 차례로 가세하여 훼방을 놓다니!

상황은 지독히도 절망적이었다.

Chapter 5

빛, 어둠, 불.

이 정도면 쥬신 대제국의 전성기를 이끌었던 황제의 수호신들이 모두 등장한 셈이었다. 빅토리아 등은 머릿속이 하얗게 탈색되어 어찌할 바를 몰랐다.

바로 그때였다.

꽈앙!

범종이 깨지는 듯한 굉음과 함께 이탄이 하늘로 솟구쳤다.

저 멀리 이탄이 소환한 대지의 화로는 직경 수 킬로미터의 둥그런 구체로 변해서 패황의 후계자와 광황의 후계자를 가둬놓았다.

화로 안에서는 귀청을 찢는 굉음이 연신 울렸다. 화로 표면이 버티지 못하고 금이 쩍쩍 갔다.

"끄으으읍."

이탄은 그때마다 흙을 새로 소환하고 마나를 더 투입하여 2명의 강적들을 붙잡아 두었다.

그 상태에서 이탄은 수십 톤이 넘는 대지의 화로를 하나 더 소환했다.

이 화로는 불의 수호룡이 방출한 화염의 브레스를 거뜬히 막아낸 다음, 그대로 하늘로 솟구쳐서 불의 수호룡을 집어삼켰다.

"끄아아아압! 끄아아압!"

이탄은 한 손으로 해수면을 가리켰다. 다른 손으로는 하늘을 지목했다.

이탄의 손끝이 가리킨 곳에는 직경 10 킬로미터가 넘는 거대한 흙의 구체 2개가 각각 소환되어 있었다.

구체 하나는 바다에 떠 있고, 다른 하나는 하늘에 부유 중이었다.

이 가운데 바다에 떠 있는 흙의 구 안에는 패황의 후계자와 광황의 후계자가 갇힌 채 탈출을 하려고 발버둥 쳤다. 두 초인들이 마법을 휘두를 때마다 흙의 구는 터질 듯이 들썩거렸다.

이탄은 초인적인 인내심으로 구체를 보강하면서 버티는 중이었다.

이러한 일은 하늘에 떠 있는 구체에서도 똑같이 발생했다. 구체 내부에서는 불의 수호룡이 수천 도가 넘는 화염을 방사하여 단숨에 포박을 뚫으려고 애썼다.

이탄은 구체가 깨지려고 틈이 벌어질 때마다 새로운 흙을 소환하고 마나를 투입하여 버티고 또 버텼다.

"끄아아아압!"

이탄이 어찌나 힘을 많이 썼던지 그의 얼굴은 온통 시뻘겋게 변했다. 이탄의 이마에는 핏줄이 툭툭 불거졌다. 이탄의 눈알은 금방이라도 몸 밖으로 튀어나올 것처럼 보였다.

"끄아아아악, 어서 서둘러……. 끄아악!"

이탄이 악을 썼다.

"알겠어요. 제발 조금만 더 버텨줘요."

빅토리아가 벼락처럼 몸을 날려 빛의 수호룡을 공격했

다. 지금 빅토리아의 얼굴에는 이탄에 대한 고마움과 미안함이 뒤범벅되었다.

험프도 이탄에게 모든 짐을 떠안긴 것에 대한 죄책감에 빠졌다.

"대지의 소서러. 비록 그대가 나보다 어리지만 이제부터 그대는 나의 우상이오. 앞으로 나 험프는 그대가 하는 말이라면 무조건 따르리다."

험프는 피눈물을 흘리면서 빛의 수호룡을 덮쳤다. 험프의 몸 주변에 토네이도가 사납게 일어났다.

"우와악, 에라 모르겠다."

예니세이도 자신의 몸을 돌보지 않고 전쟁터에 뛰어들었다. 예니세이의 주변에는 살얼음이 쩍쩍 끼었다.

수호룡들도 가만히 있지 않았다. 번개의 수호룡이, 바람의 수호룡이, 물의 수호룡이, 그리고 대지의 수호룡이 전력을 다해 빛의 수호룡과 어둠의 수호룡을 공격했다.

네 마리 드래곤과 3명의 초인이 힘을 합친 결과는 무서웠다.

무지막지한 폭음과 함께 빛의 수호룡이 산화할 기미를 보였다. 빛의 수호룡이 폭발하기 직전, 주변의 공기가 무섭게 팽창했다.

고오오오옹!

어마어마한 압력에 밀려서 북해의 빙하가 주변으로 싹 멀어졌다. 해수면도 둥그렇게 아래로 밀려나면서 북해 바닥이 얼비쳤다.

다음 순간, 빛의 수호룡이 거창하게 폭발했다.

폭음은 들리지 않았다. 대신 온 사방으로 광휘가 뻗어나갔다.

네 마리 수호룡이 재빨리 공간이동을 하여 빅토리아와 험프, 예니세이를 보호했다.

직후, 빛의 폭발에 이어서 2차로 공기가 폭발했다. 상상을 초월하는 굉음이 초인들의 고막을 찢었다.

[쿠어엉.]

물의 수호룡이 구슬픈 소리를 내면서 바닷속으로 침몰했다.

[끼이이이익.]

바람의 수호룡이 온몸을 뒤틀면서 추락했다.

[크욱.]

대지의 수호룡이 휘청휘청거리다가 북해 깊은 곳에 머리를 처박았다.

[까라락.]

번개의 수호룡은 온 하늘에 시퍼런 낙뢰를 분출하면서 허공 속으로 자취를 감추었다.

"안 돼!"

빅토리아가 고함을 질렀다.

"이럴 수가."

험프는 망연자실하여 아래턱을 떨어뜨렸다.

예니세이는 아예 바다 속으로 첨벙 빠져 기절해 버린 터라 아무런 반응도 보일 수 없었다.

다행히 수호룡들은 아주 죽은 것이 아니었다. 빅토리아와 험프는 수호룡들과 연결이 되어 있기에 수호룡들의 생존 사실을 감지할 수 있었다.

다만 번개의 수호룡과 바람의 수호룡은 큰 상처를 입었다. 앞으로 이 수호룡들은 상처가 온전히 치유될 때까지는 모습을 드러내기 힘들 것이리라.

'휴우, 그나마 위대한 존재께서 아주 사라지신 것은 아니니 다행이로다.'

빅토리아는 애써 이렇게 위안을 삼았다.

험프도 놀란 가슴을 겨우 진정시켰다.

[맹약자여, 나와 마찬가지로 물의 수호룡도 부상이 극심하나 목숨만은 잃지 않았다. 하지만 당분간 우리를 볼 수는 없을 것이다.]

이것은 바람의 수호룡이 깊고 추운 바닷속으로 잠겨들면서 험프에게 마지막으로 전한 내용이었다.

험프는 당분간 수호룡들을 볼 수 없다는 점이 못내 아쉬웠다. 그래도 그는 수호룡과의 맹약이 완전히 끊긴 게 아니라 다행이라 생각했다.

그때였다. 흙의 구체 내부에서 두 마디 비명이 들렸다.

"끄악!"

"케엑."

빅토리아와 험프는 이 비명이 의미하는 바를 곧바로 알아차렸다.

Chapter 6

본래 드래곤과 맹약을 맺은 자는 드래곤이 죽어서 강제로 맹약이 끊기는 순간 엄청난 정신적 타격을 받게 마련이었다.

이 타격은 산 사람을 죽음에 이르게 할 정도로 지독했다.

조금 전 빛의 수호룡은 어마어마한 폭발과 함께 산화했다.

빅토리아 등이 자세히 확인하지는 못했지만, 어둠의 수호룡도 그 폭발에 휘말려 산산이 조각난 듯했다.

그 증거로 수호룡들의 폭발과 함께 구체 속에서 비명이

터졌다. 금방이라도 깨질 것처럼 들썩거리던 흙의 구체도 잠잠해졌다.

반면 하늘 위에 떠 있는 흙의 구체 속에서는 연신 시뻘건 기운이 흘러넘치는 중이었다.

그즈음 이탄도 기력이 다했다.

아니, 이탄은 기력이 다한 척 연기를 하였다.

"끄으으윽."

이탄이 지상으로 추락했다.

"앗! 대지의 소서러."

빅토리아가 벼락처럼 날아가 이탄을 받았다.

이탄이 쓰러지자 직경 10 킬로미터 크기의 흙의 구체도 해체되었다.

험프가 온몸에 토네이도를 두른 채 달려들었다. 험프는 혹시라도 구체 속에서 패황의 후계자나 광황의 후계자가 살아서 튀어나올까 봐 바짝 긴장했다.

다행히 그런 일은 없었다. 북해 바닷속으로 첨벙첨벙 침몰하는 흙더미 속에서는 새까맣게 타버린 시체 두 구만 보일 뿐이었다.

그 시체들은 이내 가루가 되어 차가운 북해에 뿌려졌다.

"아아아."

험프가 허공에서 몸을 휘청거렸다. 긴장이 풀리자 자신

도 모르게 온몸에서 힘이 빠진 탓이었다.

"둘 다 죽었구나. 둘 다 죽었어."

빅토리아의 눈에서는 눈물이 주루룩 흘러내렸다.

한편 하늘에 떠 있던 거대한 구체도 해제되었다. 하늘에서 흙이 산더미처럼 쏟아졌다.

그 흙을 뚫고 시뻘건 드래곤 한 마리가 서둘러 하늘로 날아올랐다.

[쿠롸라라락? 크락.]

불의 수호룡은 더 이상 싸울 마음이 사라진 듯 구속에서 풀려나자마자 곧바로 도망쳤다.

"이노옴, 어딜 가느냐?"

빅토리아가 도망치는 적을 향해서 라이트닝 스태프를 휘둘렀다. 스태프 끝에서 방출된 시퍼런 벼락이 불의 수호룡의 꼬리를 때렸다.

[끄락?]

불의 수호룡은 화가 폭발한 듯 다시 방향을 틀어서 지상으로 머리를 돌렸다. 그리곤 빅토리아와 이탄을 향해서 화염을 화르르륵 내쏘았다.

그 순간 축 늘어졌던 이탄이 손을 까딱 움직였다.

이탄의 손끝에서 한 줄기 마나가 솟구쳤다. 그 마나는 단숨에 허공을 가르며 날아가더니 불의 수호룡의 주변에 흙을 왕창 소환했다.

그 흙이 화염을 막아주었다.

[끄으롹?]

불의 수호룡은 기겁을 하며 다시 도주했다.

빅토리아가 반색을 했다.

"대지의 소서러, 깨어났군요?"

"으으윽. 으으."

이탄이 다시 축 늘어졌다.

이탄은 기운이 하나도 없는 척하면서 빅토리아의 행동을 살폈다.

'패황과 광황의 후계자들이 사라지고 없는 지금, 나만 사라진다면 빅토리아 여왕에게는 거리낄 게 없겠지.'

만약 빅토리아가 이탄을 제거하려면 지금이 가장 좋은 타이밍이었다. 이탄은 일부러 그런 기회를 상대에게 노출했다.

한데 빅토리아는 양아치 짓을 하지 않았다.

빅토리아는 이탄이 약해진 틈을 노려 그를 공격할 수도 있었지만, 그러지 않고 오히려 이탄을 보호했다. 빅토리아는 북해 바다 위에 우뚝 솟은 흙더미에 이탄을 눕힌 다음, 힐 마법을 발휘하여 이탄의 상처를 치유하고 기운을 북돋아주었다.

이탄은 머리를 좌우로 흔들면서 겨우 정신을 차린 척했다.

"으으윽. 고맙습니다, 폐하. 덕분에 기운이 조금 돌아오는군요."

빅토리아가 눈물이 그렁한 눈으로 이탄을 살폈다.

"이제 괜찮은가요? 정말 다행이에요. 진짜로 무사해서 다행이에요. 대지의 소서러가 목숨을 걸고 강적들을 붙잡아 두지 않았더라면 우리 오대군벌은 모두 끝장났을 거예요. 으흐흑, 고마워요."

빅토리아는 이탄의 손을 꼭 잡고 몇 번이고 고맙다는 말을 반복했다.

험프도 어느새 이탄의 곁으로 다가와 감사 인사를 했다.

"여왕 폐하의 말씀이 옳소. 대지의 소서러는 우리 오대군벌의 은인이자 나 험프의 영웅이오."

그러는 동안 바다에 빠졌던 예니세이가 흙더미 위로 간신히 기어 올라왔다. 차가운 물에 흠뻑 젖은 예니세이의 모습은 뚱뚱한 바다코끼리를 연상시켰다.

"하아, 그나저나 위대한 존재께서 상처를 크게 입어서 걱정이네요."

빅토리아가 한숨을 쉬었다.

"폐하의 맹약자도 그렇습니까? 우리 군벌의 수호신도 마찬가지 신세입니다."

험프가 슬프게 고개를 가로저었다.

이탄은 잠시 눈을 감고 주변을 두리번거리더니, 어깨를 축 늘어뜨렸다.

이탄이 굳이 말을 하지 않더라도 그게 무슨 몸짓인지 다들 알아차렸다.

"역시 대지의 수호룡께서도 부상이 심한가 보군요."

빅토리아가 이탄을 위로했다.

이탄은 말없이 고개만 끄덕였다.

모두들 슬퍼하는 가운데 오직 예니세이만이 생각이 달랐다.

'얼음의 수호룡이 실종되어 걱정이 많았는데, 차라리 잘 되었구나. 다른 군벌의 수호신들이 모두 힘을 잃은 모양이야. 우히히히.'

예니세이는 남몰래 입꼬리를 씰룩거렸다.

Chapter 7

어쨌거나 이번 전투는 오대군벌이 승리했다. 오대군벌의 수뇌부들은 패황의 후계자와 광황의 후계자라는 초강적들을 물리쳤을 뿐 아니라 빛의 수호룡과 어둠의 수호룡도 제거했다.

이것이 의미하는 바는, 어느새 오대군벌이 쥬신 대제국의 최전성기를 구가하던 위대한 황제들과 어깨를 나란히 한다는 뜻이었다. 혹은 오대군벌이 이미 그 황제들을 넘어섰다는 뜻일 수도 있었다.

빅토리아도, 험프도, 그리고 예니세이도 가슴이 터질 듯이 벅차올랐다.

'아아아, 이제 우리는 단순히 옛 질서를 뒤집은 반역자 무리가 아니야. 우리는 과거를 극복하고 떨쳐 일어난 선구자들이라고.'

빅토리아는 이런 자부심을 품었다.

'이제 우리 군벌들은 쥬신의 1,000년 제국을 뛰어넘을 것이다. 우리도 할 수 있어.'

험프는 쥬신을 능가하는 새로운 1,000년 제국을 꿈꾸었다.

'역시 이쪽 편에 붙기를 잘했다. 사람은 역시 이기는 쪽에 배팅을 해야 해.'

예니세이는 코로니 군벌이 오대군벌들과 보조를 맞춘 것을 행운으로 여겼다.

그러면서 세 사람의 머릿속에는 모호하나마 새로운 세상에 대한 질서가 자리 잡혔다.

그것은 대지의 소서러를 중심으로 둔 질서였다.

지난 70년간 오대군벌 사이에 벌어졌던 틈을 다시 메우고 모든 군벌들이 하나로 뭉치기 위한 새로운 역사의 흐름이 생겨났다.

'릴리트 공주를 대지의 소서러에게 보내야 해. 그깟 나이 차이가 무슨 상관이람? 세상에 혼인만 한 인맥도 없지.'

빅토리아는 의미심장한 눈으로 이탄을 보았다.

험프도 유리알 안경을 손가락으로 스윽 밀어 올렸다. 그러면서 험프는 생각에 잠겼다.

'아쉽게도 시어드에게는 여자 형제가 없지. 내게도 마땅한 여식이 없어. 하지만 안토니오 형님에게는 한 명이 있구나. 한번 혼사를 밀어붙여 봐?'

예니세이라고 해서 뒤처질 리 없었다. 예니세이는 원래 곰 같은 체격 속에 여우의 잔꾀를 가진 사내였다.

'내 입장에서는 최악의 경우를 살피지 않을 수가 없구나. 빙제와 염제께서 쥬신의 잔당들에 납치를 당한 지 시간이 꽤 흘렀어. 어쩌면 그분들은 이미 목숨을 잃으셨을 수도 있다고. 반면 우리 코로니 군벌의 아이스 프린세스는 아마도 간씨 세가에게 구속되어 있겠지? 이왕 이렇게 된 거, 이참에 아이스 프린세스가 대지의 소서러의 마음을 사로잡는 것도 괜찮은데. 대지의 소서러와 같은 영웅이라면 여러 여

자를 거느릴 수도 있잖아?'

예니세이는 엉뚱한 생각을 품었다.

초인들의 혈투 장면은 주요 군벌들이 소유한 방송국을 통해서 전 세계로 전파되었다. 그것도 실시간으로 생중계 되었다.

물론 세세한 전투 장면까지 방송에 담는 것은 불가능했다. 초인들이 광역마법을 난사할 때마다 방송국의 드론은 가을 낙엽처럼 날아가고 또 추락했다. 드래곤들이 날뛸 때도 드론들이 여지없이 박살 났다.

그래도 전반적은 그림은 방송에 담겼다.

특히 이탄이 어마어마한 양의 흙을 소환하여 빛의 사슬과 빛의 기둥을 막아내는 장면은 압권 중의 압권이었다.

이탄에 비하면 빅토리아나 험프의 활약은 상대적으로 비중이 떨어졌다.

그럴 수밖에 없는 것이, 이탄의 마법은 규모가 워낙 거대해서 멀리서도 카메라에 잘 찍혔다.

반면 빅토리아는 번쩍 번쩍 공간이동을 하는 터라 카메라에 거의 잡히지 않았다. 험프도 토네이도만 찍혔을 뿐 그의 본모습은 방송을 타기 어려웠다.

의외로 예니세이는 방송 빨이 잘 받았다. 예니세이가 곰 같은 거구를 날려서 적을 얼려버리는 모습은 카메라에 잘 담기는 편이었다.

"저것 좀 봐."

"으어억."

세상 사람들은 입을 쩍 벌리고 전투 생중계에 빠져들었다. 식사를 하던 사람들도, 길을 걷던 사람들도 예외는 아니었다.

흔들리는 화면 속에서 거대한 드래곤들이 서로를 잡아먹을 듯이 사투를 벌였다. 초인들은 광역 마법을 마구 난사했다.

북해 바다 위로 거대한 빙하가 치솟는가 싶더니, 곧 이어서 번개의 향연이 펼쳐졌다. 빛의 기둥이 온 사방에 작렬했다.

흙더미가 어마어마하게 솟구치는 장면은 흡사 바다를 뚫고 대륙이 하나 새로 융기하는 것 같았다.

패황의 후계자가 아무리 강하다고 해도, 그리고 빛의 수호룡이 제아무리 압도적이라고 할지라도 숫자로 밀어붙이는 데는 장사가 없었다. 그렇게 전투는 오대군벌의 승리로 기우는가 싶었다.

그때 이변이 일어났다.

방송 화면을 타고 시커먼 연기가 밀려들었다. 빅토리아의 입 모양을 보면 '광황' 이라는 놀라운 단어가 튀어나왔다.

시청 중이던 모든 사람들이 벌떡 일어났다.

"광황의 후계자가 나타났구나."

"진짜? 패황에 이어서 광황의 후계자까지 등장한 거야?"

"아아아, 이제 오대군벌은 끝장이다."

사람들은 쥬신 대제국의 완벽한 부활을 점쳤다. 패황과 광황, 이 두 절대자의 등장은 그만큼 파급력이 지대했다.

지금 오대군벌의 수뇌부들은 패황의 후계자 한 명을 감당하는 것만으로도 힘겨워 보였다.

한데 여기에 더해서 광황의 후계자가 나타났고, 어둠의 수호룡이 등장하였으며, 그 뒤를 이어서 불의 수호룡까지 모습을 보였다.

"안 돼애—."

시즈너 가문의 시어드가 양손으로 머리를 감싸며 절망했다.

"아아아, 이걸 어째."

간철호의 부인들은 망연자실하여 제자리에 털썩 주저앉았다.

"여왕 폐하."

유럽에서는 릴리트 사매가 비명을 실렀다.

그때 기적이 일어났다. 대지의 소서러가 어마어마한 괴력을 발휘하여 패황의 후계자와 광황의 후계자를 동시에 가둬버린 것이다.

이변은 거기서 끝나지 않았다.

놀랍게도 대지의 소서러는 수 킬로미터가 넘는 흙의 구체를 소환하여 불의 수호룡까지 가둬버렸다.

이탄이 어금니를 꽉 물고 적들을 틀어막는 장면이 생생하게 전 세계로 생중계되었다.

"오오오오!"

간철호의 부인들이 두 손을 꼭 잡았다.

시어드도 "예스!"를 외치며 주먹을 불끈 움켜쥐었다.

릴리트 자매는 아군의 승리를 간절히 기도했다.

그 간절함이 응원의 목소리가 되어 북해로 전달되었나 보다. 지쳐 보였던 빅토리아 여왕과 험프 경, 예니세이가 다시금 기운을 내었다.

오대군벌의 여러 수호룡들은 빛의 수호룡과 어둠을 수호룡을 둘러싸고 집중 공격을 퍼부었다.

결과는 대폭발!

빛의 수호룡이 터지면서 북해 일대에 떠 있던 모든 드론들이 폭발했다.

그나마 북해를 찍던 인공위성만이 흐릿한 영상을 계속 송출했다.

눈을 멀게 만드는 듯한 빛이 잦아들고 시청자들이 다시 영상을 보게 되었을 때, 그 영상 속에는 이미 빛의 수호룡과 어둠의 수호룡이 존재하지 않았다.

"뭐야? 누가 이긴 거지?"

전 세계 시청자들이 숨죽여 결과를 지켜보았다.

Chapter 8

이윽고 시청자들의 눈에 이탄이 힘없이 추락하는 장면이 맺혔다. 그러면서 거대한 흙의 구체가 와르르 허물어졌다.

"아악, 안 돼."

간철호의 부인들이 비명을 질렀다.

하지만 곧 상황이 반전되었다. 빅토리아 등은 건재한 반면, 패황의 후계자와 광황의 후계자는 더 이상 모습이 보이지 않았다.

'설마 그들이 흙의 구체 속에 파묻혀 죽었나?'

시청자들은 이런 추론에 도달했다.

잠시 후, 오대군벌의 승리가 명확해졌다. 불의 수호룡이 꽁지가 빠지게 도망치는 장면이 방송에 잡힌 것이다.

빅토리아와 이탄은 도망치는 불의 수호룡에게 공격을 퍼부었다.

이것으로 승패는 결정 난 셈.

세상의 모든 시청자들은 오대군벌의 승리를 확신하게 되었다.

그리고 몇 분 뒤, 치열했던 전투의 종료와 함께 생중계 방송도 끝이 났다. 하지만 사람들의 흥분은 아직도 가시지 않았다.

"와아, 대지의 소서러는 진짜!"

"와아아. 어떻게 그런!"

시청자들은 말문이 막혀 차마 뒷말을 잇지 못했다.

굳이 말을 안 해도 다들 느끼는 바는 똑같았다. 세상 모든 사람들의 뇌리에는 대지의 소서러에 대한 강력한 인상이 틀어박혔다.

그럴 만도 한 것이, 대지의 소서러는 혼자 힘으로 패황의 후계자와 광황의 후계자를 꽁꽁 묶어두었다. 거기에 더해서 대지의 소서러는 불의 수호룡까지 떠맡고도 싸움을 포기하지 않았다.

감당할 수 없는 강적들을 상대로 단 한 발도 밀리지 않고 버티고 또 버티던 이탄의 모습이 생방송을 통해서 그대로 전달되었다. 세상 사람들의 뇌리에는 그 위대한 모습이 또렷하게 각인되었다.

덕분에 세상은 이탄에 대해서 다음과 같은 인상을 가지게 되었다.

적이 되었을 때 가장 부담스러운 존재.
하지만 아군이면 가장 든든한 버팀목.

이것이 이탄에 대한 세간의 평가였다. 시대의 모든 관심은 이제 이탄 단 한 사람에게 집중되었다.

북해에서 어마어마한 접전이 벌어지던 바로 그 시각, 쥬신 복원 세력의 주요 인물들은 그 엄청난 대전을 직접 시청하지 못하였다. 같은 시각 서로 다른 장소에서 또 다른 중요한 전투가 발발한 탓이었다.

간씨 세가의 수송기는 인도 남부의 고원지대에 601명의 무장병력을 떨궜다.

"가자."

서원평이 가장 먼저 수송기에서 낙하했다.

서원평의 뒤를 이어서 코로니 군벌이 자랑하는 아이스 마법병단 200명과 아프리카를 종횡무진하는 카르발의 검은 전사 400명이 차례로 수송기에서 뛰어내렸다.

이 601명이라는 숫자는 시작에 불과했다. 601명의 무장 병력을 지원하기 위해서 간씨 세가는 최고의 첩보부대인 주작대를 동원했다.

인도의 지방군도 간씨 세가의 명을 받아 고원지대 주변을 철통처럼 봉쇄했다.

하늘에는 간씨 세가의 초계기가 떠올라 전체 전장을 살폈다.

덕분에 601명의 무장병력은 적들의 정보를 상세하게 들으며 적진으로 빠르게 파고들었다. 그들이 눈에 착용하고 있는 홀로—고글에는 이 일대의 지형과 적의 위치가 세밀하게 표시되었다.

이처럼 오대군벌이 턱밑까지 칼날을 들이밀고 있건만, 쥬신 복원 세력은 제대로 된 대응을 하지 못했다.

조직에 내분이 일어난 탓이었다.

고원지대의 산등성이에 세워진 오래된 사원의 정문 앞.

신성해야 할 사원 앞이 온통 피바다로 변했다.

"흐아압."

천로군의 총사령관 용성은 장검을 길게 뽑아 사선으로 내리그었다. 그가 검을 휘두를 때마다 검날을 타고 푸른 천룡의 형상이 맺혔다.

오러로 천룡의 형상을 뽑아내는 검술이야말로 용씨 가문의 오랜 비기였다. 이른바 천룡검(天龍劍)이 발휘된 것이다.

"으아악."

천룡이 주변을 휩쓸고 지나갈 때마다 지로군의 병사들은 피투성이가 되어 쓰러졌다. 그것도 두세 명이 아니라 한 번에 열댓 명씩 떼몰살을 당했다.

"길을 열어라. 나는 어명을 이행하기 위해서 왔느니라."

용성이 우렁차게 외쳤다.

그러는 와중에도 용성의 눈가에는 고뇌가 가득 어렸다.

왜 아니 그렇겠는가. 지금 용성이 베어 넘기는 병사들은 적이 아니었다. 쥬신 제국을 다시 세우겠다는 꿈을 함께 꾸던 옛 동료들이었다. 그런 동료들의 피를 손에 묻히는 용성의 심정은 지옥에 떨어진 듯 고통스러웠다.

용성이 울부짖듯 포효를 토했다.

"썩 길을 열지 못할까. 어명이라고 하지 않았더냐."

정문 앞을 막은 밤송이 수염 장수가 코웃음을 쳤다.

"크흥. 어명이 아니라 학송의 명이겠지요. 용성 대장군님, 평소에 존경하던 분이 왜 이렇게 되셨습니까? 대장군님께서 간신배의 명을 받다니요. 부끄러운 줄 아십시오."

밤송이처럼 수염 장수는 지로군의 총사령관인 호문평의 부관이었다. 그는 평소에 용성과도 안면이 있었다.

밤송이 수염 장수의 지적이 뼈아팠던 탓일까?

용성이 분노했다.

"이 노옴."

용성은 부웅 날아와서 검을 수직으로 휘둘렀다.

용성의 검날에서 우렁찬 용의 울음이 울렸다. 그와 함께 청룡의 기세가 무려 수십 미터를 뻗어서 밤송이 수염 장수를 세로로 쪼갰다.

"크흥."

밤송이 수염 장수는 도깨비를 형상화한 방패로 용성의 검을 비껴 막았다. 동시에 그는 쇠사슬에 묶인 철추를 용성에게 날렸다.

제4화

쥬신 제국 .VS. 오대군벌 II

Chapter 1

쐐애액―.

묵직한 철추가 독사처럼 허공을 가르며 용성의 발목을 노렸다.

용성은 허공에서 팽이처럼 회전하면서 상대의 공격을 회피한 뒤, 물처럼 부드럽게 검을 수평으로 그었다.

써걱― 소리와 함께 도깨비 방패가 가로로 쪼개졌다.

"으으윽."

밤송이 수염 장수는 가슴에서 피를 흘리며 뒷걸음질 쳤다.

주변에 있던 지로군 병사들이 집단으로 달려와 방패로 부관의 앞을 가려주었다.

용성이 재차 휘두른 검이 여러 겹의 방패와 부딪치면서 요란한 불똥을 만들었다. 지로군의 병사들은 둔탁한 소리와 함께 뒤로 수 미터나 밀렸다.

용성은 한번 잡은 승기를 놓치지 않았다. 달음박질과 함께 점프한 용성이 재차 천룡검을 휘둘렀다.

이번에는 폭음이 더 커졌다. 꽈앙! 소리와 함께 도깨비 방패가 사방으로 터져나갔다. 지로군 병사들 10여 명은 폭탄이라도 맞은 듯이 멀리 나뒹굴었다.

용성은 단 한 번의 도약만으로 병사들을 타넘은 뒤, 밤송이 수염 장수의 목에 검날을 들이밀었다.

"윽."

밤송이 수염 장수가 침을 꿀꺽 삼켰다.

용성이 으스스한 표정으로 다그쳤다.

"반역자 이수민은 어디에 있느냐? 나는 어명을 받아 이수민을 체포하러 왔느니라."

"퉷. 어명은 개뿔. 학송이 뭔데 어명을 내린단 말입니까?"

밤송이 수염 장수는 시뻘건 눈으로 대들었다.

용성의 굵은 눈썹이 하늘로 솟구쳤다.

"이놈이 감히!"

빽.

용성은 검날 대신 검자루로 상대의 관자놀이를 쳐서 쓰

러뜨렸다. 그런 다음 기절한 상대를 타넘어 사원 안으로 진입했다.

용성이 정문을 뚫는 동안 용성의 부하 25명도 지로군 병력을 진압한 뒤 사원 안으로 함께 들어왔다.

사원 안에서는 지로군 병사들이 엄폐물 뒤에 숨어서 총기를 난사했다.

용성과 그의 부하들은 검으로 총알을 쳐내면서 빠르게 진격하여 두 번째 관문도 돌파했다.

용성 일행이 사원의 중문까지 돌파했을 때였다. 수려한 외모의 중년 사내가 뒷짐을 지고 나타나 용성의 앞을 가로막았다.

중년 사내의 뒤에는 눈이 부리부리한 장수들이 득실거렸다.

이 장수들의 뒤에는 다수의 병사들이 눈에 힘을 주고 용성을 노려보는 중이었다.

병력 가운데 3분의 2는 지로군 소속 병사들이었다. 하지만 천로군 소속 장수와 병사들도 숫자가 제법 되어 3분의 1을 차지했다. 이들은 이수민이 이공에게 반기를 들었을 때 이수민의 편에 선 자들이었다.

지로군 전체와 천로군의 절반 외에도 황로군이 이수민을 지지했다.

하지만 황로군까지 머물기에는 이곳 사원이 너무 비좁았

다. 또한 이수민은 한 곳에 모든 병력이 모여 있는 것이 위험하다고 판단했다.

그래서 황로군은 인도 남부가 아닌 인도 북부에 아지트를 마련했다.

용성이 반역자들을 쭉 훑어보았다.

"대장군님……."

천로군 소속 병사들은 용성의 눈길이 닿을 때마다 괴로운 표정으로 고개를 숙였다.

용성도 괴롭기는 마찬가지였다.

한편 사원 지붕에도 수십 명의 저격수들이 배치되었다.

저격수의 총구는 용성의 머리와 가슴을 겨누었다. 총에서 쏘아진 레이저가 용성의 몸에 붉은 점을 무수히 만들었다.

용성은 몸에 레이저가 박혀도 개의치 않았다. 반역자들을 쭉 훑어본 뒤, 용성의 눈길이 중앙의 중년 사내에게 다시 멎었다.

"호문평."

용성이 신음하듯 상대의 이름을 내뱉었다.

"용성 대장군님."

지로군의 총사령관인 호문평은 용성을 향해서 정중히 고개를 숙였다.

용성은 착잡한 표정으로 호문평을 바라보다가 투항을 권

했다.

"문평, 순순히 무기를 버리고 어명을 받게. 자네가 항복하면 내가 명예를 걸고 자네의 목숨만은 구명을 하겠네. 내가 폐하께 간곡히 말씀을 드리면 폐하께서도 자네만큼은……."

호문평이 용성의 말을 중간에 끊었다.

"그게 가능하겠습니까? 폐하께서는 따님인 수민 마마의 목을 베라 하셨다면서요. 그런데 사위에 불과한 제 목을 그냥 내버려 두겠습니까?"

"그건……."

호문평이 또 말을 끊었다.

"폐하가 저를 살려두시겠다고 한들, 학송이 놈이 저를 내버려 두겠습니까? 폐하께서 학송의 의견을 반대하실 수나 있겠습니까?"

"어허! 호문평. 말을 삼가게."

이공을 비꼬는 듯한 호문평의 비난에 용성이 얼굴을 구겼다.

솔직히 용성도 이공이 내린 어명이 마음에 드는 것은 아니었다.

'하지만 어디 어명이 마음에 든다고 따르고, 마음에 들지 않는다고 배척할 수 있는 것이던가?'

용성은 호문평의 심정을 이해하면서도 그의 행동을 용납

할 수는 없었다.

"자네가 정녕 반역을 하겠다면 어쩔 수 없지. 어디 한번 내 검을 받아보게."

용성이 범처럼 몸을 날려 호문평에게 검을 내리그었다. 용성의 검날에서 솟구친 천룡의 형상이 수십 미터를 뻗어와 호문평의 가슴을 할퀴었다.

"좋습니다. 피하지 않겠습니다."

용성에 맞서서 호문평도 두 손을 부드럽게 휘저었다. 호문평의 오른손이 위에서 아래로 향하고, 왼손은 아래에서 위로 곡선을 그렸다. 희고 검은 기운이 호문평의 두 손에서 흘러나와 허공에 태극 문양을 만들었다.

콰창!

천룡과 태극이 충돌했다.

사방으로 불똥이 튀었다.

"큭."

결과는 호문평의 패배였다. 호문평은 뒤로 다섯 걸음이나 밀려났다.

반면 용성은 미동도 없었다. 오히려 용성은 한 걸음 더 앞으로 달려와 새로이 검을 휘둘렀다.

Chapter 2

크허어엉—.

귓가에서 천룡의 포효가 아스라이 들리는 듯했다. 용성의 검에서 포악한 기세가 구름처럼 일어나 호문평을 집어삼켰다.

이번에는 호문평의 부하들도 함께 나섰다.

지로군의 핵심 장수들이 하나로 힘을 합쳐 진법을 구축했다. 그 진이 여러 사람의 기운을 하나로 모아서 단단한 방어막을 형성했다.

지로군뿐만이 아니었다. 천로군 가운데 이수민을 지지하던 장수와 병사들도 진법에 힘을 보탰다.

이 위에 호문평까지 가세했다.

그러자 방어막 전체가 커다란 태극 문양으로 변했다. 직경 100 미터에 육박하는 태극 문양이 호문평 앞에 떠올랐다.

용성이 그 방어막을 천룡검으로 후려쳤다.

콰창!

또다시 폭음이 터졌다.

이번에는 태극이 깨지지 않고 멀쩡했다.

반면 용성은 뒤로 일곱 걸음이나 물러났다. 용성의 입가를 타고 가늘게 피가 흘렀다.

"크윽. 정녕 네놈들이 어명을 거역하겠다는 거냐? 지금 네놈들의 행동과 70년 전 다섯 승냥이들의 행동에 무슨 차이가 있단 말이더냐?"

용성이 분노했다.

호문평도 마주 분노를 터뜨렸다.

"용대장군님, 그것은 학송의 논리입니다. 어찌 용대장군님까지 그 간신배의 요설에 휘둘린단 말입니까? 70년 전의 승냥이들은 제국의 황제 폐하를 부정하며 선대황 폐하를 폐위시키고 목을 베는 불충을 저질렀습니다. 우리는 감히 그럴 마음이 조금도 없습니다. 다만 우리는 간신배 학송에게 농락당하지 않으려고 버티는 것뿐입니다. 그러니 우리를 그냥 내버려 두십시오."

피를 토하는 듯한 호문평의 주장에 용성이 멈칫했다.

그 즉시 호문평이 앞으로 튀어나왔다. 지로군과 천로군의 일부 장수들이 일제히 진법을 전개하여 용성과 그의 부하들을 진법 안에 가뒀다.

호문평은 연신 두 손으로 태극을 그리며 용성을 몰아붙였다.

호문평의 공격력은 오히려 용성을 압도했다. 부하 장수들이 진법으로 보조를 해준 덕분이었다.

이들은 용성뿐 아니라 용성의 부하 25명도 함께 공략했다.

장수 개개인의 전력은 이 25명이 더 강했다. 하지만 이 25명은 숫적으로도 부족한 데다가 진법에 갇혀서 제대로 된 힘을 발휘하기 어려웠다.

"크악."

마침내 용성이 데려온 25명의 부하들 가운데 한 명이 뒤로 나자빠졌다. 그는 옆구리에서 피를 철철 흘리며 바닥에 나뒹굴었다.

"이런 반역자 놈들. 으헝!"

용성이 호랑이 소리를 내면서 검을 마구 휘둘렀다. 천룡의 기세가 진법을 찢을 듯이 내뻗었다.

과연 용성의 무력은 대단했다. 상대의 진법이 출렁거렸다. 그 여파로 호문평의 부관 가운데 한 명이 피투성이가 되어 진법을 이탈했다.

물론 그 대가로 용성도 피를 한 모금 토해야 했다.

호문평은 이 기회를 놓치지 않고 용성에게 바짝 달려들었다.

꽝!

호문평의 손이 용성의 가슴을 세차게 후려쳤다.

용성도 즉각 반격했다. 용성의 검은 호문평의 팔에 깊은 상처를 입혔다.

두 용맹한 장수들은 다시 떨어져서 서로를 무섭게 노려보았다. 거친 숨소리가 장내에 울려 퍼졌다.

그때였다.

"용대장군."

위엄 가득한 여인의 목소리가 용성의 귀를 때렸다.

"으윽, 수민 마마."

용성이 잇새로 신음을 토했다.

이수민이 등장하자 호문평은 진법을 풀었다.

장내에는 엉망진창인 몰골의 용성과 그 부하들의 모습이 드러났다. 용성이 데려온 25명 가운데 벌써 절반가량이 죽거나 전투 불능이 되어 바닥에 나뒹구는 중이었다.

한편 호문평의 부하장수들 가운데 쓰러진 자는 10명 남짓이었다.

"마마."

용성이 검을 꼿꼿이 세워 이수민에게 겨눴다.

"용대장군."

이수민도 허리를 곧게 펴고 고리 눈으로 용성을 노려보았다.

이수민의 몸에서 제왕의 기세가 구름처럼 일어나 용성을 압박했다. 단순히 무력으로만 따지면 이수민은 용성과 비교가 될 수 없었다. 그녀는 용성은커녕 남편인 호문평에게도 미치지 못하였다.

하지만 용성과 호문평은 이수민 앞에서 숨을 제대로 쉬기 힘들었다. 이것은 무력의 강약만으로는 설명할 수 없는 제왕의 기세였다.

“용대장군은 아직도 나를 수민 마마라고 부르는군요. 하긴, 오대군벌의 승냥이들이 세상을 쥐고 흔들 무렵, 어린 나는 용대장군에게 의지하여 조직을 만들고 병사들을 양성했었죠. 그때 용대장군은 든든한 울타리 같았어요.”

이수민은 문득 과거를 회상했다.

덩달아 용성도 과거의 추억으로 빨려들어 갔다.

이공은 단지 상징적인 인물일 뿐, 사실 쥬신 복원 세력의 기틀을 잡은 사람은 이수민과 용성이었다. 이 2명이 지금의 팔군 체계를 잡았다. 이 2명이 세계 각지에 조직의 아지트들을 만들어 놓았다.

처음에 천로군뿐이던 조직이 8개의 군단으로 불어난 것도 모두 이수민과 용성의 공로였다.

물론 이 2명 외에도 공신들은 많았다. 특히 화염의 여제 이채민의 활약이 대난했나. 조직의 병사들은 이채민에 대한 믿음 덕분에 꿋꿋이 버틸 수 있었다.

음지에서는 천공안의 주인인 이린의 역할이 컸다. 이공의 조직은 이린의 예지력 덕분에 수차례의 위기를 무사히 넘겼다.

한데 지금의 꼴을 보라.

천공안의 이린은 간씨 세가에 납치를 당했다.

화염의 여제 이채민은 불의 수호룡과 함께 실종되었다.

팔군 가운데 동로군, 서로군, 남로군, 북로군은 오대군벌에 의해서 와해되었으며, 나머지 천로군, 지로군, 현로군, 황로군은 둘로 쪼개져서 내전이 벌어졌다. 당장 조직의 기틀을 다졌던 이수민과 용성도 서로에게 무기를 겨는 형국이 아니던가.

용성은 그 생각만 하면 미쳐버릴 것 같았다.

“수민 마마, 지금이라도 늦지 않았습니다. 소신과 함께 폐하의 앞에 나가시지요. 소신이 수민 마마와 함께 목숨을 걸고 폐하를 설득하겠습니다. 만약 폐하께서 수민 마마의 목을 벤다고 하시면 소신도 마마의 곁에서 함께 자결하겠습니다. 그러니 제발, 제에에발. 조직을 더는 와해시키지 마십시오.”

용성이 간절히 요청했다.

처음부터 용성은 이수민의 목을 벨 생각이 없었다. 그는 그저 이수민을 모시고 이공 앞에 나아가 부녀 사이의 앙금을 해소시키고 싶은 충정뿐이었다.

이수민도 용성의 충성심은 익히 알았다.

"용대장군, 지금 내가 우리 조직을 와해시킨다고 했나요? 하면 내가 대장군께 묻지요. 과연 내가 아바마마께 굴복하면 우리 조직이 갈라지지 않을까요?"

"……."

용성은 선뜻 대답하지 못했다.

이수민이 처연하게 뇌까렸다.

"이미 우리 조직은 둘로 쪼개졌어요."

"마마, 학송 때문에 조직이 쪼개진 것이라면 소신이……."

용성이 무언가 반박하려 했다.

그 전에 이수민이 용성의 말을 끊었다.

"하아, 학송 때문에 조직이 나뉜 게 아니에요."

"그럼 무엇 때문입니까? 왜 수민 마마께서 폐하의 뜻을 거역하시는 겁니까?"

용성은 이수민이 말장난을 한다고 여기고는 화를 내었다.

이수민이 서글픈 듯 뇌까렸다.

"우리 조직의 목적이 무엇인가요? 승냥이 놈들에 의해 쓰러진 쥬신 제국을 다시 세우고 역사를 바로잡겠다는 것이 우리의 목표 아닌가요?"

"맞습니다. 그러니 마마께서 고집을 부리지 마시고 폐하께 힘이 되어주셔야 합니다. 그래야 목표를 이룰 것 아닙니까."

용성의 말에 이수민이 코웃음을 쳤다.

"목표를 이룰 사람이 따로 있다면요?"

"네에?"

용성의 눈이 휘둥그레졌다.

이수민이 용성에게 한 발 다가왔다.

"아바마마가 아니라 더 적합한 적임자가 존재한다면요? 한 때 쥬신의 위대함을 온 세상에 널리 알리셨던 분. 쥬신의 진짜 주인이 나타나면 용대장군은 어떻게 할 건데요?"

"허억, 설마?"

용성이 몸서리를 쳤다. 용성의 뇌리에는 빛의 수호룡을 타고 등장했던 황금빛 가면 사내가 떠올랐다.

이수민은 무겁게 고개를 주억거렸다.

"그래요. 나는 그분을 만나봤어요. 빛의 수호룡과 맹약을 맺으신 분. 쥬신 대제국의 진짜 주인이신 분. 만약 그분께서 우리 앞에 나타나 아바마마의 보위를 인정하지 않는다면, 용대장군은 어떤 선택을 할 거죠?"

"그, 그건."

용성이 말을 더듬었다.

이수민은 아예 작정을 한 듯 이공의 한계를 지적했다.

"솔직히 말해서 아바마마는 선대황 폐하로부터 정상적으로 보위를 물려받으신 게 아니잖아요. 제국이 갑자기 붕괴한 상황에서 아바마마 스스로 황제라 칭하고 옥좌에 앉으신 거잖아요. 반면 그분의 경우는 달라요. 내가 확인한 바에 따르면, 쥬신의 정통성은 엄연히 그분에게 있어요. 아바마마가 아니라요."

"수민 마마, 그게 사실입니까? 지금 하신 말씀이 정녕 사실이란 말입니까?"

용성은 얼굴을 부들부들 떨었다.

이수민의 답은 단호했다.

"사실이고말고요. 내 두 눈으로 직접 확인했어요."

"으으으."

"흥! 어디 나뿐이겠어요? 학송 그 간신배 놈도 그분을 만나는 자리에 함께 나타나더군요."

"말도 안 돼. 어찌 그럴 수가."

용성이 휘청거렸다.

이수민은 쐐기를 박듯이 용성을 몰아쳤다.

"내가 왜 용대장군에게 거짓말을 하겠어요? 다시 한번 강조하지만, 쥬신 제국의 정통성은 아바마마가 아닌 그분이 가지고 계세요. 쥬신 제국의 영화를 다시 복원할 의무도 아바마마가 아닌 그분께 있고요. 솔직히 말해서 지금 나와 학송은 그분이 어느 쪽을 선택할지 경쟁하는 중이에요. 나는 그분의 신하가 되기를 희망하고 있고, 학송 놈도 당연히 그걸 바라고 있죠. 안타깝지만 아바마마는 나와 학송, 양쪽에서 이미 버림을 받았어요."

"으으으."

"그러니 용대장군은 이만 돌아가세요. 아바마마는 용대장군에게 어명을 내릴 처지가 아니에요. 이 상태에서 괜한 고집으로 천로군과 지로군이 불필요한 피를 흘리게 하지 말고, 가서 진짜 황제 폐하를 맞이할 때를 기다리세요. 그게 쥬신 제국을 위한 길입니다."

이수민의 음성은 조곤조곤하였으나, 설득력은 어마어마했다.

"으윽, 크으윽."

다수의 병력을 앞에 두고도 눈 하나 꿈쩍 않던 용성이 벌써 몇 차례나 휘청거렸다.

그러다 용성이 자세를 바로잡고는 시뻘건 눈으로 으르렁거렸다.

"수민 마마, 소신이 마마의 말을 어찌 믿겠습니까? 마마께서 소신을 속이는 것일 수도 있지 않습니까."

이수민은 용성을 똑바로 쳐다보았다.

"내가 용대장군을 속일 거라 생각하나요? 용대장군은 그렇게도 이 이수민을 모르나요? 나는 내 목숨보다 우리 조직을 더 사랑하는 사람입니다. 나는 그깟 권력을 위해서 조직의 목표를 어그러뜨릴 사람이 아닙니다."

"윽."

용성이 짧게 신음했다.

확실히 그러했다. 이수민은 결코 조직에 위해를 끼칠 사람이 아니었다. 최소한 용성이 알고 있는 이수민은 그랬다.

이수민이 오히려 용성에게 되물었다.

"그런 내가 왜 아바마마의 뜻을 거슬렀을까요?"

"……."

"그건 하늘의 뜻이 더 이상 아바마마에게 있지 않다는 사실을 깨달아서예요. 그러니까 용대장군도 더 이상 어명을 내세워서 나를 핍박하지 말아요. 우리에게 어명을 내릴 수 있는 분은 아바마마가 아니라 그분이니까요."

"으윽."

용성이 휘청 휘청 뒷걸음질 쳤다.

'휴우.'

이수민은 그제야 속으로 안도의 한숨을 내쉬었다. 용성이 끝까지 달려들어 피해가 커졌다면 그것만큼 그녀에게 마음 아픈 일도 없을 것이다.

바로 그때 사달이 일어났다.

Chapter 3

빼억!

무서운 속도로 날아온 얼음 창 두 자루가 용성의 등에 박혔다. 기다란 얼음 창은 용성의 등판을 뚫고 배로 튀어나왔다.

용성은 한 손으로 창을 붙잡아 뚝 부러뜨린 뒤, 무서운 눈으로 뒤를 돌아보았다.

"웬 놈이냐?"

상처 입은 맹수의 포효가 쩌렁쩌렁하게 울렸다.

"웬 놈이냐고 물었다."

상대가 대답이 없지 용성이 재차 으르렁거렸다.

대답 대신 저벅저벅 발소리가 들렸다. 이내 용성의 눈앞에 건장한 체격의 사내가 한 명 등장했다.

사내의 키는 190 센티미터가 넘어 보였다.

사내의 인상은 꿈에 나올까 두려울 정도로 더러웠다.

사내의 왼쪽 이마부터 입꼬리까지 이어진 흉터는 사내가 인상을 쓸 때마다 무섭게 꿈틀거렸다.

사내는 한 손에 기다란 칼을 들고 있었는데, 그 칼로부터 흉포한 오러가 줄기줄기 뿜어져 나왔다.

이 사내의 정체는 백호대주 서원평이다.

"엇? 네놈은!"

간씨 세가의 백호대주는 악명이 자자한 사내였다. 용성은 서원평의 얼굴을 접하자마자 곧바로 그의 정체를 알아보았다.

서원평은 시작에 불과했다. 서원평의 뒤를 이어서 카르발 군벌의 전사들이 속속 등장했다.

아프리카에서 온 검은 전사들은 알록달록한 망토를 등에 두르고 긴 창과 타원형의 가죽 방패를 손에 든 채 사원 주변을 물 샐 틈 없이 포위했다.

전사들의 뒤에는 마법사들이 늘어섰다. 하얀 로브를 입은 마법사들의 가슴에는 시베리아의 지배자인 코로니의 문장이 찍혀 있었다.

조금 전 멀리서 얼음 창을 소환하여 용성의 등에 상처를 입힌 것도 바로 이 마법사들의 짓이었다.

“젠장, 오대군벌 놈들이구나.”

호문평이 악귀처럼 얼굴을 일그러뜨렸다.

사태가 돌변하자 호문평은 이수민부터 챙겼다.

“너희는 마마를 뫼시어라.”

“넵. 대장군.”

호문평의 직속 경호부대가 이수민을 빙 둘러싸 보호했다.

한편 사원 지붕에 배치되어 있던 지로군 소속 저격수들은 코로니 군벌의 마법사들부터 노렸다.

투투툭 쏘아진 총탄이 마법사들의 이마를 향해서 쾌속하게 날아갔다.

코로니의 마법사들은 당황하지 않았다. 엄밀하게 말하면 이들은 일반 마법사들이 아니었다. 오로지 전투에 특화된 마법병단 소속의 워 메이지(War Mage:전투 마법사)들이었기에 적의 원거리 기습 공격에 대한 대처도 능숙했다.

마법사들 가운데 절반은 완드를 들어 얼음 쉴드를 쳤다. 저격수들이 쏜 총알은 두꺼운 얼음을 뚫지 못하고 중간에 박혔다.

나머지 절반의 마법사들은 대규모 빙계 마법을 준비했다가 한꺼번에 펼쳤다.

쩌적! 쩌저적!

호문평의 부하들 발밑에서 가시처럼 뾰족뾰족한 얼음들이 마구 솟구쳤다.

아이스 스파이크(Ice Spike: 뾰족 얼음)라 불리는 마법은 넓은 공터뿐 아니라 저격수들이 위치한 사원 지붕에도 여지없이 작렬했다.

날카로운 얼음이 저격수들의 몸에 상처를 입혔다. 쥬신 복원 세력은 정신이 분산되었다.

그 틈을 노려서 검은 전사들이 창을 던졌다.

휘류류류— 휘류류류류류—.

빛을 머금은 창날은 드릴처럼 회전하면서 쥬신 복원 세력의 장수들을 공격했다.

지로군의 도깨비 방패가 투창에 뚫려 퍽퍽 깨졌다. 여기저기서 비명 소리가 들렸다.

중거리에서 투창 공격을 계속 받으면 피해가 더 커질 터, 호문평이 서둘러 지휘를 했다.

"놈들이 투창을 계속 던지기 전에 전진해라. 어떻게든 놈들을 사원 밖으로 몰아냇."

"옙."

호문평의 부하들은 몸을 돌보지 않고 앞으로 뛰쳐나갔다. 그들은 진법의 힘을 빌려 검은 전사들을 몰아쳤다.

부하들이 시간을 벌어주는 동안, 호문평의 직속 경호부대는 이수민을 보호한 채 빠르게 후방으로 물러났다.

서원평이 오러가 어린 칼을 높이 치켜들었다.

"한 놈도 도망치지 못하게 막아라. 이 자리에 있는 모든 쥬신의 잔당들을 전멸시킨다."

"와아아아아—."

검은 전사들은 군령이 떨어지기 무섭게 사원 안으로 쏟아져 들어왔다. 그들의 모습은 마치 단체 사냥에 나선 흑표범 무리를 연상시켰다.

검은 전사들이 앞장서서 적에게 달려들자 상대적으로 마

법사들에게 걸린 부담이 줄어들었다. 아이스 마법병단의 마법사들은 방어에는 일절 신경 쓰지 않고 공격마법에만 정신을 집중했다.

호문평의 부하들 머리 위에 커다란 얼음이 형성되었다가 뚝 떨어졌다. 땅바닥에 깔리듯이 날아온 얼음 화살도 호문평의 부하들을 괴롭혔다. 호문평의 부하들이 비록 방패를 이용한 집단전투에 능하다고 하지만, 검은 전사들과 얼음 마법사들의 조합은 정말 상대하기 까다로웠다.

오대군벌이 쳐들어오자 용성이 호문평을 도왔다. 외부의 위기가 내부의 결속을 도운 셈이었다.

"이 더러운 놈들, 다 죽여 버린다."

용성은 머리카락을 풀어헤치고 달려들어 검을 종횡무진 휘둘렀다. 용성의 검에서 우렁찬 용음이 울렸다. 천룡의 형상이 마구 날뛰었다.

용성의 기세가 어찌나 사나웠던지, 도저히 등에 심각한 상처를 입은 상태라고 여겨지지 않았다.

검은 전사들은 가죽 방패를 뱅글뱅글 돌리면서 용성의 검을 옆으로 흘려보내려 시도했다.

하지만 그 정도 잔기술로 막기에는 용성의 무예가 너무 뛰어났다. 용성의 검날은 적들의 방패를 여지없이 베면서 파고들어 아프리카 전사들의 몸에 깊은 상처를 입혔다.

"네놈의 상대는 나다."

서원평이 맹수처럼 용성에게 달려들었다. 서원평은 무려 20 미터를 점프했다가 양손으로 전력을 다해서 칼을 휘둘렀다.

후웅!

서원평의 칼에 어린 오러가 수 미터 길이로 쭉 늘어났다. 서원평은 그 힘을 한 점에 집중하여 폭발하듯 터뜨렸다.

Chapter 4

"흥. 어림도 없다."

용성은 천룡검으로 서원평의 공격을 막았다.

칼과 검이 부딪치면서 무시무시한 소리가 터졌다.

칼과 검은 충돌의 반동으로 멀리 튕겨 나갔다가 다시 맞붙었다. 두 강자 사이에서 포탄이 터지는 듯한 굉음이 쉴 새 없이 계속되었다.

서원평과 용성이 부딪지는 곳 수변으로는 아무도 접근하지 못했다. 그 속에서 마치 천룡이 불을 뿜고 백호가 포효하는 듯했다.

한편 용성의 부하들도 호문평의 부하들과 힘을 합쳤다.

그들은 야차처럼 날뛰면서 검은 전사들을 상대했다.

전체적인 공격력은 쥬신 제국 복원 세력 쪽이 더 뛰어났다. 그들은 진법을 활용한 집단전투가 얼마나 위력적인지를 잘 보여주었다.

반면 아프리카의 검은 전사들은 개개인의 역량이 탁월했다. 검은 전사들은 진법에 휘말리고도 쉽게 무너지지 않았다. 전사들은 고무공처럼 탄력적으로 움직이며 활로를 찾았고, 놀라운 전투감각과 임기응변 능력을 보여주었다.

게다가 검은 전사들이 위험하다 싶을 때마다 후방에서 마법 지원이 잇따랐다. 아이스 마법병단은 아이스 스파이크와 얼음 화살, 빙괴 소환을 적절히 섞어 쓰면서 지로군의 진격을 훼방 놓았다.

마법사들의 집요한 훼방 때문에 호문평의 부하들은 소기의 성과를 거두지 못했다. 그들은 다잡은 검은 전사들을 다시 놓아주기를 반복했다.

서원평은 용성의 검을 막아내는 한편, 전장을 넓게 보면서 적절한 지휘를 내렸다.

"동쪽으로 도망치는 자들이 있다. 그쪽을 틀어막아."

서원평의 지시는 아프리카어로 번역되어 검은 전사들이 쓴 홀로—고글에 떠올랐다.

"옙, 대주님."

검은 전사들 가운데 일부가 호문평의 부하들을 상대하다 말고 우회하여 이수민의 앞을 막았다.

마법사들 가운데 일부도 서원평의 지시에 따랐다. 그들은 사원의 동쪽 입구에 얼음벽을 우두둑 세워버렸다.

"젠장. 이쪽 길이 막혔다."

호문평의 경호부대는 결국 여기에서 발이 묶였다. 경호부대가 이수민을 탈출시키기 위해서는 앞을 막고 있는 방해꾼들을 죽이고 얼음벽을 부수는 수밖에 없었다.

"우리가 길을 뚫는다."

경호원들 가운데 3분의 2가 사방으로 치고나가 난전을 유도했다. 경호원들은 오른손으로 검을 휘두르고, 왼손으로는 권총을 쏘았다.

아프리카의 전사들도 난전을 피하지 않았다. 전사들은 망토를 빙글빙글 돌려서 적의 검을 휘감았다. 망토 옆면으로 총알도 미끄러뜨리기도 했다.

팽이처럼 회전하는 검은 전사들이 경호원들 사이로 파고들었다.

그렇게 난전이 격화되었다.

"켁."

검은 전사 한 명이 검을 피하려다가 총에 목이 맞아 고꾸라졌다.

"끄억."

그 총을 쏜 경호원은 또 다른 전사의 창에 가슴이 찔려 쓰러졌다.

활로를 뚫던 경호원 한 명이 얼음 화살에 오른쪽 눈이 꿰뚫렸다. 이 경호원이 쓰러지는 동안 또 다른 경호원은 검은 전사를 해치우고 조금 더 전진했다. 경호원들은 피로 길을 뚫고 온몸으로 적들을 틀어막았다.

그러는 동안 이수민은 피눈물을 흘리며 빠르게 도망쳤다.

이수민은 섣부르게 부하들을 돕지 않았다. 지금 이수민은 멈춰서 싸우는 것보다 빨리 몸을 피하는 것이 부하들을 더 도와주는 것이었다.

이 사실을 잘 알기에 이수민은 쏟아지려는 눈물을 참고 탈출에 전념했다.

이게 옳았다. 이수민은 쥬신 복원 세력의 머리에 해당하는 인물이었다. 이수민은 팔군에 대한 기밀정보를 가장 많이 알고 있는 핵심인물이기도 했다.

그런 이수민이 적에게 붙잡히면 조직 전체가 위태로워졌다.

경호원들 가운데 3분의 2가 난전을 유도하는 동안, 나머지 3분의 1은 이수민을 끝까지 호위했다.

결국 이수민은 검은 전사들을 모두 피해서 얼음벽 앞에 도착했다.

서원평이 또다시 명을 내렸다.

"저 여자를 놓치면 안 된다. 꼭 잡아야 해. 크윽."

서원평은 명을 내리다 말고 용성의 검에 의해 세차게 튕겨나갔다.

순간적으로 바닥에 넘어졌던 서원평이 악귀와 같은 얼굴로 벌떡 일어나 용성에게 재차 달려들었다. 서원평의 등 뒤에서 오러가 불길처럼 화르륵 솟구쳤다.

서원평이 이성을 잃고 용성과 맞붙는 동안, 아이스 마법병단의 마법사들은 원거리에서 얼음 화살을 날려서 이수민을 집중 공격했다. 마법사들은 얼음벽도 이중 삼중으로 다시 세워서 보강했다.

"빌어먹을."

경호원들이 이수민을 빙 둘러싸고 얼음 화살을 검으로 쳐냈다. 일부 경호원들은 얼음벽을 타넘기 위해 밧줄을 걸었다.

검은 전사들이 빙벽을 등반하는 경호원들을 향해서 투창을 던졌다.

"크악."

경호원들 가운데 몇 명이 창에 꿰뚫려 피를 뿌렸다. 하지만 몸이 날랜 경호원 2명이 끝내 얼음벽 정상에 올라서는데 성공했다.

먼저 정상에 도착한 경호원 2명이 이수민에게 밧줄을 던졌다.

“마마, 이걸 잡으십시오.”

이수민이 손목에 밧줄을 휘감아 쥐었다.

경호원들이 밧줄을 휙 잡아당겼다. 이수민은 그에 보조를 맞춰 높이 점프했다.

이수민이 높은 얼음벽을 막 타넘으려는 순간이었다. 흑표범처럼 민첩한 전사 3명이 함께 점프하여 이수민을 따라잡았다.

그 가운데 한 명이 이수민의 머리채를 움켜쥐었다.

“요년, 잡았다.”

또 다른 전사 2명은 알록달록한 망토를 그물처럼 뿌려서 이수민의 시야를 차단했다.

“이이익. 이 정도로 나를 잡을 수 있을 것 같으냐?”

이수민은 허공에서 팽이처럼 회전하더니, 부력을 이용하여 단숨에 망토를 팽개치고 얼음벽을 타넘었다.

그 와중에 이수민의 머리카락이 한 움큼 빠진 것은 어쩔 수 없는 일이었다.

어쨌거나 지금 이수민이 보여준 동작은 모두의 예상을 깰 만큼 민첩했다. 검은 전사들은 이수민이 이처럼 민첩할 거라고 예상하지 못했다.

"이런 썅."

"놓쳤잖아."

이수민을 놓친 검은 전사들이 욕설과 함께 얼음벽 위로 뛰어올랐다.

Chapter 5

"안 된다."

"너희는 쫓아가지 못한다."

이수민의 경호원들이 온몸을 날려 검은 전사들을 방해했다. 경호원들은 전사들의 창에 찔리면서도 끝까지 상대의 발목을 잡았다.

경호원들의 희생 덕분에 이수민은 포위망을 뚫고 사원 뒤쪽으로 벗어났다.

그때였다.

투타타타타타—.

요란하게 프로펠러 소리가 들렸다. 간씨 세가의 전투헬기 편대가 등장하여 이수민에게 총부리를 겨눴다.

하늘에서는 또 다른 지원군이 등장했다. 발렌시드의 문장이 걸린 수송기로부터 번쩍거리는 갑옷을 입은 기사들이 속속 뛰어내렸다.

이건 도저히 길이 보이지 않았다. 첩첩산중이라는 말은 이럴 때 사용하라고 만들어진 것 같았다.

"아아아."

이수민의 동공이 암울한 회색으로 물들었다.

동시에 두 곳에서 고함 소리가 들렸다.

"안 돼."

"수민 마마."

첫 번째 고함은 호문평이 질렀다.

호문평은 진법을 진두지휘하며 검은 전사들과 싸우던 중이었다. 그러다 이수민이 위기에 처하자 부하들을 버리고 홀로 얼음벽을 뛰어넘었다.

호문평에게 달라붙었던 검은 전사 3명은 태극을 품은 호문평의 손바닥에 가슴이 함몰되어 절명했다.

그 와중에 투창 2개가 호문평의 등에 꽂혔다.

"끄윽."

호문평은 등에 창을 꽂은 채로 이수민에게 달려와 그녀를 끌어안았다.

한편 두 번째 고함은 용성이 내지른 소리였다. 용성은 서원평과 한창 드잡이질을 하다 말고 몸을 돌려 이수민에게 달려왔다.

"이놈, 싸우다 말고 어딜 가느냐?"

서원평이 뒤에서 쫓아와 용성의 등에 한 칼을 먹였다.

그렇지 않아도 용성은 등에 상처가 심한 상태였다. 거기에 칼질까지 당하니 용성의 다리에 힘이 풀렸다. 눈앞이 캄캄했다.

그래도 용성은 끝끝내 서원평을 뿌리치고 이수민의 곁에 도달했다.

"이야압."

용성이 길게 휘두른 천룡검이 수십 미터 밖까지 날아가 간씨 세가의 전투헬기 한 대를 격추시켰다.

호문평이 응집한 태극 문양은 전투헬기가 쏜 탄알 세례를 거뜬히 막아내었다.

두 대장군이 활역을 펼쳐도 상황은 그리 나아지지 않았다. 용성과 호문평의 주위에는 어느새 검은 전사들이 벌떼처럼 달라붙었다.

"이쪽으로."

호문평이 방향을 지시했다.

용성은 이수민의 오른쪽에서 날뛰었다.

호문평은 이수민의 왼쪽을 방어했다.

두 대장군들은 이수민을 사이에 끼고 검과 손을 휘두르며 전력을 다해 탈출로를 뚫었다.

"도망치지 못한다."

막 도착한 발렌시드의 기사들이 용성과 호문평의 앞을 가로막았다. 뒤쪽에서는 흑표범 같은 아프리카의 전사들이 바짝 쫓아왔다.

용성이 눈에서 불을 토했다.

"모두 비켜라. 거치적거리는 놈들은 다 죽여 버릴 테다."

단지 말뿐만이 아니었다. 용성은 미친 듯이 마나를 쏟아부어 천룡검을 전력으로 운용했다. 용성은 마나가 고갈되어 몸이 상하는 것도 두려워하지 않았다. 용성의 검날 주변에서 우르릉, 우르릉, 푸른 불꽃이 튀었다. 주변 수십 미터 영역에 걸쳐서 구체화된 천룡의 형상이 사납게 날뛰었다.

'수민 마마를 살릴 수만 있다면 이 늙은이는 여기서 죽어도 좋다.'

용성은 오직 이 일념만으로 적진을 헤집었다.

발렌시드의 기사들이 용성의 기세를 이기지 못하고 휘청거렸다.

죽을 각오를 한 사람은 비단 용성만이 아니었다. 호문평의 눈에서도 불똥이 튀었다. 호문평에게 이수민은 사랑하는 부인이기 이전에 주군이었다.

"우와아아악."

호문평이 괴성을 질렀다.

지금 호문평의 눈에는 아무것도 보이지 않았다. 그의 뇌리에는 오직 이수민을 살려야 한다는 신념만 가득했다.

호문평이 날린 태극 문양이 원반처럼 날아가 후방을 후려쳤다.

꽈앙!

금속 터지는 듯한 굉음과 함께 검은 전사 대여섯 명이 피떡이 되어 날아갔다. 그나마 검은 전사들이 민첩하게 반응을 했기에 망정이지, 제대로 맞았으면 20명 이상 떼죽음을 당했을 뻔했다.

검은 전사들이 주춤하자 서원평이 그 사이에서 튀어나왔다.

"멈춰라. 너희들은 아무 데도 가지 못한다."

서원평은 사자가 들소를 덮치듯이 단숨에 몸을 날려 칼을 세로로 휘둘렀다. 서원평이 노린 것은 호문평의 머리였다.

호문평이 양손을 둥글게 휘저어 검고 하얀 태극 문양을 만들어내었다. 호문평의 태극 주변으로 팔괘의 모양도 함께 떠올랐다.

그 위에 서원평의 칼날이 작렬했다.

콰창!

사방으로 빛이 터져나갔다. 그 일대의 흙이 비산했다.

"크윽."

호문평은 땅바닥에 한쪽 무릎을 꿇었다. 입에서는 피를 토했다. 호문평의 주변은 흙이 움푹 팼다.

이것만 보더라도 조금 전의 충돌이 얼마나 강렬했던 것인지를 짐작케 만들었다.

무릎을 꿇은 호문평에 비해서 서원평이 받은 충격은 상대적으로 약했다. 충돌의 순간 서원평은 날렵하게 뒤로 물러나 충격을 완화한 덕분이었다.

Chapter 6

탄력적으로 물러났던 서원평이 후퇴했던 것보다 몇 배는 빠르게 다시 달려들었다. 서원평이 칼로 X자를 그리며 호문평을 베었다.

꽈앙!

또다시 폭음이 터졌다.

"크왁."

이번에는 호문평이 뒤로 10 미터나 밀려났다. 호문평이 만든 태극 문양은 금방이라도 깨질 것처럼 웅웅웅 흔들렸다. 호문평의 입에서는 더 많은 양의 피가 흘렀다.

이 두 번의 충돌만 보더라도 서원평이 호문평보다 한 수

위였다.

안타깝게도 지금 호문평을 도울 수 있는 사람은 없었다.

호문평의 부하 대부분은 아직도 사원 광장에 남아서 카르발의 검은 전사들과 코로니의 마법사들을 온몸으로 저지하는 중이었다.

용성은 발렌시드의 기사들에게 발목이 붙잡혔다.

용성이 기사들 사이를 헤집으며 탈출로를 뚫으려고 애를 썼으나, 결과는 신통치 않았다. 발렌시드의 기사들이 스크럼을 꽉 짜고 버티는 탓이었다. 발렌시드 군벌은 원래 공격보다 방어에 강했다.

용성과 호문평이 곤경에 처하자 이수민은 입술을 꽉 깨물었다. 그 와중에도 오대군벌은 고원지대에 점점 더 많은 병력들을 투입하였다.

'아아아, 여기까지가 한계인가?'

이수민은 아득한 절망감을 느꼈다.

그 마지막 순간, 이수민은 예전에 이린이 해준 이야기를 떠올렸다.

"엄마, 꼭 기억해야 해. 내가 엄마에게 생일 선물로 준 이 목걸이를 꼭 차고 다녀야 해. 그러다 최악의 순간이다 싶을 때 이 목걸이를 깨뜨려. 그럼 이 목걸이가 엄마의 목숨을 한 번은 구해줄 거야."

지금으로부터 몇 년 전, 이린은 이수민의 생일에 이렇게 속삭이면서 하얀 돌이 박힌 목걸이를 하나 선물했다.

당시에 이수민은 별 생각 없이 딸의 선물을 받았다.

솔직히 밋밋한 돌 목걸이는 이수민의 취향이 아니었다. 이수민은 화려한 장신구를 선호했다.

그래도 이수민은 딸의 정성을 생각해서 늘 이 목걸이를 목에 걸고 다녔다.

'아차! 목걸이가 있었지.'

지금 이 순간, 이수민의 뇌리에 불꽃이 번쩍 튀었다.

이수민은 목걸이를 와락 잡아 뜯더니, 목걸이에 박힌 하얀 돌멩이를 대리석 바닥에 강하게 내리쳤다.

5 센티미터 크기의 하얀 돌이 쩍 깨졌다. 깨진 하얀 돌 속에서 또 다른 하얀 돌이 톡 튀어나왔다.

이수민이 이마를 찌푸렸다.

'이게 뭐지? 왜 돌 속에 돌을 숨겨놓았지?'

이수민은 현재의 급박한 상황도 잊은 채 메추리알 크기의 미끈한 돌을 골똘히 쳐다보았다.

바로 그 타이밍에 이변이 일어났다. 하늘에서 갑자기 목소리가 들렸다.

"내 이럴 줄 알았지. 역시 열한 번째 파편은 거기에 있었어."

이런 중얼거림과 함께 빛망울이 터졌다.

후오옹!

휘황찬란한 빛은 구름을 뚫고 기둥 모양으로 내리꽂히더니 단숨에 발렌시드 기사들의 왼쪽 축을 무너뜨렸다.

"끄아악."

빛의 기둥에 노출된 기사들은 입에서 거품을 물고 뒤로 나자빠졌다. 빛의 기둥 한 방에 쓰러진 기사들의 수가 무려 40명이 넘었다.

다만 이 기사들은 목숨을 잃지는 않았다. 기사들은 그저 강렬한 빛의 노출되어 일시적으로 눈이 멀고 체내의 모든 신경이 마비되어 정신줄을 놓았을 뿐이다.

어쨌거나 발렌시드의 기사들이 떼거지로 기절한 덕분에 스크럼에 공백이 생겼다. 용성은 그 틈을 놓치지 않았다.

"이때다."

용성은 이수민의 허리를 확 채더니, 쓰러진 기사들을 단숨에 타넘어 사원 밖으로 날아갔다.

뒤에서 호문평이 악을 썼다.

"용대장군님, 수민 마마를 부탁드립니다. 이곳은 제가 막을 디이니 꼭 마마를 살려주십시오오오오—."

절규하는 듯한 호문평의 목소리가 꼬리를 길게 이으며 용성과 이수민의 귓전을 때렸다.

"호대장군, 알겠네."

용성은 뒤도 돌아보지 않고 미친 듯이 치달렸다.

홀로 남은 호문평은 다시 등을 돌리더니 양팔을 벌려 쏟아지는 적들을 막아섰다.

이수민이 남편의 뒷모습을 보았다.

"안 돼."

이수민은 안타까운 듯 남편을 향해서 손을 뻗었다. 이수민의 볼을 타고 눈물이 하염없이 쏟아졌다.

한편 서원평은 발을 세게 굴렀다.

"젠장. 저 여자를 놓치면 안 돼. 저 여자가 쥬신 잔당들의 우두머리라고."

서원평은 다른 것들은 다 무시하고 이수민에게 달려가려고 했다.

한데 호문평이 서원평의 발목을 잡았다. 호문평은 최후의 한 방울까지 마나를 쥐어짜서 서원평의 앞을 막았다.

"비켜. 이 개자식아, 비키라고."

서원평이 악귀처럼 칼을 휘둘렀다.

"크윽, 큭."

호문평은 상대의 칼에 맞아 몸 곳곳에서 피를 흘렸다. 그러면서도 호문평은 악착같이 손을 휘둘러 서원평의 추격을 방해했다.

그뿐만이 아니었다. 호문평은 힘이 쇠약해진 와중에도

태극 문양을 원반처럼 날려서 검은 전사들의 추격도 저지했다.

호문평의 처절한 몸부림 덕분에 서원평은 용성을 추격하지 못했다.

발렌시드 기사들이 서둘러 이수민의 뒤를 쫓았으나, 중무장한 기사들의 달음박질로는 질풍처럼 질주하는 용성을 따라잡지 못했다.

"놈들의 위치를 추적해라. 반드시 포착해야 한다."

서원평이 팔목에 찬 시계에 대고 외쳤다.

간씨 세가의 초계기가 모든 센서를 용성에게 집중했다. 간씨 세가의 첩보위성도 주변을 넓게 스캔했다.

그때 또다시 빛이 터졌다.

후왕!

하늘에서 폭발한 화려한 빛망울은 초계기의 가시광 센서를 잠시 불능 상태로 만들었다. 첩보위성의 영상도 잠시 동안 하얗게 백열되었다.

심지어 이 빛망울은 주변의 온도도 확 끌어올렸다. 온도에 의존하는 적외선 센서마저 멈추게 된 것이다.

그 짧은 틈에 하얀 돌이 사라졌다.

Chapter 7

하늘에서 빛망울이 번쩍 터졌다. 그 사이 이수민의 목걸이에서 튀어나온 메추리알을 닮은 돌이 감쪽같이 자취를 감추었다.

하지만 이 사건을 눈여겨보는 사람은 아무도 없었다.

서원평의 이어폰에서 급박한 목소리가 들렸다.

"대주님, 놈들을 놓쳤습니다. 모든 영상이 일시적으로 마비된 탓에 놈들의 행적을 잃어버렸습니다."

이것은 주작대의 요원이 서원평에게 직접 전달한 보고였다.

"이런 빌어먹을."

서원평은 버럭 화를 내었다.

시퍼렇게 귀화를 품은 서원평의 두 눈이 호문평에게 향했다. 지금 호문평은 피투성이가 되어 땅에 무릎을 꿇고 있었다.

호문평은 이미 정신을 잃은 상태이되, 그 와중에도 악착같이 두 팔을 벌려 서원평의 추격을 막는 듯한 자세를 취했다.

"이런 지독한 새끼."

서원평은 구둣발로 호문평의 턱을 걷어찼다.

호문평이 핏줄기를 길게 뿜으며 뒤로 넘어갔다.

서원평은 턱이 으스러진 호문평을 내려다보며 땅바닥에 침을 뱉었다. 그리곤 검은 전사들에게 수신호를 보냈다.

"영상 센서가 망가졌으니 너희들의 후각에 의존할 수밖에 없구나. 다들 도망친 여자를 찾아라."

서원평의 명이 아프리카어로 번역되어 검은 전사들의 홀로—고글에 찍혔다.

늑대들이 자연스럽게 우두머리를 알아보는 것처럼, 아프리카의 검은 전사들은 어느새 서원평을 자신들의 우두머리로 인식했다.

우두머리의 명령은 절대적.

"명을 따릅니다."

검은 전사들은 코를 씰룩거리며 이수민을 추적했다.

용성의 무력이 아무리 뛰어나다고 하나, 100명이 넘는 전사들의 추적을 피하기란 쉽지 않았다.

게다가 고원지대 일대는 이미 간씨 세가의 병력들로 물샐 틈 없이 포위를 당한 상태였다. 이 근처 모든 도로가 끊겼다. 항만과 공항도 차단되었다. 이수민이 무사할 가능성은 제로에 가까웠다.

그럼에도 이수민은 희망의 끈을 놓지 않았다.

"패황께서 오셨구나. 그분께서 오셨어."

이수민의 눈동자가 감격으로 물들었다.

조금 전 하늘에서 떨어진 빛의 기둥 덕분에 이수민과 용성은 발렌시드 기사들을 뿌리치고 탈출에 성공할 수 있었다.

뒤이어 휘황찬란한 빛망울이 터졌다. 이 빛망울은 간씨세가의 막강한 감시정찰 기능을 일순간에 마비시켰다.

이건 분명 패황의 권능이었다.

"이제 되었다. 그분께서 오셨으니 되었어."

이수민은 금방이라도 패황이 빛의 수호룡을 타고 등장하여 적들을 싹 쓸어버릴 것이라 기대했다.

이수민이 적들을 향해서 저주를 퍼붓듯이 으르렁거렸다.

"두고 보아라. 지금까지는 네놈들이 우리를 가둬놓고 사냥하듯 몰아쳤지만, 이제 곧 전세가 역전될 것이니라."

이수민은 패황(이탄)이 발리에서 보여준 이적을 잊지 않았다. 이수민이 목격한 패황은 빛의 수호룡을 자유롭게 부리고, 고개를 들기 힘들 정도로 강한 위압감을 내뿜었을 뿐 아니라, 손짓 한 방으로 발리에 있던 이수민을 인도까지 돌려보냈다. 이수민은 상상조차 할 수 없는 이적을 패황은 아무렇지도 않게 사용했다.

'그러니 그분께서 도와주신다면 오대군벌의 병력들을 전멸시키는 것은 일도 아니리라.'

이수민은 당연히 패황이 반역도들을 싹 쓸어버릴 것이라

믿었다.

하지만 이수민이 모르는 게 두 가지나 있었다.

첫째, 이수민이 신앙처럼 믿고 있는 패황은 지금 북극 상공에서 오대군벌의 진짜 수뇌부들과 치열한 혈투를 벌이는 중이라 이곳까지 신경을 쓸 여력이 없었다.

둘째, 설령 패황에게 여력이 있다고 하더라도 그는 오대군벌의 병력들을 쓸어버릴 마음이 눈곱만큼도 없었다.

사실 패황은 이탄이 만들어낸 가짜가 아니던가.

오늘 서원평을 부려서 인도 남부의 고원지대를 폭격한 배후 흑막이 바로 이탄이었다. 그런 이탄이 자신의 부하들을 공격할 리가 없었다.

하면 조금 전에 나타났던 빛의 기둥은 무엇인가?

이것은 이탄이 이수민에게 베푼 선물이었다.

"덕분에 세계의 파편을 손에 넣었으니 목숨 정도는 살려주지."

이탄이 기분 좋게 중얼거렸다.

그 시각, 이탄은 북극에서 1인 3역을 하는 중이었다.

이탄은 나름 바쁜 와중에도 잠깐 잠깐 짬을 내어 인도 남부의 전황을 살폈다. 이탄은 오늘 쥬신의 잔당 무리를 대폭 삭감할 계획이었으되, 이수민이 죽는 꼴까지 보고 싶지는 않았다.

'내가 비록 이수민을 혈육으로 인정하지는 않지만, 그래도 그녀의 목숨까지 앗아갈 필요는 없겠지.'

이탄은 기본적으로 이런 생각으로 품고 있었다.

하지만 단지 이것만이 이탄의 목적은 아니었다.

만일 이탄이 이수민을 살리고자 하는 마음이 있었다면 처음부터 이렇게 복잡하게 일을 꾸밀 필요도 없었다. 이탄은 애초에 발리섬에서 이수민을 따로 빼돌려서 간씨 세가에 가둬두어도 되었다.

그럼 지금처럼 이수민의 목숨이 경각에 달릴 일은 없었을 테지.

한데 이탄은 일부러 이수민의 본거지를 공격하여 그녀를 위기로 몰았다.

《 위기의 순간 이수민을 구해주면 열한 번째 세계의 파편이 나타나리라. 》

이탄은 천공안을 통해서 이와 같은 미래를 보았다.

하지만 정확하게 어떤 모습으로 세계의 파편이 나타나는지까지는 천공안에 보이지가 않았다.

'아마도 세계의 파편이 신과 이어져서 보이지가 않는 것이겠지.'

이탄은 이렇게 추측했다.

결국 이탄이 복잡하게 일을 꾸민 것은 모두 다 세계의 파편을 얻기 위함이었다. 어찌 보면 이탄은 사악하게도 이수민에게 병을 주고 약도 준 셈이었다.

어쨌거나 이수민은 위기의 순간에 돌 목걸이를 깨뜨렸고, 그 속에서 열한 번째 세계의 파편이 튀어나왔다.

이탄은 이수민의 주변을 주시하고 있다가 하얀 돌멩이를 발견했다.

"저거다."

이탄이 쾌재를 불렀다.

Chapter 8

이탄은 그 즉시 무한시의 권능을 발휘하여 시간을 멈췄다.

이어서 이탄은 무한공의 언령까지 꺼내들었다. 이탄은 북극을 떠나 단숨에 인도 남부의 고원지대 상공으로 넘어왔다.

이탄이 막 현장에 도착할 즈음, 이수민은 최악의 위기에 봉착했다. 이탄은 빛의 기둥을 살짝만 발휘하여 이수민에게 탈출로를 열어주었다.

이때 이탄은 적당히 힘 조절을 했다. 덕분에 발렌시드 기사들은 빛의 기둥에 직접 노출되고도 사망자가 나오지 않았다.

이탄은 거기서 그치지 않고 강한 빛망울을 터뜨려서 간씨 세가의 감시정찰 기능도 잠시 마비시켰다.

이 행동은 이수민을 돕기 위해서라기보다는 이탄이 열한 번째 세계의 파편을 손에 넣기 위함이었다.

어쨌거나 열한 번째 세계의 파편은 이탄의 손에 들어왔다. 이제 이탄에게 남은 일은 이수민을 구해주는 것뿐이었다.

원래부터 이탄은 이수민을 죽일 마음이 없었다. 게다가 이수민은 이탄이 원하는 바, 즉 세계의 파편을 넘겨주기까지 했다.

그러니 이탄의 마음이 너그러워질 수밖에. 이탄은 이수민을 향해서 기꺼이 도움의 손길을 내밀었다.

마침 이수민은 용성의 등에 업힌 채 가파른 비탈길을 빠르게 내려가는 중이었다.

용성과 이수민의 눈에는 보이지 않겠지만, 비탈길 아래쪽에는 기관총과 장갑차로 무장한 병력들이 도로를 막고 대기 중이었다.

또한 이수민의 뒤쪽 수백 미터 후방에서는 아프리카의 검은 전사들이 땅바닥에 코를 처박고 빠르게 추격하고 있었다.

결국 이수민은 여기서 붙잡힐 운명.

그 운명에 이탄이 개입했다. 이탄이 구름 위에서 손을 뻗자 용성 발밑의 흙이 우르르 일어났다.

"허업?"

용성이 힘차게 점프하여 흙벽을 뛰어넘으려고 들었다.

그 순간 허공에서 강렬한 빛이 터졌다. 용성의 등에 업혀 있던 이수민은 빛 속으로 빨려들어 자취를 감추었다.

반면 용성은 빛에게 거부를 당해 거칠게 튕겨져 나왔다. 용성이 흙벽에 발이 걸려 앞으로 고꾸라졌다.

구름 위에서 이탄이 싸늘하게 뇌까렸다.

"내가 구해주는 것은 이수민만이야. 너는 안 돼. 20여 년 전에 네 딸 용설란이 내게 저지른 짓을 생각하면 늙은이를 찢어 죽이지 않는 것만 해도 감지덕지해라.'

이탄은 이 말을 남긴 채 북해로 다시 돌아갔다.

용성은 이탄의 독백을 제대로 듣지 못했다. 이탄에 의해 뒤로 튕겨난 뒤, 용성은 가파른 비탈길에서 우당탕 나뒹굴었다.

용성의 등에 난 상처가 나무에 부딪치면서 더욱 크게 벌어졌다. 용성은 무려 20 미터를 굴러 내려간 이후에나 겨우 자세를 바로잡았다.

"끄윽."

용성이 인상을 찡그렸다.

등이 쪼개질 듯이 아픈 것도 문제지만, 그것보다는 이수민이 감쪽같이 사라졌다는 점이 더 큰 문제였다.

"수민 마마? 수민 마마? 어디 계십니까?"

용성은 상처를 지혈할 새도 없이 이수민부터 찾았다.

검은 전사들이 이 소란을 놓칠 리 없었다.

"저쪽에서 소리가 들린다."

"그 방향에서 피 냄새도 나."

검은 전사들은 서로의 얼굴을 마주 본 다음, 용성이 있는 곳으로 빠르게 몰려들었다. 그것도 그냥 몰려든 것이 아니라 몰이를 하듯이 포위망을 좁혔다.

"이런."

용성도 그 사실을 깨닫고는 낭패한 표정을 지었다.

용성이 검은 전사들에게 둘러싸여 거칠게 포박을 당할 무렵, 사원 내부는 완전히 정리가 되었다.

끝까지 저항하던 지로군 병력은 진법이 붕괴하자 더는 버티지 못했다. 지로군 병력들 가운데 상당수가 진법 속에서 죽었다. 겨우 살아남은 자들은 오대군벌에 포로로 붙잡혔다. 이것으로 팔군 가운데 하나인 지로군은 전멸한 셈이었다.

한편 천로군도 타격이 꽤 컸다.

우선 천로군의 총사령관인 용성이 오대군벌의 포로로 붙

잡혔다. 용성을 보좌하던 최정예 25명도 사라졌다.

이 25명 가운데 절반은 오대군벌 연합군에 의해서 죽거나 제압을 당했다.

하지만 나머지 절반은 같은 편이었던 지로군과 싸우다가 자멸했다. 바둑으로 치면 자충수를 둔 케이스였다.

그날, 북극에서 벌어진 초인들의 전투가 사람들 사이에서 회자되는 가운데 또 다른 빅뉴스가 세상을 강타했다.

"씨엠엠의 긴급 속보입니다. 오늘 오후 다섯 군벌이 힘을 합쳐 인도 남부에서 웅크리고 있던 쥬신의 잔당들을 소탕했다고 합니다. 자세한 내용을 전해드리겠습니다."

"비씨씨의 인도 특파원을 연결하겠습니다. 특파원, 특파원."

"와이피엔엔에서 긴급히 전해드립니다. 오늘 오후 오대군벌이 연합하여 인도 남부 고원지대의 오래된 사원을 격파했습니다. 놀랍게도 이 사원 안에는 테러 조직으로 악명 높은 쥬신의 잔당들이……."

전 세계 모든 뉴스가 인도 남부에서 거행된 쥬신 잔당의 소탕작전을 집중 소개했다. 티브이 화면에서는 전투 장면이 생생하게 전달되었다.

간씨 세가, 혹은 발렌시드 군벌의 마크가 그려진 수송기가 구름 아래로 내려왔다. 군 수송기로부터 전사와 마법사, 기사들이 우르르 뛰어내렸다. 오대군벌의 정예병력은 인도 남부 고원지대 산등성이에 세워진 사원으로 진입했다. 다수의 전투헬기들이 사원을 빙 둘러싸고 총부리를 겨눈 장면도 함께 방송되었다.

이내 사원 안쪽에서 폭음이 터졌다. 새까맣게 연기가 치솟았다. 사원 상공에는 커다란 얼음 덩어리가 연속으로 소환되어 쾅쾅 내리찍었다.

치열한 전투가 시작된 지 한 시간쯤 뒤, 피투성이 꼴의 패잔병들이 오대군벌에 의해서 체포되어 사원 밖으로 끌려 나오는 장면이 방송을 탔다.

패잔병들 가운데 상당수는 제 발로 걷지도 못하고 들것에 실려서 나왔다. 하얀 천을 덮은 시체도 수두룩했다.

각 방송국의 종군기자들은 이 모든 장면을 생생하게 촬영하여 방송에 내보냈다.

기자들은 이 패잔병들이 쥬신 제국의 부활을 획책하던 허무맹랑한 조직의 구성원들이라 소개했다.

최근 세계 각지에서 벌어졌던 테러의 배후에 이 허무맹랑한 조직이 도사리고 있음도 적극적으로 알렸다.

Chapter 9

방콕의 어느 빈민가.

"으으어어엇?"

이공은 뉴스를 보다 말고 사지를 벌벌 떨었다.

이공의 눈에 얼핏 용성의 모습이 스쳐 지나갔다. 티브이 화면에 비친 용성은 등에 창이 꽂히고 양팔에 수갑을 찬 몰골로 검은 전사들에게 끌려가는 중이었다. 검은 전사들 여러 명이 용성에게 창을 겨누고 짐승처럼 몰아갔다.

용성은 기진맥진한 맹수처럼 헉헉 숨을 몰아쉬었다.

이것은 어느 한 방송국이 우연히 찍은 장면인데, 이공은 상대가 용성 대장군임을 곧바로 알아보았다.

"용대장군!"

이공은 뇌가 하얗게 탈색되는 기분이었다. 처참하게 끌려가는 용성의 모습이 이공 본인의 미래를 보는 듯했다.

이공의 옆에서는 학선생이 사시나무처럼 떨었다.

학선생은 인도에서 벌어진 소탕 작전보다 북극의 혈투에 더 신경을 썼다.

'이럴 수가. 패황 폐하께서 간씨 놈들에게 패배하다니 이건 말도 안 돼. 내 모든 걸 패황에게 걸었건만, 어찌 이럴 수가 있지? 패황은 역대 모든 인간들 중에 최강자라며? 다른 초인들을 굴복시키는 초인 중의 초인이라며? 그런데 그 패황이 간철호 따위를 꺾지 못한다고? 씨팔. 으허헙. 헙, 헙, 헙.'

학선생은 갑자기 숨통이 콱 막혔다. 입으로 거칠게 호흡을 해보았지만 숨이 잘 쉬어지지가 않았다.

'으으윽, 이걸 어쩌지? 처음 계획대로 다시 간씨 세가에 빌붙을까? 간씨 놈들에게 아군의 정보를 몽땅 팔아넘기고 목숨만 살려달라고 할까? 아니면 그들에게 이공 늙은이의 목이라도 따다 바쳐야 내가 살 수 있을까?'

학선생이 판단하기에 쥬신 제국의 부활은 이미 물 건너갔다.

우선 학선생이 철석같이 믿고 있던 패황이 간철호와 빅토리아의 손에 무너졌다. 광황도 패황과 함께 쓰러졌다.

쥬신 제국 복원 세력의 제1 무력인 화염의 여제 이채민도 실종되었다.

천공안 이린도 간씨 놈들에게 끌려갔다.

거기에 더해서 천로군과 지로군의 총사령관들도 오늘 오대군벌의 포로가 되었다.

'비록 방송에는 나오지 않았지만, 아마 이수민도 포로가 되었을 거야. 아니면 전투 중에 죽었거나.'

이제 이공에게 남은 무력은 다 끌어모아도 세 가지뿐이었다.

첫째, 천로군의 절반.

용성은 어명을 받아 인도로 떠나기 전, 부하들을 이공의 호위로 남겨두었다. 하지만 이 천로군은 원래 병력의 절반밖에 되지 않았다. 어쨌거나 이 병력이 이공에게 남은 첫 번째 힘이었다.

이공이 가진 두 번째 힘은 현로군이었다.

그러나 안타깝게도 지금 현로군은 이공과 연락을 끊고 지하로 잠적해버렸다. 현로군의 총사령관인 양선창 대장군이 이공과 이수민의 권력다툼에 환멸을 느끼고는 부하들을 해산한 것이다.

마지막으로 황로군.

이공과 이수민이 불화로 갈라섰을 때 황로군은 이수민을 선택했다.

한데 막상 이수민은 황로군을 자신의 곁으로 불러들이지 않고 인도 북부에 숨어 지내도록 명했다.

덕분에 황로군은 이번 오대군벌의 소탕 작전에 휘말리지 않았다. 병력을 고스란히 보존할 수 있었다.

비록 조직에 내분이 일어났을 당시에는 황로군이 이수민을 선택했다지만, 이수민이 사라진 지금은 황로군이 다시 이공의 편에 설 가능성도 다분했다.

왜냐하면 황로군의 총사령관인 관욱 대장군은 여전히 태

자 이택민과 함께 유럽에 머물고 있기 때문이었다.

현 상황을 요약하자면, 이공이 당장 움직일 수 있는 병력은 천로군의 절반, 그리고 유럽에 가 있는 관욱 대장군이 전부였다. 나머지 환관들이나 늙은 대신들은 지금과 같은 위기상황에서는 도움이 되지 않았다.

하지만 이것은 이공의 세력을 최소한으로 잡았을 경우고, 현로군과 황로군이 다시 이공의 부름에 응할 가능성도 다분했다.

'그래 봤자 8개 군단 가운데 2.5개 군단만 남았을 뿐이잖아.'

학선생은 아득한 현기증을 느꼈다.

'빌어먹을. 고작 천로군의 절반, 그리고 현로군과 황로군뿐이라니. 게다가 현로군과 황로군은 신뢰할 수가 없다고. 이 두 곳은 아무리 내가 이공 늙은이를 내세워서 통제하려고 들어도 통제가 잘 되지 않을 거야. 헉헉헉. 숨! 또다시 숨이 쉬어지지 않아. 커헉. 누가 나 좀 살려 줘.'

학선생은 자신의 목을 두 손으로 붙잡고 힘겹게 몸부림쳤다.

오늘 벌어진 전쟁을 통해서 이탄은 세 가지 목표를 동시에 달성했다.

우선 이탄은 각 군벌의 수호룡을 모두 모았을 뿐 아니라 열한 번째 세계의 파편까지 수집했다.

"이제 새로 획득한 세계의 파편이 부화하기만을 기다리면 되겠지."

이탄은 메추리알처럼 생긴 새하얀 세계의 파편을 손바닥 위에서 굴리면서 기분 좋게 독백했다.

이탄이 천공안으로 읽은 미래에서 세계의 파편은 총 11개였다.

그런데 이탄은 이 파편들을 모두 모으는 데 성공했다. 이제 이탄에게 남은 미션은 마지막 파편을 부화시키고 고대의 신 알리어스의 힘을 손에 넣는 것뿐이었다.

이탄은 수호룡 수집에 이어서 오대군벌도 하나로 모았다. 오늘 북극에서 벌어진 치열한 전투—사실은 이탄이 각색한 한바탕의 사기극이지만—의 결과, 모든 군벌들이 이탄을 적극적으로 떠받들게 되었다.

향후 오대군벌의 협의체는 점점 더 막강한 권력을 휘두르게 될 것이 분명하며, 그 권력은 이탄을 중심으로 돌아갈 수밖에 없었다. 세상 전체를 아우르는 권력이야말로 오늘 이탄이 얻어낸 두 번째 성과였다.

마지막으로 이탄은 쥬신 잔당들을 대거 소탕하는 데 성공했다.

오늘 서원평이 소탕한 대상은 천로군 병력의 절반, 그리고 지로군 전체였다. 군단으로 치면 1.5개 군단에 불과하지만, 적의 수괴들, 즉 용성과 호문평, 그리고 이수민의 날개가 꺾였다는 점이 중요했다.

"이 정도로 조직이 타격을 입으면 남은 잔당들은 불안에 떨게 마련이지. 그러다 보면 조직 전체가 스스로 와해될 거야. 두고 보라고. 학송이라는 쥐새끼가 스스로 쥬신 잔당들을 망가뜨릴 테니까. 후훗."

이탄은 돌아가는 판세를 정확하게 읽었다.

이제 이탄에게 남은 일은 느긋하게 기다리는 것뿐.

"기다리다 심심하면 쥐새끼 녀석을 슬슬 가지고 놀아주지."

이탄이 입매를 고약하게 비틀었다.

제5화

와힛의 재림

Chapter 1

북극에서 벌어졌던 전투는 시간이 지나도 사람들의 머릿속에서 희석되지 않았다. 방송에서는 연일 같은 내용을 반복하여 보도했다. 온갖 전문가라는 사람들이 다 방송에 동원되어 앞으로의 정세를 예견했다.

이러한 예견은 누구나 할 수 있는 것이었다.

"오대군벌 사이의 결속은 향후에 점점 더 강화될 것입니다."

"한때 기승을 부렸던 테러 조직은 시간이 갈수록 점점 더 무력화되겠지요."

"앞으로 오대군벌을 주도하는 곳은 간씨 세가가 될 전망입니다.”

대학 교수들이 전문가랍시고 나와서 하는 이야기들은 위와 같았다. 그들은 뻔한 말만 떠들었다.

진짜로 세상 사람들이 궁금해하는 바는, “위와 같은 일들이 얼마나 빨리 일어날 것인가?”였다.

“그래서, 오대군벌이 힘을 합쳐 제국이라도 세운다는 건가?”

“제국을 세운다면 언제쯤 세운대?”

“오대군벌의 초대 황제는 당연히 대지의 소서러님이시겠지? 그렇지 않아?”

사람들은 이런 점에 주목했다.

전문가들은 이 질문에 대한 답은 내놓지 못하였다.

하긴, 이건 이탄의 마음이었다. 이탄이 원하면 당장 한 달 안에라도 다른 군벌들을 휘어잡아 황제의 자리에 오를 수 있었다.

하지만 이탄은 서두르지 않았다. 이탄은 황제라는 허울에 욕심을 부리지도 않았다. 이탄이 진짜로 원하는 바는 신의 권능이었다.

‘과연 세계의 파편을 모두 모으면 고대의 신 알리어스가 부활할 것인가?’

요새 이탄은 이것만 기다렸다.

그렇게 한 달, 두 달 시간이 흘렀다.

3월 초하루에 봄비가 보슬보슬 내렸다. 촉촉한 빗물이 대지를 보드랍게 적셨다.

"어우 씨."

이탄은 봄비를 하염없이 바라보다가 별안간 뒤통수를 벅벅 긁었다.

이건 이탄이 살짝 짜증이 났을 때 하는 행동이었다. 이탄은 원래 간씨 세가의 세상에서 조금 더 머무르고 싶었다. 열한 번째 세계의 파편이 부화하는 장면까지 보려던 것이 원래 이탄의 생각이었다.

한데 언노운 월드의 상황이 이탄의 예상보다 급박하게 전개되었다. 이탄은 그 바람에 다시 동차원으로 넘어올 수밖에 없었다.

그러니까 지금 이탄의 눈앞에서 내리는 보슬비는 간씨 세가에 내리는 비가 아니라 동차원 북명 지역에 내리는 비였다.

지금으로부터 4개월도 더 전, 이탄은 피사노 쌀라싸의 부탁을 받아 동차원 북명 지역으로 차원을 넘어왔다.

"쿠미 아우님께서 북명의 세력들을 통합해 주시게. 그런 다음 6개월쯤 뒤, 우리 피사노교가 백 진영 놈들을 공격할 때 아우님께서 북명의 세력들을 이끌고 마르쿠제 술탑의 발목을 잡아줘야 하네."

당시 쌀라싸는 이탄에게 이렇게 당부했다.

"알겠습니다. 맡겨주십시오."

이탄은 싹싹하게 대답했다. 그리곤 쌀라싸의 부탁에 따라 북명 원정대를 결성했다.

총 104명의 원정대에는 피사노교의 감옥에 갇혀 있던 붕룡, 죽룡, 시곤도 포함되었다. 이탄은 포로들에게 길 안내를 시키겠노라는 핑계로 그들을 피사노교의 감옥에서 구출해내었다.

북명으로 넘어온 뒤, 이탄은 충실히 임무에 매진했다.

이탄은 북명의 수인족 가문들 가운데 투계족인 브라세 가문부터 먼저 굴복시켰다. 이어서 이탄은 오소리족 그리사드 가문과 악어족 칼만 가문도 차례로 제압했다.

이탄의 정복 전쟁은 여기서 멈추지 않았다.

이탄은 북명의 유령일족인 디모스 가문을 손에 넣었다. 잿빛 늑대족인 코이오스 가문도 이탄의 무자비한 진격을 막지는 못하였다.

사실 이탄의 정복 전쟁은 단순히 피사노교를 위한 것이 아니었다. 이탄은 혼돈의 신을 섬기는 어둠의 숭배자들, 그리고 신비조직인 쿤룬의 비밀을 파헤치기 위해서 북명 전체를 뒤흔들었다.

놀랍게도 이 모든 정복 전쟁이 불과 8일 만에 끝났다.

이탄이 북명 원정대를 이끌고 차원을 넘은 것이 10월 23일 자정 무렵이었다. 이탄이 다섯 가문을 모두 수중에 넣은 것은 10월 31일의 일이었다.

이탄은 생각보다 빨리 북명을 장악했기에 최소한 5개월 이상 여유가 있을 줄 알았다.

“한데 피사노교의 전쟁 준비가 생각보다 일찍 완료되었나 보네. 벌써부터 마르쿠제 술탑의 배후를 공략해달라고 연락이 오다니. 쯧쯧쯧.”

이탄은 차원을 넘어 전달된 쌀라싸의 밀서를 꺼내서 다시 한번 읽었다.

쿠미 아우님 친전,

3월 3일부로 북명의 세력들을 이끌고 마르쿠제 술탑의 배후를 공격해주시게. 그때를 맞춰서 우리도 거병하겠네.

— 피사노 쌀라싸 —

쌀라싸가 이탄을 ‘쿠미’라고 부른 이유는 그것이 열 번째 신인의 명칭이기 때문이었다.

어쨌거나 이탄은 이틀 뒤 북명의 병력을 이끌고 혼명으로 쳐들어가서 마르쿠제 술탑의 신경을 분산시켜야만 했다.

이탄은 봄비 구경을 하면서 조그맣게 투덜거렸다.

"전쟁을 일으키는 것까지는 좋은데 말이야, 마르쿠제 대선인님과 비앙카 님에게 미안해지는걸."

마르쿠제나 비앙카는 이탄에게 무척 잘해주었다.

이탄이 비록 인간이 아닌 언데드이고, 어딘지 모르게 감정도 결여되어 있기는 하지만, 그래도 은혜를 모르는 짐승은 아니었다.

그래서 이탄은 적당히 전투 시늉만 내기로 결심하였다.

"나야 뭐 마르쿠제 술탑의 신경만 분산시키면 되겠지. 술탑에 큰 피해를 입힐 생각은 없어. 적당히 마르쿠제 님의 발목만 잡고 있다가, 때가 무르익으면 북명 원정대를 이끌고 다시 언노운 월드로 넘어갈 거야."

이탄은 나름 작전을 짰다.

아무래도 본격적인 전쟁은 이곳 동차원보다는 언노운 월드에서 벌어질 터였다.

이탄은 피 튀기는 전쟁에 직접 참여하기를 원했다. 단순히 상대의 발목만 잡기보다는 직접 전쟁터를 종횡무진 누비면서 적들을 살을 찢어버리고 뼈를 부숴버리는 편이 이탄의 성향에 더 잘 맞았다.

물론 이탄은 언노운 월드로 복귀할 때 붕룡과 죽룡, 시곤은 이곳 동차원에 남겨두고 갈 계획이었다.

Chapter 2

작년 10월, 이탄이 코이오스 가문의 잿빛 늑대족을 공격할 때 편성했던 병력이 약 2,300명 수준이었다.

북명 원정대 104명.

브라세, 그리사드, 칼만 가문에서 차출한 수인족 술법사 600명.

여기에 디모스의 가주 킴이 억지로 내준 유령 군단이 1,600여 명 남짓.

이탄은 이번에도 딱 그 정도의 병력만 모았다. 그리곤 차출한 병력들을 혼명 지역으로 이동시켰다.

북명이 위치한 곳은 동차원의 북동부 방면이었다.

반면 마르쿠제 술탑은 대륙 북서부의 랑무 대산맥에 위치해 있었다.

동차원이나 언노운 월드는 대륙의 크기가 어마어마해서 (대략 간씨 세가 세상의 100배 이상) 대륙 동쪽에서 서쪽으로 횡단하려면 헤아릴 수 없이 긴 시간이 소요되었다. 그러니

이 거리를 도보로 행군할 수는 없었다. 걷지 않고 비행해서 날아간다고 하더라도 시간 낭비가 심했다.

다행히 동차원에는 주요 거점마다 장거리 이송법진이 깔려 있었다.

이탄의 명을 받은 북명의 수인족 가문 네 곳과 피사노교의 원정대는 이송법진을 타고 랑무 대산맥까지 단숨에 이동했다.

물론 이탄은 2,300여 병력을 한꺼번에 움직이지는 우를 범하지 않았다.

"그런 멍청한 짓을 했다가는 마르쿠제 술탑의 의심만 살 뿐이지."

이탄은 휘하의 수인족 술법사들과 유령일족을 상단의 상인들로 위장시킨 다음, 이틀에 걸쳐서 조금씩 랑무 대산맥에 집어넣었다.

당연히 이탄 본인도 상단주 역할을 맡아 직접 랑무 대산맥으로 이동했다.

이탄은 랑무로 향하기 전에 미리 얼굴과 체격을 변용시키는 것을 잊지 않았다. 이번에도 피사노교의 사행술이 유용하게 쓰였다.

이탄 일행이 랑무 대산맥 입구에 도착하자 웅장한 산봉우리가 겹겹이 쌓인 모습이 눈에 들어왔다. 이탄은 장거리 이송법진에서 단거리 이송법진으로 갈아탄 다음, 곧장 랑무 시로 향했다.

이탄과 동행한 자들은 많지 않았다. 북명 원정대에 소속된 피사노교의 사도 5명, 그리사드 가문의 가모인 화목란, 칼만 가문에서 이탄에게 붙여준 묵경, 이상 7명이 이탄과 함께 움직였다.

이탄 포함 8명을 제외한 나머지 병력은 이미 랑무 시에 들어가 있거나, 혹은 다른 경로로 접근하는 중이었다.

단거리 이송법진에서 나오자마자 이탄 일행의 눈앞에 랑무시의 어마어마한 전경이 쫙 펼쳐졌다.

이곳 랑무 시야말로 마르쿠제 술탑의 배후 도시였다. 말이 도시지, 사실 여기는 제국이라 불려도 손색이 없었다.

도시에서 거주하는 인구만 8억 명 이상.

도시의 면적은 간씨 세가 세상의 아시아 전역을 아우를 만했다.

'흐으음~, 오랜만에 오니까 또 느낌이 색다르네.'

이탄은 숨을 흡뻑 들이마셔서 랑무 시를 후각으로 느껴보았다. 북적거리는 시가지를 보자 이탄의 뇌리에 옛 추억이 떠올랐다.

'예전에 금강수라종의 술법사들과 함께 이곳 저잣거리

를 돌아다녔었지.'

당시 이탄은 랑무 시의 주요 지리를 외워두었다.

그런 만큼 이탄에게는 랑무 시가 낯설지 않았으나, 피사노 교도들이 보는 앞에서 아는 척을 할 수는 없었다.

"위대한 신인이시여, 여기는 정말 이국적입니다. 건축양식도 독특할뿐더러, 동차원의 인간과 언노운 월드의 인간, 그리고 수인족들이 이렇게 하나로 어우러진 도시가 존재한다는 점이 믿어지지가 않습니다."

싸쿤이 이탄의 귓가에 속삭였다.

싸쿤은 싸마니야의 혈족 중 한 명으로, 예전에는 이탄을 막내 동생으로 대했다. 하지만 이탄이 신인으로 승격한 이후로는 이탄을 깍듯이 받들어 모셨다.

싸쿤의 수다처럼 랑무 시는 여러 인종들이 다 함께 어우러져 살아가는 인종의 용광로와 같은 도시였다.

여기에는 남명 출신 인간족(간씨 세가 세상의 동양인과 같은 외모), 언노운 월드 출신 인간족(간씨 세가 세상의 유럽인 외모), 그리고 북명에서 이주해온 다양한 수인족들이 차별 없이 뒤섞여 살았다.

이러한 점이 싸쿤의 눈에는 영 이상하게만 보였다.

싸쿤만 들뜬 것이 아니었다. 피사노교의 또 다른 사도들, 푸엉(싸마니야의 혈족), 힐다(캄사의 혈족), 린(사브아의 혈족)

도 신기한 듯 주변을 두리번거렸다. 사도들 중에는 오직 밍니야만이 무표정했다.

싸쿤 등이 계속해서 쑥덕거리자 화목란이 이마를 찌푸렸다. 화목란은 말머리를 돌려서 이탄 옆으로 다가왔다.

[저들의 입을 다물게 시키셔야 할 것 같습니다. 북명과 달리 이곳 랑무 시에는 언노운 월드의 언어를 알아듣는 자들이 많습니다.]

화목란이 이탄에게 뇌파로 말을 건넸다.

화목란은 사냥에 특화된 그리사드 가문의 가모이자 선6급의 대선인이었다. 또한 화목란은 남명 제련종에서 유학한 유학파 출신이기도 했다. 당연히 화목란은 랑무 시에도 수십 차례 이상 다녀갔다.

이탄은 화목란의 경험을 높이 샀기에 오늘 랑무 시 침투의 책임자로 화목란을 지목했다.

이처럼 이탄이 직접 화목란에게 역할을 주었으니 그녀의 조언을 무시할 수는 없었다.

"내가 주의를 주지."

이탄은 고개를 한 번 끄덕인 다음, 밍니야를 가까이 불렀다.

밍니야는 이탄이 분혼으로 제어하는 분신이었다.

밍니야가 가까이 오자 이탄이 뇌파로 의사를 전달하는

척했다. 사실 밍니야는 이탄이 뇌파를 보내기도 전에 그의 의중을 알아들었다.

밍니야가 다시 싸쿤에게 다가가더니 귀에다 대고 속삭였다.

"신인께서 다음과 같이 말씀하셨다. 너희가 산통을 깰 셈이냐? 작전 망치지 말고 입 닥쳐라. 아가리 찢어버리기 전에."

"읍."

싸쿤이 두 손으로 자신의 입을 틀어막았다.

푸엉과 힐다도 즉각 합죽이가 되었다.

그 모습을 보고는 묵경이 킥킥거리며 웃었다.

Chapter 3

묵경은 칼만 일족의 가주가 거두어 키우던 인간족 소녀로, 남명인과 혼명인 사이에서 태어났다.

덕분에 묵경의 외모는 간씨 세가 세상의 기준으로 보면 동양인과 서양인 사이의 혼혈과 같았다.

그런데 혼명의 피가 더 많이 섞인 것인지, 묵경의 머리카락은 찬란한 금발이었고 눈동자는 바다처럼 푸른빛을 띠었다.

이탄은 올해 18세가 된 이 혼혈 소녀에게 알 수 없는 친근함을 느꼈다. 도대체 이 친근함이 어디에서 기인한 것인지 이탄도 알 길이 없어 곤혹스러웠다.

화목란 대선인을 제외하면 다들 랑무 시가 처음이라— 물론 이탄은 처음인 척하는 것뿐이지만— 자연스럽게 화목란이 일행을 이끌었다. 화목란은 랑무 시를 방문할 때마다 즐겨 묵던 숙소로 이탄 일행을 안내했다.

이곳은 18층짜리 건물로, 숙박비는 말도 못 하게 비싸지만 분위기가 세련되고 직원들이 친절하여 부유층들이 많이 찾는 곳이었다. 화목란은 능숙하게 숙소 로비로 가더니 4개의 방을 잡았다.

이탄을 위해서 하나.

화목란 본인을 위해서 하나.

나머지 6명은 2개의 방에 아무렇게나 때려 넣었다.

싸쿤과 푸엉, 린이 남자라서 하나의 방을 쓰기로 했다.

밍니야, 묵경, 힐다에게 또 다른 방이 주어졌다.

그러자 이탄이 손가락을 좌우로 까딱거렸다.

"안 돼. 힐다는 싸쿤과 같이 써."

"!"

이탄의 말에 남자 사도들과 힐다가 동시에 인상을 구겼다. 하지만 감히 신인의 말에 반박할 수는 없었기에 다들 꾹 눌러 참았다.

이탄이 힐다를 남성 방으로 보낸 이유는 간단했다.

힐다는 한 몸에 여성과 남성을 모두 가진 양성구유였다. 원래 힐다는 100퍼센트 여성이었으나 시시퍼 마탑을 탈출할 때 부정 차원에 잘못 진입하는 바람에 이런 꼴이 되었다.

왠지 모르지만 이탄은 힐다가 묵경과 한 방을 쓰는 것이 싫었다.

화목란이 잡은 숙소에는 이탄 일행만 묵게 된 것이 아니었다. 미리 약속을 한 것도 아닌데 투계족 술법사인 브루커빈도 이곳에 거처를 잡았다.

브루커빈은 브라세 가문의 소가주로, 이번 마르쿠제 술탑 공략 작전에 참여한 투계족 술법사들 중에서는 가장 지위가 높았다. 브라세의 가주인 보쿠제가 원정에서 빠진 탓에 그 손자인 브루커빈이 자연스럽게 투계족들을 이끌게 되었다.

사실 보쿠제는 화목란보다도 더 강해서, 선7급의 경지에 올라선 전설적인 수인족이었다.

그런데도 이탄은 보쿠제를 작전에서 제외했다. 왜냐하면 보쿠제가 마르쿠제 술탑주와 안면이 있는 사이기 때문이었다.

덕분에 브루커빈을 제어할 만한 투계족은 아무도 없었다. 브루커빈은 이탄과 화목란은 두려워하였으나, 피사노교의 다른 사도들은 우습게 여겼다. 가문의 투계족들은 말할 것도 없었다.

더군다나 브루커빈은 자존심이 강한 술법사였다.

[커허험. 이 브루커빈 님이 아무 곳에서나 묵을 수는 없지. 그건 우리 브라세 가문의 명예에 먹칠을 하는 일이야. 그러니 랑무 시에게 가장 좋은 숙소를 잡아라.]

브루커빈은 투계족 술법사들을 다그쳐서 호화로운 숙소를 찾아내게끔 종용했다. 그 결과 브루커빈은 이탄과 같은 숙소, 같은 층에서 묵게 되었다.

숙소 복도에서 이탄을 마주친 순간, 브루커빈은 마음속으로 '이런 젠장.'을 외쳤다.

'나 스스로 내 발등을 찍었구나. 이 괴물 같은 인간족이 여기에 방을 잡은 줄 알았다면 다른 곳으로 갈 것을. 크윽.'

브루커빈은 썩은 지렁이를 먹은 표정으로 이탄에게 꾸벅 인사를 했다.

이탄의 곁에 있던 화목란이 피식 입꼬리를 비틀었다.

[너도 여기로 왔냐? 호호호. 마침 잘되었네. 저녁 식사 후에 네가 쿠미 신인님의 안내를 맡아라.]

[네?]

브루커빈이 눈을 동그랗게 떴다.

화목란이 빠르게 뇌파를 이었다.

[신인님께서는 랑무 시가 처음이시라 이것저것 보고 싶으신 게 많을 게다. 원래는 내가 신인님을 모시고 다니려고 했는데, 네가 왔으니까 네가 해야지.]

화목란은 이탄 몰래 브루커빈에게 뇌파를 보냈다.

브루커빈이 떨떠름하게 되받아쳤다.

[제가 말입니까?]

[그럼 이 나이에 내가 하리?]

화목란의 눈이 루비를 박아 넣은 것처럼 새빨갛게 물들었다.

지금 화목란은 술법으로 인간의 모습을 하고 있지만, 원래 그녀는 오소리족 사냥꾼들의 대모였다. 화목란이 새빨간 눈으로 노려보면 어지간한 수인족들은 오금이 저리다 못해 온몸의 피가 싸늘하게 식곤 했다.

브루커빈은 부르르 몸서리를 친 다음, 열심히 머리를 끄덕였다.

[아, 알겠습니다. 제가 쿠미 신인님을 모시겠습니다.]

[그래. 우리 잘하자.]

화목란이 브루커빈의 등을 탁 쳤다.

[꿰엑.]

브루커빈은 덩치에 걸맞지 않게 자지러지게 펄쩍 뛰었다.

한편 이탄은 화목란과 브루커빈 사이에 오간 뇌파를 모두 엿들었다. 하지만 그는 짐짓 모르는 척해주었다.

'훗.'

이탄의 입가에 슬그머니 미소가 걸렸다.

그날 밤은 유난히 별이 많이 떴다.

이탄은 브루커빈의 안내를 받아 랑무 성 중심부를 관광했다.

피사노교의 사도들은 냉큼 이탄을 따라나섰다. 묵경도 쫄래쫄래 이탄을 좇아왔다. 사도들은 랑무 성의 이국적인 건축물들과 저잣거리의 풍경, 각 구역마다 새겨져 있는 술법진 등을 흥미롭게 구경했다.

그러다 마침내 이탄 일행이 마르쿠제 술탑 앞에 도착했다.

끝없이 펼쳐진 돌담 앞에는 동차원 이곳저곳에서 모여든 관광객들도 인산인해를 이루었다. 돌담을 따라 일정한 간격으로 등롱이 매달려 있어 밤 풍경이 꽤나 예뻤다.

브루커빈은 1.5 미터 높이의 돌담 앞에서 걸음을 멈추고는 이탄에게 설명을 해주었다.

[쿠미 신인님, 이 돌담 안쪽이 마르쿠제 술탑의 영역입니다. 사시사철 구름과 안개에 가려 있어 실제로 술탑의 모습은 보이지 않지만, 어쨌거나 저 안쪽에 술탑이 있는 것은 확실합니다.]

"음."

이탄은 뒷짐을 지고 뿌연 구름 속을 올려다보았다.

Chapter 4

이탄의 눈앞에 낀 저 구름은 진짜 구름이 아니었다. 강력한 술법으로 만들어낸 환각이었다. 환각의 힘이 어찌나 강력했던지 완급이나 만급이 아닌 선급의 고위 술법사들도 구름 안쪽을 들여다보기 힘들었다.

물론 이탄에게는 통하지 않았다. 이탄은 구름 속에 우뚝 솟은 마르쿠제 술탑의 모습을 생생하게 들여다보았다.

이탄의 등 뒤에서 싸쿤이 조그맣게 투덜거렸다.

"쳇. 짙은 안개 때문에 아무것도 보이지가 않네. 마음 같아서는 돌담 안으로 한번 들어갔다 오고 싶구먼."

이탄이 짐짓 모르는 척하며 싸쿤의 불만을 브루커빈에게 전했다.

브루커빈은 대뜸 고개를 가로저었다.

[안 됩니다. 돌담을 넘으려고 시도하는 즉시 술탑의 술법사들이 뛰쳐나올 겁니다. 각종 술법진들도 발동할 게 틀림없습니다. 그러니까 이 나지막한 돌담은 마르쿠제 술탑이 정해놓은 접근 제한선입니다.]

이탄은 브루커빈의 이야기를 다시 피사노교의 사도들에게 전했다.

“역시 그렇군요. 알겠습니다.”

싸쿤은 돌담 안쪽을 기웃거려보고 싶다는 마음을 접었다. 다른 사도들도 무리해서 돌담 안으로 들어갈 마음이 없었다.

‘어차피 내일이면 공격을 시작할 텐데, 미리 초를 칠 필요는 없겠지.’

사도들은 모두 이런 생각을 했다.

이탄은 돌담 앞에서 제법 오랜 시간을 보냈다. 이탄의 머릿속에는 내일 펼쳐질 전투가 시뮬레이션하듯이 전개되었다.

‘내일 전투의 시작은 피사노교에서 알려줄 거야.’

3월 3일 디—데이를 맞아서 피사노교는 대대적인 전면전을 일으킬 예정이었다.

'피사노교가 백 진영을 향해서 파상공격을 퍼붓는 즉시, 마르쿠제 술탑은 언노운 월드의 백 진영을 지원하기 위해서 차원을 넘어가려 할 터. 나는 바로 그 타이밍에 마르쿠제 술탑을 친다.'

마르쿠제와 그의 부하들이 언노운 월드의 흑백대전에 참전하지 못하도록 술탑의 발목을 붙잡는 것이 이탄의 임무였다.

여기까지는 별 문제가 없었다.

중요한 것은 이탄이 마르쿠제 술탑에 치명적 피해를 입히고 싶지 않다는 점이었다.

'그러기 위해서는 방어막을 뚫고 술탑 내부로 쳐들어가면 곤란해. 난전이 벌어지면 양측 모두 피해가 커질 수 있어. 그러니 한 점에 파괴력을 집중하여 술탑의 방어막을 뚫어버리지 말고 최대한 방어막을 넓게 두드려야지. 되도록 방어가 튼튼한 지점만 골라서 넓게 넓게 공략하는 거야.'

공격은 최대한 화려하게.

화끈하게 쏟아붓는다는 느낌으로 쾅! 쾅! 쾅!

그러다 술탑 방어선에 구멍을 뚫리겠다 싶으면 살짝 옆쪽으로 공격 방향을 틀어서 전면전을 최대한 늦추는 것.

이게 바로 이탄이 바라는 바였다. 이탄은 돌담을 따라 설치된 마르쿠제 술탑의 방어법진을 꼼꼼히 확인하면서, 내일 써먹을 공략법을 짜내었다.

이탄이 머릿속으로 전략을 고민하는 동안, 피사노교의 사도들과 브루커빈은 뒤에서 얌전히 대기했다.

이탄의 생각은 거의 자정이 가까워질 무렵에야 비로소 끝났다.

드디어 3월 3일의 아침이 밝았다.

이탄은 각 세력의 대표들을 자신의 방으로 불러 모았다.

피사노교의 사도들이 가장 먼저 도착하여 이탄 앞에 무릎을 꿇었다. 이어서 수인족 세 가문의 대표가 집결했다.

그리사드 오소리 일족을 대표하여 화목란이 이탄 오른쪽에 앉았다. 어제 인간처럼 변신했던 것과 달리 오늘 화목란은 오소리족의 머리를 숨김없이 드러내었다. 화목란은 목에 담비목도리도 둘렀다.

브라세 투계족들의 대표인 브루커빈은 화목란의 옆자리를 차지했다. 브루커빈도 어제와 달리 특유의 닭머리를 고스란히 드러내었다.

칼마 악어족의 젊은 가주인 쇼도도 이탄이 주재하는 회의에 참석했다.

화목란, 브루커빈, 쇼도, 이들 세 술법사들은 북명 숢을 쥐고 흔드는 권력자들이었다.

한편 북명 하버마에서는 디모스 유령일족의 가주인 킴이 회의에 참석했다.

킴은 하얀 드레스를 입은 여리여리한 소녀였다.

하지만 이것은 겉모습일 뿐, 실제로 킴은 성별이 없는 무성체였다. 킴은 나이도 헤아릴 수 없이 많아 얼마나 오래 살았는지 가늠하기 어려웠다.

지금 이 자리에서 이탄을 제외하면 화목란과 킴이 가장 강했다. 이들 두 선인은 모두 선6급의 경지였다.

이탄이 바닥에 지도를 한 장 폈다. 그런 다음 이탄은 나무로 조각한 말을 지도 위에 올려놓았다.

[여기 이 말은 피사노교를 의미한다. 나와 사도들과 교도들은 마르쿠제 술탑의 북쪽을 두드릴 예정이다.]

이탄은 우선 사람처럼 조각한 말을 지도의 남쪽에 배치했다. 그리곤 오소리 조각을 그 옆에 놓고는 뇌파로 이야기했다.

[여기 이 말은 그리사드 가문이다. 그리사드는 북서쪽으로 진입한다.]

[네.]

화목란도 뇌파로 대답했다.

이탄은 닭 조각과 악어 조각을 북동쪽에 위치시켰다.

[브라세와 칼만 가문은 함께 행동해라. 너희가 담당할 곳

은 북동쪽 입구다.]

[알겠습니다.]

[맡겨주십시오.]

쇼도와 브루커빈이 동시에 대답했다.

마지막으로 이탄은 킴을 돌아보며 하얗게 칠한 나무 조각을 들었다.

[디모스 가문은 일단 초반 공격에서는 제외한다. 유령일족은 아군의 후방에 넓게 포진하고 있다가 아군이 위험하다 싶을 때마다 지원해라.]

[…….]

킴은 수줍은 소녀처럼 조용히 고개만 끄덕였다.

Chapter 5

[혹시 내 지시에 대해서 질문이 있나?]

이탄의 물음에 화목란이 손을 들었다.

[쿠미 신인님, 북쪽 방면만 집중적으로 공략하는 이유가 있습니까? 동서남북에서 동시에 공격해보면 어떻겠습니까?]

화목란의 의견은 합리적이었다.

하지만 이탄은 곧장 반박했다.

[적은 숫자의 병력으로 넓은 지역을 포위 공격하다가 어느 한 가문이 적들에게 격파라도 당하면 어떻게 하지? 혹은 술탑 놈들이 전력을 집중하여 약한 가문들부터 차례로 각개격파를 하면? 그럼 임무 실패잖아.]

이탄의 주장은 논리적이었다.

[으음.]

화목란은 입술을 꾹 다물었다.

이탄이 모두를 둘러보며 강조했다.

[다들 똑똑히 명심해라. 우리의 목적은 마르쿠제 술탑과 결판을 내자는 게 아니야. 고작 2,300명으로 마르쿠제 술탑 전멸시킬 수 있겠나? 그게 아니라, 우리는 언노운 월드, 즉 서차원에서 대전쟁이 마무리될 동안 마르쿠제 술탑의 발목을 잡는 것이 목표다. 그러니까 최대한 아군의 전력을 보존하면서 장기전을 각오해야 해. 내가 유령일족을 후방에 배치한 것도 그런 의미다. 체력이 소진되었다 싶으면 무리하게 공격하지 말고 유령일족이 지원할 동안 잠시 쉬면서 힘을 비축해. 그리곤 다시 싸워라.]

[네, 신인님.]

[명심하겠습니다.]

각 가문의 대표들이 일제히 수긍했다.

이탄이 손뼉을 짝짝 쳤다.

[자자. 알아들었으면 각자 병력을 이끌고 내가 정해준 위치로 이동해라.]

[네.]

[다시 한번 강조하지만, 마르쿠제 술탑 근처에 접근할 때 절대 이상한 티를 내서는 안 된다. 관광객인 것처럼 위장을 하고 각자의 포지션 근처에서 어슬렁거리기만 해. 그러다 내가 신호를 보내면?]

[일제히 공격을 퍼붓는 겁니다.]

북명의 수인족들이 뇌파를 하나로 모아서 대답했다.

[좋아. 이제 출발해라.]

이탄은 수인족과 유령일족 대표들을 돌려보냈다. 그런 다음 이탄은 피사노교의 사도들에게도 같은 내용을 반복해서 설명했다.

언노운 월드와 북명은 언어가 다르고 말하는 법이 달라서 이탄은 번거롭게 두 번을 설명해야만 했다.

"넵, 넵."

"알아들었습니다."

사도들은 눈을 빛내며 이탄이 세운 작전을 경청했다. 감히 이탄의 명령에 의심을 품는 사도는 없었다.

다만 예지력을 타고난 린이 중간에 고개를 살짝 갸웃거

렸을 뿐이었다. 하지만 린도 딱히 이탄의 작전에 이상함을 느끼지는 못하였다.

이탄은 이번 피사노교의 발호가 교의 서열 3위인 쌀라싸의 주도 하에 이루어지는 것으로 이해하고 있었다.

아니었다.

이탄이 북명 원정대를 이끌고 동차원으로 넘어간 뒤 얼마 후, 피사노교의 신인들이 한 자리에 모였다. 신인들은 초마의식이 벌어지는 신전 안 높은 기둥에 모여서 조용히 고개를 숙였다.

신인들 중에는 몸이 불편한 사브아도 포함되었다.

아직 중상에서 회복되지 않은 사브아까지 참석할 만큼 오늘 모임은 중요했다. 왜냐하면 오늘은 신인 중의 신인, 모든 신인들의 으뜸인 피사노 와힛이 다시 교로 복귀하는 날이기 때문이다.

지난 세기 말, 피사노교의 제1 신인인 와힛과 제2 신인인 이쓰낸은 백 진영 삼대 탑의 최고위층들과 치열한 접전을 펼쳤다.

당시 아울 검탑의 검주(劍主) 리헤스텐과 시시펴 마탑의 현재 탑주, 그리고 마르쿠제 술탑주가 힘을 합쳐서 와힛과 맞서 싸웠다. 살아 있는 마신이라 불리던 와힛의 진격을 막아낸 것은 이들 세 초인의 공이었다.

물론 와힛 혼자서 셋을 온전히 감당한 것은 아니었다. 피사노교의 제3 신인인 쌀라싸와 제6 신인인 싯다, 그리고 제8 신인인 싸마니야가 와힛을 도왔다.

하지만 이 3명의 신인보다도 와힛의 능력이 전투의 승패를 가름했다. 와힛은 그만큼 무서운 마왕이었다.

거기에 더해서 마녀 이쓰낸도 엄청난 활약을 펼쳤다.

아울 검탑의 3대장 가운데 나머지 2명인 검노(劍奴) 우드워커와 검치(劍癡) 방케르, 그리고 시시퍼 마탑의 부탑주인 라웅고가 힘을 합쳐서 마녀 이쓰낸을 막아내었다.

피사노교에서는 제4 신인인 아르비아와 제5 신인인 캄사가 이쓰낸을 측면에서 지원했다.

하늘이 뒤집히고 땅이 붕괴하는 치열한 접전은 결국 승자도 없고 패자도 없는 채로 끝이 났다.

이상이 70여 년 전에 대륙 모처에서 벌어진 사건이었다.

치열했던 접전 이후로 와힛과 이쓰낸은 더 이상 세상에 모습을 드러내지 않았다. 흑 진영의 두 절대자들은 무승부를 치욕이라 여겼다. 그래서 그들은 "더 강해져서 돌아오겠노라."라는 말을 남기고는 언노운 월드를 떠나서 부정차원에 들어갔다.

피사노교의 남은 신인들은 와힛과 이쓰낸이 교를 떠난

이후에도 백 진영과 전쟁을 지속했다.

이 후속 전쟁이 무려 10년 동안이나 지속되었다.

그렇게 시간이 흘러 60여 년 전, 대륙 전체를 피로 물들였던 전쟁의 수레바퀴가 드디어 멈췄다. 언노운 월드엔 아슬아슬한 평화의 시기가 찾아왔다.

이것은 말 그대로 아슬아슬한 평화였다. 사람들은 언젠가 흑과 백이 다시 전력으로 부딪칠 것이라 여겼다.

하지만 전면전의 재개는 무려 60년 동안이나 미뤄져 왔다. 피사노교의 신인들은 와힛이 재림할 때만 기다리며 전면전을 삼갔다.

백 진영에서도 피사노교를 상대로 먼저 전면전을 시도하지는 못했다.

그런데 사실 와힛은 피사노교와 완전히 연락이 끊긴 것은 아니었다. 와힛은 부정 차원에 머무는 동안에도 특별한 마법을 통해서 쌀라싸와 대화를 주고받았다.

그 와힛이 무려 수십 년 만에 다시 교로 돌아온단다.

이것은 실로 엄청난 사건이었다.

서열 3위인 쌀라싸부터 시작하여 서열 9위인 티스아에 이르기까지 모든 신인들이 와힛의 복귀를 축하하기 위해서 신전에 모였다.

오늘 이 자리에 불참한 신인은 단 2명뿐.

모종의 임무를 받아 동차원으로 넘어간 막내 신인 쿠미(이탄)와, 지난번 아울 검탑 공략 당시 교를 배신한 배교자 싯다(서열 6위)만이 자리를 지키지 못했다.

쌀라싸, 아르비아, 캄사, 사브아, 싸마니야, 티스아, 이상 여섯 신인들은 미리 신전 기둥에 도착하여 와힛이 재림하기만을 기다렸다.

Chapter 6

샤아아아아아—.

여섯 신인들이 기둥 위에서 지켜보는 가운데 핏물처럼 붉은 막이 신전 지붕을 뚫고 내려앉았다.

붉은 막의 표면에는 징그러운 핏줄 같은 것이 도드라져 있었다.

막이 얇은 탓인지 붉은 막 내부가 언뜻언뜻 들여다보였다. 덕분에 이 붉은 막은 반쯤은 투명한 느낌이 들었다.

막 안쪽에 생명체가 들어있는 듯했다.

붉은 막 안쪽에 자리한 검은 덩어리는 규칙적으로 들숨과 날숨을 내쉬었다. 혹은 심장이 맥동하는 것처럼 수축과 이완을 반복하는 듯했다.

"오오오!"

쌀라싸가 감격에 젖어 눈물을 글썽거렸다. 쌀라싸는 붉은 막 안에서 태아처럼 웅크리고 있는 존재가 와힛임을 짐작했다.

그 짐작이 맞았다. 피사노교의 절대자 와힛이 차원을 건너뛰어 다시 언노운 월드로 복귀한 것이다.

"아아아아!"

아르비아도 격렬히 몸을 떨었다.

다른 신인들에 비해서 쌀라싸와 아르비아가 느끼는 감격은 유독 강렬하였다. 이 2명의 신인들이야말로 와힛의 직계 자식들이기 때문이다.

부왁—.

신인들이 떨리는 눈으로 지켜보는 가운데, 마침내 반투명한 붉은 막이 찢어졌다. 막 속에서 검은 덩어리가 쑥 빠져나왔다. 검은 덩어리의 표면에는 끈적끈적하고 거품이 낀 액체가 잔뜩 달라붙어 있었다.

꿀꺽.

누군가 침을 삼켰다. 신인들은 마치 야수가 새끼를 낳는 듯한 장면을 두근거리는 심정으로 지켜보았다.

이 자리에 모인 모든 신인들은 초마의식을 통해서 강한 악마종과 결합한 반인반마의 존재들이지만, 와힛처럼 독특한 방식으로 언노운 월드와 부정 차원을 넘나들지는 못했다.

아니, 이러한 제약은 비단 신인들에게만 적용되는 것이 아니었다. 상위종인 부정 차원의 악마종들도 감히 차원을 뛰어넘어 언노운 월드에 직접 현신하지는 못하였다. 부정 차원의 악마종들은 초마의식이라는 복잡한 절차를 통해서 겨우 자신들의 신체의 일부, 그리고 영혼의 일부만을 언노운 월드에 들여보낼 수 있을 따름이었다.

한데 놀랍게도 와힛은 차원을 직접 넘나드는 이적이 가능했다.

비록 와힛도 차원 넘기를 자주 써먹을 수는 없고, 한 번 차원의 벽을 넘을 때마다 큰 고통을 겪기는 하지만, 어쨌거나 그는 2개의 차원을 오갈 수 있는 존재였다.

와힛뿐 아니라 이쓰낸도 차원 넘기가 가능했다.

다만 와힛과 이쓰낸의 차원 넘기는 이탄의 방법과는 결이 달랐다.

이탄은 이 차원 저 차원을 수시로 돌아다니는 차원 여행자였다. 그런데 이탄이 차원을 넘나들 때면 시간이 멈춰버린다는 특징이 있었다.

예를 들어서 이탄이 부정 차원에서 3년을 머물다가 언노운 월드로 돌아왔다고 치자. 이 3년 동안 언노운 월드의 시간은 단 1초도 흐르지 않는다. 이탄이 다녀올 동안 언노운 월드의 시간은 멈춰있는 것이다.

이탄이 그릇된 차원에 다녀올 때도 마찬가지. 이럴 경우에도 타임 스톱(Time Stop) 현상이 발생했다.

단, 간씨 세가의 세상은 예외.

그곳은 이탄이 직접 차원의 벽을 넘어가는 경우가 아니고, 단지 이탄의 정신만이 숙주인 간철호의 몸에 깃들 뿐이었다. 따라서 이탄이 간씨 세가 세상에 다녀올 동안에는 타임 스톱 현상이 벌어지지 않았다.

이런 이탄과 달리 와힛과 이쓰낸에게는 타임 스톱 현상이 적용되지 않았다.

이쓰낸이 부정 차원에서 70년을 머물렀다면, 언노운 월드에서도 똑같이 70년이 지나갔다. 와힛도 마찬가지인지라 그가 부정 차원에 머무는 동안 언노운 월드의 시간은 잘도 지나갔다.

"무려 71년하고도 156일 만인가?"

끈적거리는 막 속에서 탁한 음성이 들렸다. 거품이 낀 액체 막을 찢고 한 노인이 몸을 일으켰다.

노인의 목 뒤에는 아나콘다를 연상시키는 악마종이 결합되어 있었다.

이것은 무려 머리가 3개인 삼두사 형태의 악마종이었다. 3개의 뱀 머리가 가느다란 혓바닥을 날름거리며 공기 빠지는 소리를 내었다.

한편 노인의 두 눈은 짙은 금색으로 번쩍거렸다. 이 금색 눈을 마주 보고 있노라면 머리가 아득해지고 주변 풍경이 빙글빙글 도는 기분이었다.

이 금안의 노인이 바로 와힛.

와힛의 외모는 수십 년 전 언노운 월드를 떠날 때에 비해서 거의 달라지지 않았다.

쌀라싸가 와힛을 향해서 허물어지듯이 무릎을 꿇었다.

"오오오오오, 위대한 분이시여. 저 쌀라싸가 위대한 분의 성스러운 존체를 오랜만에 알현하나이다. 신인의 존체를 이렇게 다시 뵈올 수 있다니, 이제 이 쌀라싸는 죽어도 여한이 없나이다. 크흐흐흑."

피도 눈물도 없는 검록의 마군 쌀라싸가 와힛 앞에서 울먹거렸다.

'엉?'

다른 신인들은 흠칫 놀랐다. 신인들은 쌀라싸가 어린아이처럼 울먹거릴 것이라고는 전혀 상상하지도 못했다.

하지만 다섯 신인들은 쌀라싸의 격정적인 내노에 놀랄 겨를도 없었다. 와힛의 금안이 신인들에게 닿는 순간, 신인들은 기둥 위에서 일제히 무릎을 꿇고 와힛을 향해서 머리를 조아릴 수밖에 없었다.

"저희가 위대한 분의 존체를 알현하나이다."

신인들의 우렁찬 목소리가 신전 내부를 쩌렁쩌렁하게 울렸다.

제6화

전면전의 시작

와힛이 언노운 월드에 복귀한 이후로 처음 챙긴 업무는 '흑과 백의 전면전' 이었다.

사실 와힛은 부정 차원에 머물 때부터 이미 전면전을 기획했다. 와힛이 직접 쌀라싸에게 전쟁준비를 시켰다. 전반적인 전략도 와힛이 수립했다.

이탄에게 북명 원정대를 이끌게 하고 북명의 수인족 가문들을 통합하게 만든 것도 모두 와힛의 머리에서 나온 계획이었다. 쌀라싸는 단지 와힛이 세운 계획을 충실히 이행했을 따름이었다.

와힛은 이탄에게만 임무를 준 게 아니었다. 다른 신인들도 쌀라싸를 통해서 여러 가지 임무를 부여받았고, 모두 다 착실히 그 일들을 해내었다.

덕분에 와힛이 언노운 월드에 재림한 시점에는 피사노교가 모든 전쟁 준비를 마친 상태였다.

"검은 드래곤의 자식들이여, 수고가 많았구나. 이제 모든 준비를 마쳤으니 성전의 개시일을 점지하겠노라."

와힛은 황금으로 만든 대접에 물을 가득 붓고 그 위에 피를 한 방울 떨어뜨려 전쟁의 개시일을 점쳤다.

<< 3.3 >>

와힛의 피 한 방울이 물 위에 풀어지면서 위와 같은 글씨를 만들어 내었다.

와힛은 엄숙한 목소리로 선포했다.

"오는 3월 3일, 검은 드래곤께서 피의 공양을 받으시기를 원하시노라."

이것으로 전쟁 개시일은 결정되었다.

'3월 3일이란 말이지?'

'드디어 시작이구나.'

신인들은 마음속으로 전의를 다졌다.

와힛이 한 마디를 보탰다.

"이번 성전에는 사랑하는 나의 동생 이쓰낸도 참여할 것이다. 이쓰낸은 9년도 더 전에 이미 언노운 월드에 내려와 있느니라."

"오오오, 이쓰낸 님도 참전하신단 말씀입니까?"

쌀라싸가 거듭 감격했다. 와힛만으로도 든든한데, 거기에 이쓰낸까지 더한다면 쌀라싸는 세상에 겁 날 바가 없었다.

"아아, 이쓰낸 님, 곧 뵙겠군요."

아라비아도 가슴에 두 손을 꼭 끌어 모으고는 눈물을 쏟았다.

아라비아가 세상에서 가장 경외하는 인물이 와힛이라면, 그녀가 온 마음을 다해서 따르던 대상은 이쓰낸이었다. 피사노교의 서열 2위이자 죽음의 마녀인 이쓰낸이야말로 아라비아의 오랜 우상이었다.

3월 3일.

"웅대하게 떨쳐 일어나라, 검은 드래곤의 후손들이여!"

제1신인 와힛이 우렁찬 포효를 터뜨렸다.

"우와아아아아—."

피사노교의 교도들이 대륙 전역에서 동시다발적으로 들고 일어났다.

교도들뿐 아니라 흑 진영의 모든 세력들이 전쟁에 나섰

다. 예를 들어서 야스퍼 전사탑이나 고요의 사원, 시돈의 네크로맨서, 자크르의 수인족 등도 피사노교와 연합하여 일제히 봉기했다. 심지어 일전에 시시퍼 마탑의 공격을 받아 무너졌던 이그놀리 흑탑의 생존자들도 함께 뛰쳐나와 피사노교에 힘을 보탰다.

이건 마치 검은 쓰나미가 온 대륙을 휩쓰는 듯했다. 대륙 곳곳이 검은 드래곤의 깃발로 뒤덮였다.

태초의 마신 피사노를 상징하는 깃발이 온 세상을 뒤덮은 것은 무려 60여 년 만의 일이었다.

물론 지난 세월 동안 검은 드래곤의 깃발이 내걸린 적이 없었던 것은 아니었다. 평화의 시기 동안에도 흑과 백 사이의 국지전은 간헐적으로 계속되었다.

이 가운데는 최근 아울 검탑의 붕괴도 포함되었다. 작년, 피사노교의 신인들은 대륙 중부로 우르르 몰려가 아울 검탑을 대대적으로 공격했었다.

그 결과 아울 검탑이 붕괴에 가까운 타격을 입었다. 시시퍼 마탑과 마르쿠제 술탑도 제법 큰 피해를 입었다.

대신 피사노교의 신인들도 삼대 탑의 격렬한 저항을 뚫지 못하고 후퇴해야만 했다.

바로 이 퇴각 당시에 이탄이 본격적인 두각을 나타냈다.

어쨌거나 역사적으로 흑과 백 사이의 국지전은 늘 있어

왔다. 하지만 대륙 전체가 피사노의 깃발로 뒤덮는 사건은 무려 60여 년 만에 처음이었다.

오늘, 지루했던 평화의 시대에 종지부가 찍혔다. 운명의 여신은 다시금 저주받은 수레를 굴리기 시작했다.

수레의 오른쪽 바퀴는 워(War: 전쟁)라는 이름을 가지고 있었다.

수레의 왼쪽은 블러드(Blood: 피)의 바퀴였다.

쿠르르르릉.

저주받은 마차가 2개의 바퀴로 힘차게 구르기 시작하자 언노운 월드뿐 아니라 부정 차원도 뜨겁게 요동쳤다.

[키키키킥, 재미있겠다.]

[크캬캬캬. 나도 저기에 직접 가보고 싶다.]

부정 차원의 악마종들은 하얀색의 벌레형 몬스터 튀김을 한 봉지씩 손에 들고는 신이 나서 와힛이 일으킨 대전쟁을 관람했다.

샛노란 로브를 입은 노인이 하늘색 탑 앞에 섰다.

"오랜만에 와보는데, 이곳 풍경은 예전과 달라진 바가 없군."

노인은 뒷짐을 지고 느긋하게 발을 옮겼다. 노인은 빈 허공에 투명한 계단이라도 있는 것처럼 거침없이 걸어 올라가 높은 상공에 우뚝 섰다.

노인의 눈앞에 하늘색 탑이 드러났다. 구름 위까지 까마득하게 솟은 탑의 모습은 실로 위압적이었다.

이 탑이야말로 백 진영의 삼대 거목 중 하나이자 대륙 최고의 마법사 집단이라고 칭송을 받는 시시퍼 마탑이었다.

시시퍼 마탑의 건축 양식은 나름 독특하여, 지면으로부터 100 미터 높이까지는 원통형의 단일 건축물로 올라가다가 그 위쪽부터는 3개의 건물이 품(品)자 형태로 나뉘는 구조였다.

다만 구름 위쪽 까마득한 상층부에서 탑의 형태가 또 어떻게 달라지는지는 눈으로 보이지 않아서 알 길이 없었다.

시시퍼 마탑의 주변에는 소나무 숲이 넓게 펼쳐져 있었다. 온갖 신비로운 동물들이 소나무 숲에 보금자리를 마련하고 살아갔다.

다시 그 위에는 차단막이 하나 존재했다. 하늘색의 반투명한 차단막은 시시퍼 마탑 전체와 소나무 숲의 절반가량을 뒤덮은 모습이었다.

몽환적 느낌의 이 차단막이야말로 모든 사악한 기운을 걸러내고 흑 세력의 침투를 막아주는 마법진이었다.

세상의 모든 흑마법사와 흑주술사, 언데드 등은 이 하늘색 차단막을 통과하지 못하고 튕겨 나가곤 했다.

한데 노란 로브의 노인에게는 차단막이 발동하지 않았다. 노인은 아무런 저지도 받지 않고 허공을 뚜벅뚜벅 걸어서 하늘색 차단막을 통과했다.

여기까지만 보면 이 노인은 시시퍼 마탑의 노마법사 가운데 한 명인 듯싶었다.

실제로 마탑 안에서 경비를 서던 당직 마법사도 노란 로브의 마법사가 시시퍼 마탑 소속일 것이라 생각했다.

큰 오산이었다.

샛노란 로브를 입은 노인의 뒷목에서 아나콘다를 닮은 뱀 머리 3개가 스르륵 나타났다.

[샤아아아, 이제 시작인가?]

[샤아아아, 이제 날뛸 시간이라고?]

[샤아아아, 그거 반가운 소리군.]

3개의 뱀 머리는 각자 뇌파를 내뱉어 기쁜 기색을 드러내었다.

노란 로브를 입은 노인, 즉 와힛이 이빨을 드러내었다.

[그래. 한바탕 날뛸 시간이 되었어. 어디, 어스 녀석이 얼마나 실력이 늘었는지 한번 볼까?]

와힛이 언급한 어스는 시시퍼 마탑의 탑주를 가리켰다.

Chapter 2

와힛이 뇌파로 중얼거리는 동안, 와힛의 몸 주변에서는 회색 빛깔의 꽈배기 모양 문자들이 툭툭 튀어나왔다.

그것도 한두 개가 아니라 무려 18개나 되는 문자가 와힛 주변에 모습을 드러내었다.

후웅! 후웅! 후웅! 후웅!

꽈배기 모양의 문자들은 또렷한 형태를 갖춘 채 위성처럼 와힛의 몸 주위를 맴돌았다.

이 문자들이 움직일 때마다 와힛 주변의 공간이 마구 일그러졌다. 주변의 공기가 펑펑 찢겨나갔다.

꽈배기 문자들의 정체는 다름 아닌 부정 차원의 인과율인 만자비문이었다. 와힛은 10,000개나 되는 인과율 가운데 무려 18개의 문자를 깨우쳤다.

부정 차원의 기준으로 판별했을 때, 18개의 인과율을 깨우친 악마종이라면 능히 성마(聖魔)급이라고 불릴 만했다.

그것도 성마 최하 단계를 뛰어넘어 성마 하급에 속했다.

성마의 단계를 구별하는 기준은 제대로 정해진 바가 없었다. 애초에 성마의 숫자가 몇 명 되지 않으니 그 안에서 단계를 나눈다는 게 쉽지가 않았다. 당연히 일반마나 역마, 진마 따위가 감히 성마의 단계를 나누는 것은 불가능했다.

다만 성마들 사이에서는 몇 가지 단계 구별법이 통용되곤 했다.

보통 진마들은 최하급, 하급, 중급, 상급, 최상급의 5단계로 단계를 구별하곤 했다.

부정 차원의 고위급 악마종들 사이에는 '성마님들도 진마처럼 5단계를 적용하지 않을까?' 라는 막연한 생각이 퍼져 있었으나, 사실 성마들은 7단계의 구별법을 더 선호했다.

이때 잣대가 되는 기준은 '부정 차원의 인과율을 몇 개나 깨우쳤느냐?' 였다.

예를 들어서 성마의 첫 단계인 성마 최하급은 부정 차원의 인과율을 한 개 이상 10개까지 깨우친 악마종들을 의미했다.

일반적으로 진마 최상급쯤 되는 악마종들은 부정 차원에 인과율이 존재한다는 정도는 알게 마련이었다.

그 최상급의 악마종이 평소 어렴풋이 느끼던 인과율을 또렷하게 깨우치고 나서야 비로소 성마 최하급으로 인정을 받았다.

한데 성마 최하급에서 다음 단계로 넘어가기가 보통 힘든 게 아니었다. 진마가 성마의 경지를 돌파할 때 인과율 한 개를 깨우치는 것도 힘들었는데, 그러한 깨우침(각성)을 무려 10번이나 더해서 11개의 인과율을 깨우쳐야 비로소 성마 최하급을 넘어서 하급으로 올라설 수가 있었다.

다시 말해서 성마 하급은 부정 차원의 인과율을 11개 이상 20개까지 깨우친 악마종을 의미했다.

와힛은 총 18개의 인과율을 다룰 수 있으므로 성마 하급이 맞았다.

한편 성마 중하급은 인과율 21개부터 30개까지를 장악한 악마종을 가리켰다.

여기까지는 인과율의 개수가 10개씩 늘어난다고 보면 되었다.

하지만 성마 중급부터는 난이도가 확 달라졌다. 성마 중급은 깨우친 인과율의 숫자가 31개 이상 60개까지였다.

그보다 위인 성마 중상급이 되려면 깨우쳐야 할 인과율이 61개 이상 100개까지로 무려 40개나 되었다.

성마 상급은 인과율이 100개 이상 200개까지로 설정되었다.

마지막으로 성마 최상급은 인과율 201개 이상을 깨우친 악마종 전체를 통칭했다.

이렇게 인과율의 개수로 성마의 급을 나누다 보면, 성마 최하급이나 성마 하급이 상대적으로 초라해 보일 수도 있었다.

그러나 성마 하급이라고 해서 와힛을 무시해서는 곤란했다.

부정 차원의 헤아릴 수 없이 많은 악마종 가운데 성마의 경지에 도달한 악마종은 지극히 드물었다. 부정 차원 전체를 다 뒤진다 하더라도 고작 스무 개체 이내의 극소수 초강자들만이 성마라는 타이틀을 거머쥐었을 뿐이었다. 그러니 인간족인 와힛이 성마가 되었다는 것은 보통 일이 아니었다.

이게 얼마나 대단한 것인지는 다음 사례만 보더라도 금세 알 수가 있었다.

예를 들어서 부정 차원을 지배하는 일곱 제국 가운데 세불 제국의 군주였던 세불은 29개의 인과율을 깨우쳐서 성마 중하급으로 인정을 받았다. 비록 그 세불은 어프로칭 데이 직후 이탄에게 소멸을 당했지만 말이다.

또 다른 제국의 군주인 클루티도 28개의 인과율을 깨우친 성마 중하급의 초강자였다. 비록 그 클루티도 어프로칭 데이 때 이탄에게 처맞고서 이탄과 일수장부 계약을 맺은 노예로 전락했지만 말이다.

와힛이 부정 차원에 들어가기 전, 그는 만자비문 가운데 9개의 문자를 흐릿하게 드러낼 수 있었으며, 이 가운데 2

개는 형태가 또렷했다.

그러니까 와힛은 70년도 더 전에 이미 성마의 수준에 도달한 괴물이었다.

그 와힛이 "더 강해져서 돌아오마."라는 말을 남기고는 부정 차원으로 들어갔다. 그리곤 그는 불과 수십 년 만에 18개의 문자를 또렷하게 깨우치는 과업을 달성했다.

광활한 부정 차원을 통틀어서 와힛을 힘으로 찍어 누를 수 있는 악마종은 불과 열 손가락 남짓에 불과했다. 최소한 부정 차원 일곱 제국의 군주 정도는 되어야 와힛을 꺾을 수 있었다.

와힛은 지금 그 70여 년간의 노력의 결실을 당당히 드러내었다. 와힛이 손을 움직일 때마다 18개의 회색 문자가 물고기처럼 유영했다.

"옛다. 받아라."

어느 순간, 와힛은 18개의 문자들 가운데 하나를 골라서 하늘색 차단막으로 던졌다.

또렷한 회색의 문자가 헤엄치듯이 날아가 차단막과 충돌했다.

〈 뒤틀리는 〉

회색 문자가 의미하는 바는 위와 같았다.

그리하여 이것은 공간을 뒤틀어 버리는 인과율이었다.

그리하여 이것은 삼차원 공간의 x 좌표와 y 좌표, z 좌표를 뒤바꾸고, 사물의 안과 밖을 뒤바꾸며, 평면을 곡면으로 구겨버리는 인과율이었다.

Chapter 3

시시퍼 마탑에서 설치한 하늘색 차단막은 모든 사악한 힘을 튕겨내는 속성을 가지고 있었다.

한데 이 차단막은 일정한 간격으로 설치된 마정석으로부터 에너지를 공급 받아야 동작이 가능했다.

또한 이 차단막은 규칙적으로 배열된 마법진에 기인하고 있기에 공간 자체가 뒤틀려 버리면 차단막 자체가 폭파될 수밖에 없었다.

와힛이 던진 문자는 공간을 뒤틀었다.

삐엉!

마치 커다란 풍선이 터지는 듯한 폭음이 발생했다. 시각적으로도, 시시퍼 마탑을 둘러싼 하늘색 풍선이 터져버리는 듯한 광경이 펼쳐졌다.

와힛은 가벼운 손짓 한 번으로 시시퍼 마탑의 방어막을 무력화시켰다.

이어서 와힛은 위성처럼 빙글빙글 공전 중인 18개의 문자 가운데 또 하나를 뽑아서 휙 뿌렸다.

이번에 등장한 문자의 의미는 다음과 같았다.

〈 녹이 슬게 만드는 〉

와힛에게 이 문자는 특별한 의미를 지녔다. 와힛이 맨 처음 눈을 뜬 문자가 바로 '녹이 슬게 만드는' 이기 때문이다.

이 문자 덕분에 와힛은 모든 금속계열 마법사들의 천적이 되었다. 또한 와힛은 검수나 기사들에게도 천적 노릇을 했다.

보통 백 진영에서 피사노교의 신인들을 맞닥뜨리면 대응 방도가 정해져 있었다. 우선 기사나 검수, 전사들을 앞에 세우고, 마법사와 주술사들이 후방에 공격을 퍼붓는 것이 백 진영의 일반적인 전략이었다.

한데 와힛이 기사들에게 워낙 강한 터라 위와 같은 전략이 통하지 않았다. 때문에 지난 세기 백 진영에서는 와힛을 상대할 때마다 진땀을 빼야만 했다.

무기 없이 맨손으로 오러를 뽑아낼 수 있는 검수나 기사가 없으면 절대 와힛과 맞서 싸우지 마라. 무조건 물러나라.

지난 세기에 오죽했으면 삼대 탑에서 위와 같은 매뉴얼을 작성해서 백 진영 전체에 회람시켰겠는가. 그만큼 와힛은 무서운 존재였다.

금속을 빠르게 부식시키는 와힛의 능력은 강자들의 싸움에서만 효과를 발휘한 것이 아니었다.

이 독특한 능력은 대규모 집단 전투에서 더욱더 사기적인 위력을 발휘했다.

일단 전쟁터에 와힛이 등장하는 순간, 백 진영의 무기들은 모래로 만든 것처럼 단숨에 허물어졌다.

와힛이 손을 치켜드는 순간 백 진영의 모든 검과 창, 방패가 스러졌다. 백 진영의 전차 축이 와르르 부식되었다.

보급을 위한 마차도 예외일 수 없었다. 심지어 군마의 말에 박힌 말발굽도 녹슬어 부서졌다.

이 끔찍한 일이 수십 년 만에 재현되었다. 와힛은 18개의 카드 중 하나를 뽑아서 날리는 것처럼 회색 문자를 지상으로 쏘아 보냈다.

그 문자가 하늘색 거대한 탑에 꽂혔다.

ㅊㅊㅊㅊㅊㅊㅊ.

탑을 지탱하던 금속 구조물과 보조철근들이 건물 내부에서부터 허물어지기 시작했다. 탑 곳곳에 박힌 못은 녹이 슬다 못해 가루로 변했다. 시시퍼 마탑의 모든 철이 흩어지는 데는 불과 몇 분도 걸리지 않았다.

이쯤 되면 건물 하나가 폭삭 주저앉아도 이상하지 않았다. 시시퍼 마탑과 같이 초고층의 건물을 세우려면 단단한 금속 구조물이 뼈대가 되어 하중을 견뎌야 하는 까닭이었다.

한데 그 뼈대가 모두 부서졌는데도 하늘색 탑은 무너지지 않고 버텨내었다.

이것은 시시퍼 마탑의 마법사들이 탑의 곳곳에 마정석을 박아 넣어 유사시에 마법의 힘으로 탑의 무게를 버틸 수 있게 고안한 덕분이었다.

마탑의 마법사들이 이런 복잡한 작업을 해놓은 이유가 무엇이겠는가. 모두 와힛 때문이었다.

'그 마왕이 언제 쳐들어와서 우리 마탑의 구조물을 녹슬게 만들지 몰라.'

마법사들은 이런 우려 때문에 미리 대비를 해놓았다.

그 탓에 와힛이 '녹이 슬게 만드는' 이라는 권능을 동원했건만 육중한 탑은 거뜬히 위기를 이겨내었다.

와힛이 로브 속에서 입꼬리를 비틀었다.

"흥. 이건 예상했던 바다."

와힛은 자신의 몸 주변을 공전 중인 18개의 문자 가운데 또 다른 것을 빼들어 전방으로 날렸다.

〈 화형을 시키는 〉

이 문자는 검녹의 마군 쌀라싸의 주특기였다.

쌀라싸는 '다크 그린(Dark Green: 검녹색)' 이라는 흑주술에 '화형을 시키는' 이라는 인과율의 힘을 결합하여 적들을 마구 녹여버리곤 하였다.

쌀라싸가 이 이능을 펼칠 때마다 검녹색 편린이 나비처럼 날아가 적들을 압살했다. 그 후로 쌀라싸에게는 검녹의 마군이라는 별명이 붙었다.

이탄도 피사노교의 보고에서 다크 그린을 익혔다.

아울 검탑 공방전에서 피사노교가 후퇴할 때 이탄은 쌀라싸를 흉내 내어 다크 그린을 사용해 보았다. 당시에 이탄이 교도들을 위해서 사용했던 권능이 바로 다크 그린과 '화형을 시키는' 이었다.

추후에 쌀라싸는 이탄이 다크 그린을 사용하는 장면을 보고는 이탄에게 호감과 유대감을 느끼게 되었다.

오늘 와힛은 바로 그 문자를 사용했다.

다만 와힛은 흑주술에 조예가 깊지 않았기에 다크 그린과 결합하지 않았다. 그는 그냥 회색 문자만 적진에 뿌렸다.

'화형을 시키는' 이 소나무 숲을 스쳐 지나갔다.

화륵! 화르륵!

푸르른 숲이 갑자기 녹기 시작했다. 불에 타는 것도 아니고, 말 그대로 숲이 줄줄 녹아 흘렀다.

초록빛 솔잎이 지글지글 녹아서 촛농처럼 뚝뚝 떨어졌다. 구불구불한 나무줄기가 흐물흐물 녹아서 땅바닥을 적셨다.

그 땅이 다시 녹아서 지저로 허물어졌다.

Chapter 4

평화롭던 숲이 발칵 뒤집혔다. 숲에 서식 중이던 동물들은 초고온의 열기를 피해서 사방으로 도망쳤다.

불쌍하게도 도망은 불가능했다. '화형을 시키는' 의 전개속도는 동물이 도망치는 속도보다 몇 배는 더 빨랐다.

꽃사슴을 닮은 동물이 구슬픈 울음과 함께 뒷다리부터

녹기 시작했다. 이 동물은 땅에 쓰러져 이내 머리까지 한 줌의 물로 녹아버렸다.

코뿔소를 닮은 동물도 불과 눈 한 번 깜빡일 사이에 촛농처럼 녹아 없어졌다.

심지어 하늘로 대피했던 조류들도 꼬리가 녹고 날개가 액체로 변하면서 다시 바닥에 떨어져 한 줌의 육수가 되었다.

그렇게 온 숲을 지워버린 문자는 이내 하늘색 탑에 도착하여 탑의 옆면에 콱 틀어박혔다.

치익, 지글지글지글.

갑자기 시시퍼 마탑 전체가 눈에 보이지 않는 불길에 휩싸였다. 회색빛이 살짝 감도는 투명한 불은 순식간에 탑 전체를 휘감으며 구름 위까지 치솟았다.

탑에 걸려 있는 방어마법들이 미친 듯이 발동했다. 특히 얼음이나 물과 관련된 방어마법이 집중적으로 발동하여 투명한 화염을 꺼트리려 들었다.

소용없었다. 아무리 탑의 방어체계가 물을 쏟아부어도 문지의 힘을 끼트릴 수는 없었다. 치이이익 소리와 함께 수증기만 발생할 뿐이었다.

얼음 마법도 소용이 없기는 마찬가지였다. 하늘색 마탑에 설치된 빙계 마법이 탑 주변을 꽝꽝 얼리면서 투명한 불을 꺼트리려 하였다. 그 얼음마저도 눈 깜짝할 사이에 한 줌의 물로 녹았다.

와힛의 권능이 탑을 태우는 동안, 탑의 각 층에서는 시시퍼 마탑의 마법사들이 앞다투어 뛰쳐나왔다.

시시퍼 마법사는 복장의 색깔로 마법사들의 지위를 구분했다.

흰색 로브를 입은 자들은 도제생 후보였다. 이들이 가장 숫자가 많았다.

베이지색 로브를 입은 자들은 마법사로부터 직접 지도를 받는 도제생이었다. 이들은 그 다음으로 숫자가 많았다.

마지막으로 하늘색 로브를 입은 자들이야말로 시시퍼 마탑의 주축인 진짜 마법사들이었다. 당연한 말이지만 마법사들이 가장 숫자가 적었다.

"왜 방어마법과 경고마법이 발동한 거지?"

"무슨 큰일이 벌어진 건가?"

도제생이나 도제생 후보들은 탑을 휘감고 있는 투명한 불을 보지 못했다. 허공에 둥실 떠 있는 와힛도 발견하지 못했다.

도제생들이 모여서 웅성거리는 가운데 아시프가 크게 소리를 질렀다.

"도제생들과 도제생 후보들은 모두 후방으로 피하라. 아무래도 범상치 않은 강적이 쳐들어온 것 같구나."

아시프는 시시퍼 마탑의 열두 지파장 가운데 한 명이자 도제생 후보들을 가르치는 학장이었다.

평소 도제생과 도제생 후보들은 아시프의 말을 잘 따랐다.

"알겠습니다, 학장님."

이번에도 도제생과 후보들은 아시프의 한 마디에 군소리 없이 탑의 뒤쪽으로 물러났다. 이 가운데는 이탄과 트루게이스 시에서 친분을 맺은 헤스티아 영애도 포함되어 있었다.

한편 하늘색 로브를 입은 마법사들은 아시프의 주위로 몰려들어 허공을 올려다보았다. 마법사의 숫자만 무려 수백 명 이상이었다.

조금 더 정확히는 991명.

전통적으로 시시퍼 마탑은 마법사들의 숫자를 999명으로 유지해왔다.

이 전통은 지금도 꾸준히 지켜졌다.

최근 피사노교가 아울 검탑을 공략할 당시 시시퍼 마탑은 라웅고 부탑주를 비롯하여 여러 지파장들을 파견하여 아울 검탑을 도왔다. 그때 지파장들 가운데 파이션과 스코틀이 이탄의 손에 죽었다.

하지만 그 후 시시퍼 마탑에서는 부지파장 2명을 지파장으로 승격시켰으며, 도제생들 가운데 가장 우수한 2명을 선발하여 999명을 다시 채워 넣었다.

이 999명 가운데 오늘 이 자리를 지킨 마법사가 991명이었다. 특명을 받아 마탑을 떠난 마법사 7명, 그리고 부상 때문에 자리를 비운 라웅고 부탑주를 제외하면 나머지 모든 마법사들이 이 자리에 모인 것이다.

이렇게 모인 마법사들은 크게 세 부류로 구분되었다.

첫째, 대상물에 심혼을 심어서 컨트롤하는 애니마 메이지(Anima Mage: 심혼 마법사).

둘째, 직접적인 전투에 특화된 워 메이지(War Mage: 전투 마법사)

셋째, 결계를 만들어 안과 밖을 구분 짓는 라인 메이지(Line Mage: 결계 마법사).

이중 애니마 메이지를 대표하는 인물이 라웅고 부탑주였다. 라웅고는 반은 인간이고 반은 드래곤은 용인(龍人)이었다.

이어서 워 메이지들을 대표하는 인물이 릴 부탑주였다. 릴은 탑주인 어스와 라웅고에 이어서 시시퍼 마탑의 서열 3위에 자리매김했다.

마지막으로 라인 메이지를 대표하는 부탑주는 쿠샴이라

불렸다. 쿠샴은 탑주의 특명을 받아 자리를 비운 터라 오늘이 자리에는 없었다.

이상 3명의 부탑주들은 다시 그 밑에 4명씩의 지파장을 두었다.

다시 말해서 애니마 메이지와 워 메이지, 라인 메이지가 다시 각각 4개씩의 지파로 세분된다는 소리였다.

우선 애니마 메이지는 다루는 대상에 따라서 식물계와 동물계, 고체계와 유동계로 나뉘었다.

예를 들어서 물을 다루는 마법사는 유동계 애니마 메이지이고, 금속 마법사는 고체계 애니마 메이지인 식이었다. 암석이나 모래를 컨트롤하는 마법사도 당연히 고체계 애니마 메이지에 속했다.

시시퍼 마탑에는 늑대를 잘 부리는 동물계 애니마 메이지도 있고, 가시덩굴을 자유롭게 소환하는 식물계 애니마 메이지도 존재했다.

한편 워 메이지는 대상물이 아니라 전투 방식에 따라서 지파가 나뉘었다.

전투 시 앞장서서 적을 막아내는 마법사는 탱커계 워 메이지 지파였다.

탱커계의 뒤쪽에서 공격 마법을 난사하는 마법사는 공격계 워 메이지로 분류되었다.

이 밖에도 아군을 빠르게 치료해주는 힐러계 워 메이지, 그리고 적을 암습하는 암살계 워 메이지가 존재했다.

워 메이지들 가운데 탱커계는 주로 생명력 증강 마법과 방어마법에 특화되었다.

공격계 워 메이지들은 당연히 공격마법에 주력했고, 거기에 더해서 무기를 강화하는 인챈트 마법에도 조예가 깊었다.

힐러계 워 메이지는 당연히 상처를 치료하는 힐 마법이 주력이었다.

암살계는 순간이동이나 은신 마법, 폭발 마법 등을 주특기로 삼았다. 이들은 포이즌(Poison: 독) 계열의 마법에도 능숙했다.

마지막으로 라인 메이지는 결계에 특화된 마법사들로, 시시퍼 마탑에서도 가장 구성원의 숫자가 적었다.

대신 라인 메이지야말로 가장 적이 상대하기 꺼려 하는 마법을 구사했다.

라인 메이지는 속박계, 차단계, 아공간계, 그리고 해체계의 4개 지파로 구분되었다.

속박계 라인 메이지들은 이름 그대로 결계를 만들어서 적을 속박하는 마법사들이었다. 일단 이들의 속박에 걸리면 어지간한 워 메이지들도 벗어날 수가 없었다. 결계는 물리적인 구속이 아니라 대응법을 모르면 상대하기 무척 까다로웠다.

한편 차단계 라인 메이지들은 결계를 쳐서 유령이나 언데드, 혹은 악마종들의 접근을 차단하는 마법사들로, 피사노교처럼 악마종과 관련이 깊은 흑마법사들을 상대할 때 쓸모가 많았다.

아공간계 라인 메이지들은 물건 보관이나 보급에 특화되었다.

마지막으로 해체계 라인 메이지의 특성은 거의 알려져 있지 않았다. 해체계 지파의 구성원도 단 한 명뿐이었다.

당대 시시퍼 마탑의 탑주가 바로 유일한 해체계 라인 메이지인 것이다.

Chapter 5

와힛은 자신의 발아래 개미 떼처럼 운집한 시시퍼 마탑의 마법사들을 굽어보았다.

"으흐흣. 앞쪽에 서 있는 몇몇 늙은이들은 얼굴이 낯이 익구나."

와힛의 독백에 맞장구라도 치듯이 그의 목 뒤에서는 삼

두 아나콘다가 혀를 내밀어 쉭쉭 소리를 내었다.

70년은 결코 짧은 세월이 아니었다. 시시퍼 마탑의 마법사들은 이 기간 동안 어느 정도 물갈이가 되었다.

하지만 물갈이의 비율은 45퍼센트 수준에 불과할 뿐, 나머지 55퍼센트의 마법사들은 지난 세기 말 흑과 백의 대전쟁을 경험한 자들이었다. 특히 각 지파의 지파장이나 부지파장들은 전원 다 70년 전에 와힛과 부딪쳤었다.

고체계 애니마 메이지들의 지파장인 쎄숨이 눈을 부릅떴다.

"서, 설마 당신은!"

쎄숨이 말을 더듬었다. 쎄숨의 동공은 폭풍이라도 만난 듯이 흔들렸다.

쎄숨은 70여 년 전 세상에서 가장 끔찍한 재앙으로 취급되던 와힛의 얼굴을 아직까지 잊지 않았다.

한데 그 악마가 버젓이 살아 있는 게 아닌가!

쎄숨에 이어서 아시프도 손을 벌벌 떨었다.

"와힛이라니? 어떻게 이럴 수가."

유동계 지파장답게 아시프의 몸 주변으로는 공기가 요동쳤다.

와힛이라는 이름은 마법사들에게 충격을 안겨주었다.

"헉? 와힛이라고?"

쎄숨의 애제자인 씨에나가 펄쩍 뛰었다.

다른 마법사들도 웅성거렸다.

“그 마왕은 지난 세기 말에 죽은 것 아니었어?”

“에이 설마. 과거의 그 악마가 아니겠지.”

마법사들의 웅성거림은 릴 부탑주의 고함으로 인하여 중단되었다.

“하압! 모두 정신 바짝 차려라. 저 늙은이는 70년 전의 그 악마가 맞느니라.”

릴은 벼락이 치듯 기합을 넣어 마법사들을 일깨웠다.

릴은 지난 세기 말 그 누구보다도 많은 참전횟수를 기록했던 워 메이지였다. 지금 이 자리에서 릴만큼 피사노교와 많이 부딪쳐 본 경험자도 드물었다.

그런 릴이 와힛이 맞는다고 하면 와힛이 맞는 것이다. 이 자리의 모든 마법사들은 머리카락이 쭈뼛 섰다.

마법사들이 와힛의 정체를 알아보고 기겁을 하는 동안, 와힛은 자시의 몸 주변을 공전하던 문자 가운데 하나를 뽑아서 아래로 던졌다.

〈 낙인을 찍는 〉

이번에 와힛이 발휘한 권능은 바로 이것이었다.

회색 문자가 가루처럼 뿌려진다 싶은 순간, 지상에 모인 모든 마법사들의 이마에 꽈배기 형태의 흉터가 생겨났다.

스륵, 스륵, 스르륵.

징그럽게 좌우로 벌어진 흉터 속에서 검보라빛 촉수같은 것들이 스스로 튀어나왔다.

"아악!"

"이게 뭐야?"

시시퍼 마탑의 마법사들이 자신들의 이마를 움켜쥐었다.

마법사들의 이마에서 타는 듯한 작열감이 느껴졌다. 검보라빛 촉수는 문어의 다리처럼 꿈틀거리며 마법사들의 얼굴을 뒤덮었다. 그 촉수가 마법사들의 목을 조르거나 입을 좌우로 길게 찢기도 했다.

"크헉, 안 돼."

일부 마법사들은 급한 마음에 손으로 촉수를 잡아 뜯으려고 했다.

하지만 이 징그러운 촉수들은 마법사의 이마에 뿌리를 내린 것처럼 도무지 떨어지지가 않았다.

그러자 마법사들은 불이나 번개를 발동하여 촉수를 공격했다.

"끄악!"

섣부른 공격이 오히려 마법사들에게 끔찍한 고통을 안겨

주었다. 검보랏빛 촉수는 마치 숙주의 몸에 동화라도 된 것처럼 마법사와 신경다발이 하나로 연결되어 있었다. 때문에 마법사들은 촉수에 불을 붙인 순간, 자신의 얼굴도 불로 지져진 듯한 통증을 느껴야 했다. 촉수를 번개로 지지거나 얼음으로 얼린 경우도 이와 다를 바가 없었다.

그러는 동안에도 마법사들의 이마에 찍힌 흉터에서는 점점 더 많은 촉수가 자라났다. 징그러운 촉수들이 마법사들의 피와 마나를 자양분으로 삼아 쑥쑥 자라는 모습은 공포 그 자체였다.

무려 900명이 넘는 마법사들이 패닉 상태에 빠진 것이다.

그때 깡마른 노인 한 명이 경고를 날렸다.

"안 돼. 섣불리 공격마법으로 대응하지 마라."

놀랍게도 이 노인은 자신의 이마에 돋은 촉수를 몸에서 분리하는 데 성공했다.

검보랏빛 촉수는 노인의 오른손에 잡힌 채 산낙지처럼 꿈틀거렸다. 하지만 숙주의 몸에서 떨어져 나온 이상 촉수의 운명은 끝장이었다.

푸스스스.

검보라빛 촉수는 노인이 마법의 힘을 일으키자 견디지 못하고 푸른 불꽃에 삼켜져 한 줌의 재로 변했다.

"디엠 님!"

아시프 학장이 반색했다.

디엠은 차단계 라인 메이지들의 지파장이자 시시퍼 마탑 서열 11위에 오른 대마법사였다. 지금 디엠의 오른손 주변에는 푸른빛으로 이루어진 실들이 서로 엮여서 다양한 입체도형을 만들었다.

디엠의 주특기는 이 푸른 도형으로 결계를 쳐서 이 세상의 것과 이 세상이 아닌 곳에서 온 것을 분리하는 마법이었다. 조금 전에도 디엠은 자신의 이마에 직접 결계를 쳐서 검보랏빛 촉수들을 떼어냈다.

Chapter 6

디엠은 와힛을 무섭게 노려본 다음, 두 손을 쫙 펼쳤다.

촤라락 소리와 함께 디엠의 손끝에서 맴돌던 푸른 도형이 눈 깜짝할 사이에 수십 개, 수백 개로 불어났다.

"사라져라, 부정한 것들이여."

디엠은 양손을 힘껏 떨쳤다. 그러자 수백 개의 푸른 도형들이 시시퍼 마탑의 마법사들에게 날아가 그들의 얼굴 주변을 감쌌다.

디엠이 설치한 푸른 결계가 이 세상의 것(마법사들의 머리)과 부정한 것(검보랏빛 촉수)을 분리했다.

마법사들은 디엠의 결계 덕분에 와힛의 권능으로부터 벗어날 수 있었다.

"이 징그러운 것들, 다 죽어버려라."

마탑의 마법사들은 꿈틀거리는 촉수를 이마에서 떼어낸 다음, 분풀이라도 하듯이 촉수들을 화염으로 태우고, 번개로 지지고, 얼음으로 얼려버렸다.

와힛은 그 모습을 굽어보면서 입꼬리를 살짝 끌어올렸다.

"으흐흣. 이제 생각이 나는구먼. 오래 전 마탑의 꼬맹이 중에 푸른 결계를 다루던 녀석이 있었지. 한데 아직까지 죽지 않고 살아 있었나?"

나직한 중얼거림과 함께 와힛이 회색 문자를 한 번 더 던졌다. 하늘에서 떨어진 문자가 푸스스 흩어져 가루처럼 뿌려졌다.

그 즉시 마법사들의 몸 곳곳에 징그러운 흉터가 생겨났다.

한데 조금 전과 달리 이번에는 마법사들의 이마뿐 아니라 팔다리와 가슴, 등에서도 마구 흉터가 생겼다.

그 흉터 속에서 검보라빛 촉수가 꿈틀꿈틀 자라났다.

"으으윽."

마법사들이 또다시 기겁했다.

디엠은 한 번 더 푸른 결계를 쳐서 동료와 후배들의 몸에서 검보랏빛 촉수를 분리해 내었다.

그러는 동안 마탑의 마법사들은 와힛을 향해서 공격 마법을 날렸다.

쎄숨이 커다란 떡갈나무 지팡이로 지면을 찍었다. 땅이 쩍 갈라지고, 그 속에서 뾰족뾰족한 금속이 튀어나와 허공의 와힛을 향해서 쏘아졌다.

아시프는 손을 뒤집어 허공에 물을 소환했다. 순식간에 수 톤이 넘는 수분이 몰려들어 커다란 물의 코뿔소가 되었다.

"가라."

아시프가 손가락으로 와힛을 가리켰다.

물의 코뿔소는 무섭게 하늘을 날아 와힛에게 육탄돌격했다.

쎄숨과 아시프에 이어서 고체계 지파의 부지파장인 유롬도 공격에 가세했다. 유롬이 완드를 뻗자 숲속에 나뒹굴던 암석들이 들썩거리다가 와힛을 향해서 슝슝 쏘아졌다.

와힛의 뒷목에 결합한 삼두 악마종이 쉭쉭 소리를 내면서 기괴한 주문을 읊었다. 그러자 핏빛 기류가 와힛의 몸 주변을 둘러쌌다.

물의 코뿔소가 핏빛 기류에 오염되어 치이익! 증발했다.

유롬이 쏘아낸 육중한 암석들도 핏빛 기류를 뚫지 못하고 다시 지상으로 떨어졌다.

쎄숨이 날린 금속 창들도 핏빛 기류에 닿자마자 가루로 흩어졌다.

삼두 악마종이 방어를 맡아주는 동안, 와힛은 2개의 문자를 동시에 뽑아서 날렸다.

〈 화형을 시키는 〉

〈 영원히 지워지는 〉

이상 2개의 회색 문자가 시시퍼 마탑의 마법사들에게 뿌려졌다.

하늘에서 투명한 불길이 쏟아져 마탑의 마법사들을 화르륵 태워버렸다.

이어서 소멸의 권능이 쏟아져 마탑의 마법사들을 세상에서 쓱싹쓱싹 지워버렸다.

"아아악, 뜨거워."

투명한 화염에 휩싸인 마법사들은 고래고래 괴성을 지르다가 몸이 촛농처럼 녹아내렸다.

소멸의 권능에 휘감긴 마법사들은 머리부터 발끝까지 지우개로 지운 것처럼 처참하게 사라져갔다.

마법사들이 아무리 얼음마법이나 물의 마법으로 대응하려고 해도 와힛이 쏟아부은 투명한 불은 꺼지지가 않았다.

마법사들이 아무리 플라잉 마법으로 도망치려고 해도 한번 소멸이 시작된 자는 끔찍한 형벌로부터 도망칠 수 없었다.

쎄숨이나 아시프, 디엠과 같은 지파장들도 와힛의 마신과도 같은 권능 앞에서는 손을 쓸 방도가 없었다.

결국 릴 부탑주가 나섰다.

“와힛. 나잇살 꽤나 처먹었으면서 무고한 아이들이나 괴롭히지 마시구려. 어디 나와 한번 싸워봅시다.”

릴은 워 메이지 계열의 부탑주이자 시시퍼 마탑의 서열 3위인 거물이었다.

그런 릴도 와힛과 맞서 싸울 깜냥은 되지 못했다.

‘그래도 내가 나서야 해. 라웅고 부탑주가 없는 이상 탑주님께서 나타나실 때까지 내가 시간을 벌어야 한다고.’

릴은 입술을 꽉 깨물고는 어느새 와힛 앞으로 순간이동했다.

릴의 몸은 이미 단단한 금속으로 변한 상태였다. 동시에 릴의 몸 주변에는 세상 모든 것을 갈가리 찢어버릴 만큼 포악한 태풍이 무섭게 일어나 엄청난 속도로 회전했다.

콰콰콰콰콰!

릴이 일으킨 태풍이 와힛을 집어삼켰다.

와힛이 턱을 살짝 들자 회색 문자 하나가 튀어 나갔다. '뒤틀리는' 이라는 의미의 이 문자는 주변 공간을 완전히 뒤틀어놓았다.

그 탓에 릴의 태풍은 와힛을 직접 집어삼키지 못하고 와힛의 주변만 찢어발기는 데 그쳤다.

바로 그 순간, 릴이 한 번 더 순간이동 마법을 사용했다.

이 마법은 릴 본인이 아니라 와힛을 옆으로 순간이동 시켜버렸다. 그러면서 와힛의 몸뚱어리가 다시 태풍 속으로 처박혔다.

릴의 현란한 연속 공격에 와힛조차 살짝 감탄했을 정도.

하지만 와힛은 감히 릴이 감당할 수 있는 수준이 아니었다. 릴에 의해서 순간이동했던 와힛이 어느새 제자리로 돌아왔다. 와힛과 결합한 악마종이 주문을 외워 릴의 마법을 해체한 덕분이었다.

"치잇!"

릴은 양팔을 쏵 벌렸나.

릴의 가슴팍에서 시리도록 푸른빛이 터져 나오더니, 그 빛이 얼음으로 이루어진 드래곤이 되어 와힛에게 달려들었다.

그것도 한 마리가 아니라 무려 네 마리나 되었다.

Chapter 7

얼음 드래곤이 와힛에게 육탄돌격하는 동안, 릴은 한 번 더 와힛을 순간이동시켜서 얼음 드래곤의 코앞으로 가져다 놓았다.

얼음 드래곤의 뒤를 이어서 태풍이 뒤따랐다.

삼두 악마종이 괴상한 주문을 읊어서 와힛의 주변에 핏빛 기류를 둘러주었다.

네 마리 얼음 드래곤이 핏빛 기류와 충돌하면서 쾅! 쾅! 쾅! 쾅! 폭발했다. 포악한 태풍이 핏빛 기류와 부딪치면서 칼로 철벽을 긁는 듯한 소음을 내었다.

릴은 와힛을 향해서 전격계 마법도 퍼부었다.

빠캉! 빠카카카캉!

릴의 손을 떠난 번개의 힘이 사슬처럼 엮여서 날아가 와힛의 몸뚱어리를 지졌다.

이 모든 연속 공격이 숨 쉴 틈도 없이 날아갔다. 릴은 최후의 마나 한 방울까지 쥐어짜서 와힛에게 퍼부었다.

하지만 역부족이었다.

〈갈라 치는〉

와힛이 새로 꺼내든 회색 문자가 모든 것을 갈라버렸다. 얼음 드래곤의 무지막지한 육탄돌격도, 포악한 태풍도, 미친 듯이 쏟아진 벼락의 사슬도, 와힛의 권능 앞에서는 처참하게 갈라질 뿐이었다.

릴이 전력을 다해 날린 공격들은 그렇게 양 갈래로 갈렸다. 와힛은 그 속에서 무표정하게 걸어 나와 릴의 목을 움켜잡았다.

"켁."

릴 부탑주가 사색이 되었다.

그 순간이었다.

"죽어랏, 이 마왕아."

쎄숨 지파장이 온몸을 금속으로 두른 채 와힛에게 달려들었다.

아시프도 마법으로 물의 드래곤을 만들더니, 그 드래곤의 머리에 올라타 와힛에게 직접 날아왔다.

디엠은 푸른 도형으로 결계의 덫을 만들더니, 와힛의 몸뚱어리 위에 그 덫을 씌워버렸다.

"흥. 날파리 같은 것들."

와힛이 손을 떨쳤다.

"크왁!"

릴 부탑주는 목에서 피를 철철 흘리며 지상으로 추락했다. 릴의 몸에는 투명한 화염이 화르륵 타올랐다.

쎄숨을 둘러싼 두꺼운 금속도 와힛의 손짓 한 방에 그대로 뒤틀려버렸다. 와힛과 결합한 삼두 악마종의 머리 하나가 벼락처럼 쏘아져 쎄숨의 목줄기를 물어뜯었다.

"꺄악—."

쎄숨도 긴 비명과 함께 지상으로 추락했다.

와힛은 아시프가 전력을 다해 만들어낸 물의 드래곤도 손짓 한 방으로 지워버렸다. 물의 드래곤이 소멸되면서 아시프가 피를 토했다.

와힛이 어느 틈에 아시프 앞에 나타나 그의 가슴을 손으로 꿰뚫었다.

"커헉!"

아시프가 눈을 부릅떴다.

와힛의 머리를 가렸던 푸른 결계는 어느새 산산조각 났다. 와힛은 결계 따위로 가둘 수 있는 존재가 아니었다.

결계가 깨지자 디엠도 피를 토하며 주저앉았다.

릴 부탑주에 이어서 쎄숨, 아시프, 디엠 지파장들이 피투성이가 되었다. 와힛은 도저히 감당할 수 없는 마왕이었다.

아니, 마신이었다.

"이럴 수가!"

마탑의 마법사들이 경악했다.

"아악, 스승님."

씨에나는 피투성이가 되어 추락한 쎄숨에게 달려갔다.

와힛은 공포에 질린 적들을 상공에서 굽어보았다. 와힛이 '화형을 시키는' 이라는 의미의 회색 문자를 다시 한번 뽑아서 마법사들에게 날렸다.

수백 명의 마법사들이 힘을 모아 머리 위에 쉴드를 쳤다.

무려 수백 겹이나 되는 쉴드였지만, 만자비문의 위력을 막아내기에는 역부족이었다. 수백 겹의 쉴드들이 투명한 불꽃에 닿아 차례로 녹아버렸다.

"아아아!"

시시퍼 마탑의 마법사들은 머리 위에서 사정없이 녹아내리는 쉴드들을 올려다보며 절망했다.

마법사들이 마나를 쥐어짜서 새로운 쉴드를 치고, 구멍이 뚫린 쉴드들을 보강해보았지만, 그것보다 '화형을 시키는' 이 쉴드를 녹이면서 파고드는 속도가 더 빨랐다.

그때 이변이 일어났다. 투명한 화염에 휩싸인 하늘색 탑 꼭대기로부터 여덟 줄기 빛이 쏘아졌다.

퍼퍼퍼퍼펑!

폭죽처럼 솟구친 여덟 줄기 빛은 포물선을 그리며 구름을 뚫고 내려오더니 와힛 주변의 여덟 방위를 점거했다. 각각 금색, 흑색, 붉은색, 푸른색, 노란색, 흰색, 황토색, 하늘색의 빛 덩어리였다.

"호오?"

와힛이 빙그레 웃었다.

와힛을 둘러싼 여덟 색깔의 빛이 빙글빙글 회전을 시작했다.

그에 맞대응을 하려는 듯 와힛 주변을 공전하던 18개의 회색 문자도 공전 속도를 한층 높였다.

와힛이 기꺼운 듯 옛 친구(?)를 반겼다.

"어스, 아직까지 건재했구먼."

와힛의 환영인사가 끝나기도 전, 시시퍼 마탑의 모든 마법사들이 환호했다.

"탑주님이시다."

"탑주님께서 폐관수련을 깨고 다시 나오셨어."

"아아아, 탑주님께서 오셨으니 이제 저 마왕은 끝이다."

시시퍼 마탑의 마법사들은 탑주에 대한 절대적인 믿음을 드러내었다.

믿음에 보답이라도 하듯이 8개의 빛은 점점 더 빠르게 와힛의 주변을 맴돌다가 끝내 하나로 합쳐졌다. 그러면서 여덟 색깔 빛의 고리가 와힛을 향해서 서서히 조여들었다.

"하압!"

와힛이 처음으로 기합을 넣었다.

18개의 회색 문자가 폭발적으로 튀어 나갔다. 부정 차원 인과율은 공간을 일그러뜨리고 공기를 찢어발기면서 무지막지한 파괴력을 드러내었다.

그에 맞서서 팔색 고리도 더욱 강력한 힘을 뿜어냈다.

이 팔색 고리는 마법의 산물이 아니었다. 이것은 마법을 뛰어넘는 힘, 정상 세계의 인과율이 구체화된 응집체였다.

그것도 평범한 인과율이 아니라 '생성' 이라는 의미를 가진 최상격의 인과율, 즉 언령이 팔색 고리의 형태로 드러났다.

Chapter 8

예전에 아울 검탑 전투 당시 라웅고 부탑주는 '정화' 라는 언령을 사용하여 피사노교의 신인들을 기겁하게 만들었다.

오늘 시시퍼 마탑의 탑주도 언령을 사용하여 와힛과 맞섰다.

어스의 언령은 와힛이 발산한 죽음의 기운 속에 생명의 싹을 불어넣었다. 힘차게 움트는 생명의 힘이 부정 차원으로부터 비롯된 죽음과 저주를 몰아내었다.

무엇이든 녹여버리는 '화형을 시키는'이 위태롭게 흔들렸다.

와힛이 '영원히 지워버리는'의 권능으로 소멸시켰던 것들이 다시금 되살아날 기미를 보였다.

와힛이 '뒤틀리는'으로 일그러뜨렸던 공간도 다시 원상태로 회복되었다.

'갈라 치는'이 쪼갰던 에너지가 다시 하나로 합쳐졌다.

그 밖에 다른 회색 문자들도 하나둘 힘을 잃었다. 놀랍게도 어스의 언령은 18개나 되는 만자비문을 차례로 무력화시켰다.

아마도 이곳이 부정 차원이었다면 만자비문이 밀리지 않았을 것이다. 언령은 하나인데 비해서 회색 문자는 18개나 되지 않던가.

하지만 이곳은 정상 세계였다. 정상 세계에서는 부정 차원의 인과율이 제 권능을 오롯이 발휘하는 데 제약을 받았다.

반면 정상 세계를 지배하는 언령의 힘은 100퍼센트의 효과를 발휘했다.

그러니까 지금 와힛이 어스에게 밀린 것은 일종의 패널티 때문이었다.

콰르르르르—.

어스가 만들어낸 팔색 고리가 점점 더 작게 축소되었다. 영롱하게 빛나는 팔색 고리는 18개의 회색 문자를 단숨에 깨뜨린 다음, 와힛을 옭아매려 들었다.

"흐읍!"

와힛이 한 번 더 기합을 넣었다. 와힛의 몸속에서 18개의 문자가 다시 튀어나와 팔색 고리에 맞섰다.

삼두 악마종도 힘을 보탰다.

와힛과 결합한 삼두 악마종은 부정 차원의 에너지를 잔뜩 끌어와 와힛 주변에 핏빛 기류를 둘러주었다. 이 핏빛 기류는 조금 전 마탑 마법들의 공격도 단숨에 무력화시킬 만큼 단단했다.

하지만 팔색 고리, 즉 '생성'의 언령과 부딪친 순간, 삼두 악마종이 만들어낸 핏빛 기류는 그대로 파괴되있다.

핏빛 기류 내부에서 활기찬 생명력이 움트면서 기류 자체가 불안정하게 흔들렸다. 살이 썩는 악취가 퍼지는가 싶더니 이내 핏빛 기류가 허무하게 흩어졌다.

와힛이 으스스하게 송곳니를 드러내었다.

“흐으으, 어스, 네놈도 지난 세월 동안 놀고 있지만은 않았구나. 인과율을 다룰 줄 알다니, 제법이야.”

그즈음 팔색 고리는 직경 1 미터까지 축소되었다.

팔색 고리가 여기서 조금만 더 줄어들면 와힛의 몸뚱어리를 꽉 조여서 으스러뜨릴 것 같았다. 와힛은 점점 줄어드는 팔색 고리를 노려보다가 오른팔을 번쩍 치켜들었다.

순간 와힛과 결합한 삼두 악마종이 와힛의 오른팔을 타고 하늘로 몸을 솟구쳤다.

이 악마종은 원래 머리가 3개인 노란 아나콘다의 모습을 닮아 있었다.

그런데 와힛의 팔을 타고 상승하면서 크기가 무섭게 부풀더니, 어느새 드래곤처럼 거대해졌다.

악마종의 머리에는 관처럼 뿔이 돋아났다. 악마종의 표피에 돋아 있던 다이아몬도 모양의 비늘은 대형 방패처럼 확대되었다. 악마종의 복부 부위에서는 다리가 돋았다. 발톱도 길게 자랐다.

[끄워워웍.]

[끄웍.]

[끄워워어억—.]

머리가 3개인 삼두 드래곤은 등장과 동시에 팔색 고리를 향해서 강력한 포효를 내질렀다. 3개의 드래곤 머리에서 3개의 뇌파가 동시에 터졌다.

팔색 고리는 와힛의 몸을 구속하기 전에 삼두 드래곤과 먼저 충돌했다.

쾅!

충돌의 여파로 팔색 고리가 끊어질 듯이 흔들렸다. 막대한 에너지가 온 사방으로 퍼져나갔다.

삼두 드래곤이 팔색 고리의 접근을 잠시 막아낸 동안, 와힛은 18개의 회색 문자를 한 번 더 끌어내었다.

이번에는 18개의 문자들이 따로 놀지 않았다. 와힛은 그가 깨우친 부정 차원의 인과율들을 하나로 엮었다.

마치 사슬처럼 엮인 꽈배기 모양의 문자들이 와힛 주변을 한 바퀴 빙 휘감았다.

그 위에 팔색 고리의 힘, '생성' 의 인과율이 내리 찍혔다.

한데 이번에는 '생성' 의 인과율이 회색 문자를 쉽게 와해시키지 못했다. 회색 문자들끼리 사슬처럼 연결되어 버틴 덕분이었다.

대신 회색 문자도 팔색 고리를 압도하지 못했다. 어스의 언령과 와힛의 만자비문은 엎치락뒤치락 힘겨루기에 돌입했다.

그렇게 두 차원의 인과율이 막상막하로 부딪칠 때였다. 와힛과 결합한 악마종이 3개의 아가리를 동시에 벌려서 시커먼 벼락을 쏘았다.

꽈릉! 꽈릉! 꽈릉!

세 가닥의 번개가 팔색 고리 위로 떨어지면서 영롱하던 고리가 시커멓게 오염되었다.

순간적으로 팔색 고리가 어둑하게 빛을 잃었다.

사슬처럼 엮인 18개의 회색 문자는 이 기회를 놓치지 않고 팔색 고리를 바깥쪽으로 밀어내었다.

팔색 고리가 기를 쓰고 버텼다. 팔색 고리는 부정한 기운에 밀리지 않고 그 기운을 안으로 우그러뜨리려고 발버둥쳤다.

꽈릉! 꽈릉! 꽈릉!

삼두 드래곤이 다시 한번 검은 벼락을 내뿜었다.

검은 벼락에 노출되어 팔색 고리가 또다시 시커멓게 오염되었다.

이런 과정이 반복되자 팔색 고리는 점점 더 힘을 잃었다. 그럴수록 팔색 고리는 점점 더 넓게 벌어졌다.

18개의 회색 문자는 상대가 약해진다 싶자 더더욱 기승을 부렸다.

Chapter 9

"안 되겠다."

밑에서 대기 중이던 릴 부탑주가 전투에 개입했다.

릴은 팔색 고리 주변에는 얼씬도 안 했다. 대신 릴은 상공으로 높이 날아올라 삼두 드래곤을 향해서 공격마법을 난사했다.

릴의 방해 때문에 삼두 드래곤은 팔색 고리를 제대로 오염시키지 못했다.

[끄웍.]

[끄워워웍.]

화가 난 삼두 드래곤이 릴을 향해서 시커먼 벼락을 쏘았다. 릴은 순간이동 마법으로 벼락을 피하면서 끊임없이 상대의 신경을 분산시켰다.

릴이 행동에 나서자 쎄숨과 아시프, 디엠도 릴을 도왔다.

쎄숨은 금속 화살을 기습적으로 날려서 삼두 드래곤을 공격했다.

아시프도 물의 코뿔소를 연달아 소환하여 삼두 드래곤을 들이받으라 명했다.

디엠은 와힛 주변에 결계를 쳐서 부정 차원의 에너지가

이 세상으로 유입되는 것을 방해했다.

부탑주에 이어서 3명의 지파장까지 가세하자 승기가 다시 시시퍼 마탑 쪽으로 넘어갔다. 힘을 회복한 팔색 고리가 회색 문자들을 억눌렀다. 그 바람에 직경 5 미터까지 벌어졌던 팔색 고리가 다시 3 미터까지 좁혀들었다.

와힛은 마뜩지 않은 듯 인상을 썼다.

"클."

와힛은 정말 기분이 나빴다.

지난 세기 말, 와힛은 백 진영의 거두들과 맞서 싸우면서 자신의 한계를 절감했다.

'그 한계를 극복하고자 부정 차원에 들어가 수십 년을 노력했건만, 여전히 벽을 뚫기 힘들단 말인가? 빌어먹을. 어스, 이 늙은이는 지난 70여 년 동안 나보다 더 많이 발전한 것 같구나.'

와힛이 이빨을 갈았다.

마침내 와힛은 고집을 버렸다.

원래 와힛은 홀로 시시퍼 마탑의 마법사 999명을 전멸시켜 백 진영을 공포에 몰아넣겠다는 야심찬 계획을 세웠다.

한데 막상 와힛이 어스와 겨뤄보니 생각보다 상대가 강했다. 거기에 더해서 와힛 혼자 수백 명의 마법사들을 상대하는 것은 결코 만만한 일이 아니었다.

"쌀라싸."

와힛이 쌀라싸를 불렀다.

그의 부름이 떨어지기 무섭게 거대한 마차가 드르륵 굴러왔다. 3층 높이의 마차는 검록의 마군 쌀라싸의 상징이나 다름없었다.

쌀라싸는 등장과 동시에 두 손을 치켜들었다.

"군마여, 일어나라."

쌀라싸의 손짓 한 방에 수만 가닥의 풀들이 수만 명의 녹마병(綠魔兵)이 되어 일어났다. 이 녹마병들은 시체처럼 창백한 피부에, 짙은 녹색의 로브를 걸쳤으며, 손에는 대형 낫을 든 모습이었다. 녹마병들의 이마에는 붉은 염료를 주입한 문양이 낙인처럼 찍혀 있어 보기에 으스스했다.

쌀라싸가 한 번 더 손을 들었다.

"용장이여, 일어나라."

이번에는 바닥에 떨어진 수만 개의 나뭇가지들이 녹마장(綠魔將)으로 변했다. 녹마장들은 덩치가 우람한 말을 타고 있었고, 손에는 섬뜩한 대검을 든 모습이었다.

푸르릉, 푸르르릉.

녹마장을 태운 말들이 거칠게 투레질을 했다. 말의 눈에서 시퍼렇게 귀화가 쏟아졌다.

녹마장들은 말에 박차를 가해 시시퍼 마탑을 향해서 무

섭게 달려 나갔다. 우두두두 소리와 함께 지축이 흔들렸다.

쌀라싸는 녹마병과 녹마장에 이어서 녹마사(綠魔師)까지 일으켜 세웠다.

"법사여, 일어나라."

들판을 돌아다니던 조그만 쥐들이 갑자기 수 미터 크기로 거대해졌다. 거대 쥐의 등에는 녹색 모자를 쓰고 녹색 망토를 두른 녹마사들이 타고 있었다. 녹마병이나 녹마장이 근접전에 능하다면, 녹마사들은 원거리 공격에 특화되었다. 수만 명의 녹마사들이 완드를 뽑아서 시시퍼 마탑의 마법사들에게 겨눴다.

쩌적! 쩌적! 쩌저적!

뾰족한 완드 끝에서 벼락이 쏟아져서 마탑의 마법사들을 공격했다.

마법사들도 즉각 대응했다.

탱커계 워 메이지들이 동료들의 앞에 나서서 대규모 쉴드 마법을 운용했다. 공격계 워 메이지들은 탱커 바로 뒤에서 각종 공격마법을 뿌렸다. 다시 그 뒤를 힐러계 마법사들이 떠받쳤다.

애니마 메이지들은 각자의 전공에 맞춰서 흙으로 거인을 만들고, 불과 물을 쏘면서 해일처럼 밀려드는 녹마병과 녹마장들을 막아내었다.

암석의 거인이 팔을 휘둘러 녹마장을 피떡으로 만들면, 뒤에서 달려온 녹마장들이 암석의 거인에게 개떼처럼 달라붙어 쓰러뜨리는 일이 반복되었다.

사방에서 불길이 일어났다. 물대포가 쏘아졌다. 다시 그 위에 서리가 내리고 얼음 화살이 날아들었다.

시시펴 마탑의 마법사들은 힘을 둘로 나누어서 일부는 녹마병과 녹마장, 그리고 녹마사를 막았다.

나머지 마법사들은 쌀라싸에게 공격을 집중했다.

쌀라싸가 비록 손짓 한 방에 수만 명의 녹마병들을 일으켜 세우는 검록의 마군이라고 할지라도, 수백 명이 넘는 마법사들의 집중공격을 감당하기란 쉽지 않았다.

특히 마탑 열두 지파의 지파장과 부지파장들의 활약이 두드러졌다.

"크윽. 이런 날파리 같은 놈들이 감히!"

결국 쌀라싸는 다크 그린을 꺼내들었다.

쌀라싸의 손끝에서 일어난 검록색 편린이 마법사들의 쉴드를 뚫고 들어와 탱커계 워 메이지들의 가슴팍에 퍽퍽 꽂혔다.

"끄업!"

탱커계 워 메이지들은 진한 녹색 불길에 휩싸여 온몸이 녹아들었다.

그들은 그렇게 지옥불의 고통을 받으면서도 최대한 버티고 또 버텼다. 어떻게든 시간을 끌기 위해서 최선을 다했다.

탱커계 워 메이지들은 옆으로 나뒹굴거나 뒤로 쓰러지지도 않았다.

'내가 쓰러지면 악마의 불이 옆으로 퍼진다. 동료에게 피해를 줄 수는 없어.'

탱커계 마법사들의 희생정신 덕분에 시시퍼 마탑의 진영은 흐트러지지 않았다. 힐러계 워 메이지들도 전력을 다해서 탱커계 동료들을 도왔다.

그러는 동안 공격계 워 메이지들은 모든 마법 공격을 쌀라싸에게 집중했다.

"마탑의 마법사들이여, 검녹의 마군부터 먼저 해치워야 한다."

지파장들 가운데 한 명이 크게 소리쳤다.

퍼퍼퍼퍼펑!

무려 수백 종류의 마법이 포물선을 그리며 날아가 쌀라싸에게 떨어졌다. 쌀라싸의 다크 그린은 실로 무서운 위력을 가지고 있지만, 아쉽게도 방어용은 아니었다. 또한 쌀라싸가 한 번에 소환할 수 있는 펀린의 숫자에도 한계가 있었다.

마법사들이 몸을 돌보지 않고 공격에 집중하자 쌀라싸도 더는 버티지 못했다.

"제기랄. 지독한 놈들."

결국 쌀라싸가 방어 모드로 돌아섰다.

Chapter 10

쌀라싸 주변에 빛이 폭발하면서 녹마사들이 우르르 소환되었다. 그 녹마사들이 각종 흑마법을 발동하여 쌀라싸를 보호하고 시시퍼 마탑의 공격을 분산시켰다.

쌀라싸는 녹마사들의 숫자가 줄어들면 그만큼 새로운 녹마사를 소환했다. 그러느라 쌀라싸도 다크 그린을 새로 쏘지는 못했다.

전황이 소강상태에 접어들자 와힛이 눈살을 찌푸렸다. 결국 와힛은 신인 한 명을 더 불러내었다.

"아르비아."

이번에 와힛이 불러낸 신인은 피사노교의 세4신인인 아르비아였다.

"부르셨나이까."

작달만한 키의 노파가 와힛의 부름에 응했다.

아르비아는 자신의 키보다 훨씬 더 큰 핼버드를 손에 들고 나타나더니, 그 핼버드를 빙글빙글 돌리면서 시시펴 마탑의 마법사들에게 달려들었다.

마법사들은 쉴드를 몇 겹 추가하여 아르비아를 막으려 했다.

그 순간 아르비아의 특기가 발휘되었다. 아르비아의 몸 주변에 흐릿한 문자가 떠오른다 싶더니, 와힛의 신체가 느닷없이 땅속으로 쑥 빨려 들어갔다.

〈 빙의하는 〉

아르비아가 깨우친 문자는 위와 같은 의미를 지니고 있었다.

그리하여 아르비아는 초대형 조각상에 빙의하여 조각상을 몸처럼 쓸 수 있었다.

그리하여 아르비아는 적의 몸에 빙의하여 적진을 헤집어 놓을 수 있었다.

과거에 동차원의 술법사들이 피사노교의 총단을 급습했을 당시 아르비아는 초대형 조각상과 한 몸이 되어 동차원의 공격을 막아선 적이 있었다.

이번에 아르비아는 조각상 대신 살아 있는 사람을 빙의

대상으로 선택했다. 땅속으로 쑥 빨려 들어간 아르비아가 쎄숨의 몸으로 쑤욱 빙의했다.

마침 쎄숨은 땅에서 금속을 계속 뽑아내어 날카로운 창으로 만든 다음, 그 창들을 삼두 드래곤에게 쏘아 보내던 중이었다.

그러던 쎄숨의 눈이 갑자기 회색으로 물들었다. 쎄숨의 눈동자뿐 아니라 흰자위까지 모두 회색 빛깔로 변했다.

쎄숨이 날린 금속 창들이 갑자기 방향을 틀어서 아시프 학장을 공격했다.

불행히도 아시프는 쎄숨의 바로 옆에서 싸우던 중이었다.

콰콰콱!

근거리에서 벼락처럼 날아간 창 10개가 아시프의 등과 옆구리에 꽂혔다. 이 가운데 7개는 아시프가 반사적으로 두른 쉴드로 막아내었으나, 나머지 3개는 막지 못했다.

"커헉!"

아시프가 두 눈을 부릅떴다.

"아니, 쎄숨 님, 왜 나를?"

아시프는 믿기지 않는다는 듯이 쎄숨을 돌아보았다.

"안 돼!"

깜짝 놀란 디엠이 후다닥 아시프에게 달려왔다.

"쎄숨 지파장, 미쳤소?"

디엠은 아시프를 끌어안고는 쎄숨을 무섭게 노려보았다.

그 순간 아르비아는 쎄숨의 몸에서 빠져나온 뒤, 아시프의 몸에 빙의했다.

뻐엉!

아시프의 손바닥이 무방비 상태의 디엠의 가슴을 후려쳤다.

아시프는 유동계 마법사이지 격투가가 아니었다. 아시프가 전력을 다해 가슴을 때린다고 하더라도 그 위력이 치명적이지는 않았다.

단, 아시프는 물의 마법사답게 모든 액체를 자유롭게 다뤘다. 아시프의 손바닥이 디엠의 가슴을 후려치는 순간, 디엠의 심장에 돌던 핏물이 일제히 역류했다.

그 여파로 디엠은 심장이 찢어졌다. 혈관이 뜯겨나갔다.

"푸헉! 이런 미친!"

디엠이 푹 고꾸라졌다.

아시프는 회색 눈으로 디엠을 바라보더니 섬뜩한 미소를 지었다.

한편 쎄숨은 어안이 벙벙했다.

"아니, 이게 무슨 일인가?"

쎄숨은 아시프가 왜 금속 창에 꿰뚫려 있는 것인지 이해할 수 없었다. 그리고 디엠이 왜 피를 토하며 아시프의 발밑에 고꾸라진 것인지도 이해하지 못했다.

놀란 쎄숨을 향해서 아시프가 손을 휘둘렀다.

허공에 응집된 물이 고속으로 날아와 쎄숨의 몸뚱어리를 강타했다.

"크헉? 켁."

쎄숨은 가랑잎처럼 날아갔다.

아시프는 자신의 복부에 꽂힌 창을 쑥 뽑더니, 그 창을 양손으로 움켜쥐고는 벼락처럼 도약했다.

이건 아시프의 실력이 아니었다. 아시프의 몸에 빙의한 아르비아의 몸놀림이었다.

아르비아가 아시프의 몸을 빌려서 내리꽂은 금속 창이 쎄숨의 오른쪽 어깨에 틀어박혔다. 쎄숨이 반사적으로 옆으로 뒹굴지 않았더라면 이 창은 쎄숨의 어깨가 아닌 심장에 꽂힐 뻔했다.

만약 아르비아가 직접 창을 휘둘렀더라면 쎄숨은 틀림없이 죽었을 것이다.

하지만 지금 아르비아는 아시프 학장에게 빙의한 상태였고, 아시프의 근육량이 워낙 형편없어서 창을 내리꽂는 동작이 어설펐다.

덕분에 쎄숨은 겨우 목숨을 건졌다.

"크악. 아시프 학장, 미쳤나?"

쎄숨이 아시프에게 고함을 질렀다.

그 순간 아르비아는 아시프의 몸에서 빠져나와 쎄숨에게 빙의했다.

"아니, 쎄숨 님. 이, 이게 무슨 일입니까?"

아시프가 화들짝 놀라 창대를 손에서 놓았다. 그러나 이미 뾰족한 창날은 쎄숨의 어깨에 깊게 박힌 상태였다.

쎄숨은 어깨가 상하는 것도 개의치 않고 좀비처럼 벌떡 일어나더니 묵직한 떡갈나무 지팡이로 아시프의 머리통을 후려갈겼다.

빽 소리와 함께 아시프의 머리가 깨졌다.

"끄억."

아시프는 선혈을 철철 흘리면서 옆으로 쓰러졌다.

쎄숨이 회색 눈으로 아시프를 무표정하게 내려다보았다. 엄밀히 말해서 그녀는 쎄숨이 아니라 아르비아였다. 피사노교의 제4 신인인 아르비아가 빙의의 권능으로 강적 3명을 연달아 쓰러뜨린 것이다.

Chapter 11

아르비아는 세 지파장의 명줄을 완전히 끊어놓으려는 듯이 손을 뻗었다. 금속 창 하나가 그녀의 손짓에 따라 천천히 떠올랐다.

아르비아가 창을 날려서 아시프 학장의 목에 박아 넣으려는 순간, 허공에서 여덟 줄기의 빛이 날아왔다.

이 빛은 쎄슘에게 빙의한 아르비아의 주변을 빙 둘러싸더니 휘리릭 회전하여 팔색 고리로 변했다.

단지 주변을 둘러쌌을 뿐인데 팔색 고리로부터 항거할 수 없는 힘이 흘려 나왔다. 이건 마치 이 세계가 통째로 들고일어나 아르비아를 짓누르는 느낌이었다.

"으히?"

아르비아는 재빨리 빙의를 풀고 자신의 몸으로 돌아가고자 했다.

뜻대로 되지 않았다. 아르비아가 아무리 애를 써도 빙의가 풀리지 않았다. 당황한 아르비아는 만자비문에 대한 어렴풋한 깨달음까지 모두 동원했다. 그래도 그녀는 쎄슘의 몸 밖으로 단 한 발도 벗어날 수가 없었다.

그러는 동안 팔색 고리는 점점 더 범위를 좁혀왔다.

"안 돼!"

저 영롱한 고리에 포박되는 순간 끔찍한 일이 벌어질 거라는 점을 아르비아는 본능적으로 느꼈다. 아르비아가 마구 몸부림쳤다.

그래도 벗어날 방법이 보이지 않자 아르비아는 도움을 청하려는 듯 하늘로 손을 뻗었다.

저 높은 상공에는 와힛이 우뚝 떠 있었다. 그런 와힛의 주변에는 팔색 고리가 회전하면서 와힛을 포박하려는 모습이었다.

놀랍게도 어스는 와힛을 상대하는 와중에 두 번째 팔색 고리를 소환해서 아르비아에게 던진 것이다.

이 행동이 와힛의 자존심을 건드렸다.

70여 년 전, 와힛은 시시펴 마탑주와 마르쿠제 술탑주, 그리고 아울 검탑의 검주 리히스텐을 동시에 상대하고도 거뜬히 버텨내었다. 비록 다른 신인들이 옆에서 와힛을 도와주었다고 하나 전투의 주력은 어디까지나 와힛이었다.

'그런 내가 어스 한 놈을 어쩌지 못한다고? 한데 어스 늙은이는 나를 상대하면서도 다른 곳에 한눈을 팔 여력이 있어? 크으윽.'

와힛이 으스스하게 이빨을 드러내었다. 와힛의 몸 주변으로 검보랏빛 기운이 폭발적으로 솟구쳤다.

"어스 늙은이, 여기서 끝장을 보자."

와힛은 부정 차원의 기운을 마구 끌어들였다.

와힛과 결합한 삼두 악마종도 더더욱 포악한 기세를 풍겼다.

삼두 악마종의 3개의 머리 가운데 2개는 릴 부탑주를 전담 마크하면서 무섭게 싸웠다. 2개의 머리가 시간을 버는 동안, 나머지 하나의 머리는 팔색 고리를 향해서 검은 번개를 마구 내뱉었다.

팔색 고리가 검은 번개에 오염되어 다시 색이 혼탁해졌다. 그러자 언령의 힘이 약화되면서 고리가 다시 벌어졌다.

"끄으으으읏!"

와힛은 얼굴을 시뻘겋게 물들이면서 만자비문을 전력으로 투입했다. 회색 문자가 요동을 치면서 팔색 고리를 끊어버리려도 들었다.

팔색 고리도 더는 버티기 힘든 듯 끼이익 소리를 냈다.

결국 어스는 아르비아를 포박했던 두 번째 고리를 회수하여 그 힘까지 와힛에게 투입했다.

"허억, 헉, 헉헉헉."

아르비아는 그 즉시 빙의를 풀고 본래 몸으로 돌아가더니, 파김치가 된 사람처럼 땅바닥에 엎드려 헐떡거렸다. 아르비아의 주름 진 얼굴은 하얗게 질려 있었고, 두 눈알은 공포에 잠식되어 마구 흔들렸다.

'으으으. 조금만 늦었으면 나는 소멸되었을 게야. 단순히 죽는 정도를 넘어서 아예 소멸되었을 거라고. 으으으읏.'

아르비아는 덜덜 떨리는 눈으로 팔색 고리를 올려다보았다.

한편 하늘 위에서는 와힛이 강한 기합과 함께 괴력을 발휘했다.

"크아아아악—."

와힛의 몸에서 폭발적으로 쏟아져 나온 회색 문자와 검보랏빛 기운은 마침내 어스의 팔색 고리를 끊어버리는 데 성공했다.

콰창!

고리가 끊어지자 여덟 줄기의 빛은 다시 사방으로 흩어져 가늘게 진동했다.

그때까지도 어스는 모습을 드러내지 않았다. 저 8개의 빛이 어스의 권능인 것은 분명한데, 막상 어스 본인은 등장하지 않은 것이다.

"어스 늙은이, 어디 있느냐? 당장 나와라."

와힛이 마왕처럼 무섭게 소리쳤다.

흩어졌던 빛들이 다시 뭉쳐서 팔색 고리를 만들려고 시도했다.

"크하—."

그 전에 와힛이 손을 썼다.

와힛의 손짓에 따라 날아간 8개의 문자가 어스의 여덟 빛을 하나하나 전담 마크하면서 빛이 하나로 뭉치지 못하도록 훼방을 놓았다.

8개의 빛은 당황한 듯 멀리 도망쳤다가 그곳에서 하나로 합치려고 들었다.

이번에도 8개의 회색 문자가 따라붙어 악착같이 방해했다.

"어스 늙은이, 아직도 모습을 드러내지 않고 장난만 칠 셈이냐? 좋다. 그럼 네 제자들이 다 죽어나가도 그렇게 여유를 부릴 수 있나 보자."

와힛은 손가락으로 지상을 가리켰다.

3개의 회색 문자가 지상으로 하강했다. 와힛이 깨우친 18개의 문자 가운데 가장 고통스러운 문자들, 즉 '화형을 시키는'과 '낙인을 찍는', '영원히 지워지는'이 시시퍼 마탑의 마법사들을 공격했다.

마법사들이 황급히 머리 위에 쉴드를 쳤다. 그것도 무려 10겹이나 쉴드를 겹쳤다.

하지만 만자비문의 힘을 막기에는 역부족이었다. 10겹의 쉴드가 녹아내리기까지는 그리 오랜 시간이 걸리지 않았다. 하늘에서 떨어진 투명한 불꽃이 마법사 열댓 명의 목숨을 눈 깜짝할 사이에 앗아갔다.

이어서 떨어진 '영원히 지워지는' 권능이 시시퍼 마탑의 마법사 수십 명을 지우개로 지우듯이 소멸시켰다.

이 가운데는 힐러계의 부지파장도 포함되었다.

마지막으로 '낙인을 찍는' 이 발휘되면서 무수히 많은 마법사들의 몸에 흉터가 생기고, 그 속에서 검보랏빛 촉수가 돋아났다.

이 촉수를 몸에서 분리하려면 라인 메이지인 디엠의 손길이 필요했다.

한데 디엠은 조금 전 아르비아의 고약한 빙의 수법에 당하면서 사경을 헤매는 중이었다.

다른 라인 메이지들이 애를 썼으나 디엠처럼 한 번에 모든 촉수들을 분리해 내지는 못했다.

"아아악, 안 돼."

"살려 줘요."

마탑의 마법사들이 비명을 지르는 가운데 징그러운 촉수들은 숙주의 에너지를 쪽쪽 빨아먹으며 점점 더 크게 자라났다.

Chapter 12

마법사들이 내부에서부터 무너지자 방어선도 뚫렸다. 쌀라싸가 소환한 녹마장과 녹마병들이 마법사들의 저지선을 뚫고 안으로 파고들었다.

마법사들이 가장 위력적일 때는 원거리 공격을 퍼부을 때다. 이처럼 바짝 붙어서 싸우는 백병전에서는 마법사들이 상대적으로 불리했다.

그나마 시시퍼 마탑의 워 메이지들이 워낙 전투 경험이 풍부해서 버티는 것이지, 대륙의 다른 마법사들 같으면 어림도 없었다.

어쨌거나 마탑의 마법사들은 파도에 휩쓸린 모래성처럼 흩어졌다.

뿔뿔이 흩어진 마법사들 사이로 녹마병과 녹마장들이 파고들어 대검을 휘둘렀다. 원거리에서는 녹마사들이 계속해서 번개를 소환해서 쏘았다.

이대로 가면 시시퍼 마탑의 마법사들은 전멸할 것 같았다. 마법사들이 입고 있는 하늘색 로브는 어느새 피와 땀, 흙으로 범벅이 되었다.

"아아아, 신이시여."

마침내 마법사들의 얼굴에 절망이 드리웠다.

위기의 순간, 하늘 저편에서 빛이 번쩍 터졌다. 그 빛은 폭발적으로 날아오더니 회색 문자들을 뚫고 와힛을 때렸다.

"헉?"

순간 와힛은 머리카락이 쭈뼛 서는 전율을 느꼈다.

삼두 악마종이 반사적으로 순간이동 마법을 펼쳐서 와힛의 몸뚱어리를 멀리 보냈다. 만약 악마종의 반응이 조금만 늦었더라면 와힛은 그대로 심장이 뚫릴 뻔했다.

와힛이 몸을 피하는 바람에 회색 문자들에 대한 통제가 잠시 흐트러졌다.

8개의 빛망울은 그 짧은 기회를 놓치지 않고 다시 하나로 뭉쳐서 팔색 고리로 변했다.

다 잡은 강적을 다시 풀어주게 생겼기 때문일까?

와힛의 얼굴이 분노로 일그러졌다.

"웬 놈이냐?"

와힛의 쩌렁쩌렁한 포효가 하늘을 뒤흔들었다.

그때 저 먼 하늘가에서 또다시 빛이 번쩍였다.

"으헉?"

와힛이 또 한 번 기함했다.

그보다 한발 앞서 삼두 악마종이 와힛의 몸뚱어리를 순간이동 시켰다. 이번에도 삼두 악마종이 와힛을 위험에서 구해내었다.

두 번의 공격을 받은 뒤, 와힛은 비로소 상대의 정체를 파악했다.

"리헤스텐, 네놈이냐? 크르르르."

와힛의 입꼬리가 푸들푸들 떨렸다. 노란 로브 속에서 와힛의 이빨이 으스스하게 드러났다.

그 말이 끝나기 무섭게 하늘 저편에서 밝게 빛나는 검 한 자루가 날아왔다. 검 위에는 하얀 수염을 휘날리는 노인 한 명이 뒷짐을 지고 꼿꼿이 서 있었다.

이 백발 백염의 노인이 바로 검주 리헤스텐이다. 아울 제1검이자 세상 모든 검의 주인이라 불리는 절대자가 세상에 다시 등장했다.

이것이 우연인지 필연인지는 알 수 없었다. 어쨌거나 지난 세기 말, 와힛이 세상에서 자취를 감출 때 함께 사라졌던 리헤스텐이 와힛의 복귀에 맞춰서 모습을 드러내었다는 점은 엄연한 사실이었다.

솔직히 말해서 지난 70여 년 동안 와힛이 가장 신경을 쓴 상대는 리헤스텐이었다. 와힛은 시시퍼 마탑의 탑주보다도, 그리고 마르쿠제 술탑의 탑주보다도 리헤스텐에게 더 많은 신경을 기울였다.

그만큼 리헤스텐의 검술은 무서웠다.

"역시 리헤스텐, 네놈도 뒈지지 않고 나타나는구나. 크핫. 차라리 잘되었다. 네놈들을 이 자리에서 다 쓸어주마."

와힛이 진짜로 흥분했다. 와힛의 머리카락은 로브 밖으로 뛰쳐나와 하늘을 향해서 마구 일렁거렸다. 와힛의 두 눈은 샛노란 광채를 사방으로 뿌려대었다. 와힛의 몸 주변을 둘러싼 회색 문자는 더욱 진하게 타올랐다.

"다 덤벼라, 더러운 놈들이여."

와힛은 양팔을 활짝 벌려 강적들을 맞았다.

언노운 월드에서 와힛이 시시퍼 마탑을 공격하는 바로 그 시점, 쌀라싸는 특별한 마법을 이용하여 동차원의 이탄에게 연락을 취했다.

쿠미 아우님,

때가 되었으니 마르쿠제 술탑 놈들의 발목을 잡아주시게.

— 피사노 쌀라싸 —

쌀라싸가 보낸 메시지가 이탄의 눈앞에 홀로그램처럼 떠올랐다.

"드디어 언노운 월드에서 전쟁이 시작되었구나."

이탄은 관광객으로 위장을 하고 있다가 자리를 박찼다.

이탄은 (진)마력순환로 내부를 음차원의 마나로 가득 채웠다. 뇌에 쌓인 법력은 모두 다 어둠의 법력으로 바꿔놓았다.

조금 전까지만 하더라도 이탄은 평범한 관광객으로 위장한 채 마르쿠제 술탑 주변을 어슬렁거리던 중이었다.

그런 이탄이 전투를 앞두고는 하얀 가면을 얼굴에 썼다. 몸에는 흑색 로브를 둘렀다. 이 로브는 주변의 빛을 빨아들여 흡수하는 특별한 의복이었다.

이탄이 전투 준비에 나서자 피사노교의 사도들이 그 뒤를 따랐다. 수인족 술법사들도 각자의 자리에서 마음을 다잡았다. 디모스 가문의 유령일족도 가주인 킴의 명령에 따라 전투태세에 돌입했다.

선방은 약속대로 이탄이 날렸다.

이탄은 (진)마력순환로 속을 휘도는 음차원의 마나를 쭉 끌어당긴 다음, 대규모 흑주술을 펼쳤다.

그러자 관광객들이 밀집한 돌담 앞에 피처럼 붉은 블러드 트리(Blood Tree: 피의 나무)가 우두둑 자라났다.

놀랍게도 이탄이 소환한 블러드 트리는 한두 그루가 아니었다. 이탄은 드넓은 술탑 전체를 빙 둘러쌀 만큼 블러드 트리를 대규모로 소환했다.

징그럽게 돋아난 핏빛 나무는 주변의 관광객들을 희생양으로 삼아 그들의 피를 증발시켰다. 그리곤 그 피를 흡수하여 더욱 크게 자라났다.

사악한 흑주술이 펼쳐진 즉시 마르쿠제 술탑의 방어술법진이 발동했다.

우르릉!

돌담을 중심으로 투명한 반구가 일어나 술탑 전체를 보호했다.

블러드 트리는 나뭇가지를 직접 움직여서 술탑의 방어막을 두드리기 시작했다.

제7화

마르쿠제 술탑과 부딪치다

Chapter 1

사실 이것은 무척이나 비효율적인 공격이었다.

블러드 트리가 위협적인 흑주술인 것은 분명하지만, 그것은 주변에 생명체가 많을 때나 해당되는 이야기였다.

왜냐하면 블러드 트리는 주변 생명체의 피를 증발시킨 뒤, 그것으로부터 에너지를 공급받기 때문이었다.

한데 돌담 주변의 관광객들은 대부분 일반인이라 에너지의 양이 미약했다. 이 정도 에너지만으로는 블러드 트리가 제대로 자라날 수 없었다.

또한 마르쿠제 술탑의 방어술법진은 생명체가 아니므로 블러드 트리가 에너지를 갈취할 수도 없었다.

이탄은 이 점을 알면서도 일부러 블러드 트리를 대규모로 선보였다.

물론 시각적인 효과는 대단했다. 징그러운 핏빛 나무가 수십 미터 높이로 자라나서 돌담을 타넘고 투명한 방어막을 두드리는 장면은 사람들을 기겁하게 만들기에 충분했다.

게다가 이탄이 소환한 블러드 트리는 피사노교의 사도들이 소환하는 트리에 비해서 키가 두 배는 더 컸다. 파괴력도 더 강했다. 그리고 무엇보다 블러드 트리의 숫자가 까무러칠 정도로 많았다.

"역시 신인께서는 엄청나시구나."

싸쿤이 감탄했다.

힐다도 이탄의 무지막지한 마력에 놀라 입을 다물지 못했다.

한데 막상 블러드 트리가 아무리 굵어도 마르쿠제 술탑의 방어막은 뚫릴 줄을 몰랐다.

싸쿤을 비롯한 수인족 술법사들은 이탄을 도와서 방어막을 두드리려는 듯 마법과 술법을 준비했다.

한데 이탄이 선수를 쳤다.

"이런 건방진 것 같으니. 한낱 방어막 따위가 위대한 존재인 나의 앞을 막는단 말이냐? 크아악!"

이탄은 두 팔을 걷어붙인 다음, 새로운 흑주술을 준비했다.

이탄의 몸이 허공으로 둥실 날아올랐다. 이탄의 손끝은 검녹색으로 진하게 물들었다. 그 손끝에서 검녹색 편린들이 우수수 날아올라 투명한 방어막으로 날아갔다.

이것은 다크 그린이다. 쌀라싸의 주특기가 이탄의 손끝에서 발휘되었다.

"오오오, 저것은!"

이번에는 푸엉이 손뼉을 쳤다.

푸엉의 환호에 화답이라도 하듯 검녹색 편린은 마르쿠제 술탑의 투명 방어막을 단숨에 녹이며 파고들었다.

치이이익 소리와 함께 방어막에 구멍이 뚫렸다.

이탄이 진짜로 마르쿠제 술탑을 공격할 마음이 있다면, 이 구멍을 집중적으로 넓힌 뒤, 직접 안으로 쳐들어갔을 것이다.

한데 이탄은 그러지 않았다.

이탄은 점점 더 높은 허공으로 떠올랐다. 그러면서 검녹색 편린을 소환하고 또 소환했다. 수백, 수천 개의 편린들이 나비 떼처럼 우르르 날아가 마르쿠제 술탑의 투명 방어막 전체를 뒤덮었다.

"말도 안 돼. 믿을 수가 없다고."

하늘에서 쉴 새 없이 쏟아지는 검녹색 편린에 피사노교의 사도와 교도들은 입을 다물지 못했다.

"쌀라싸 신인님께서도 저렇게 많은 편린을 소환하지는 못하셨던 것 같은데……, 설마 쿠미 신인께서 쌀라싸 님을 뛰어넘으셨단 말인가? 헙!"

힐다가 불경한 소리를 내뱉다가 화들짝 놀라서 자신의 입을 손으로 틀어막았다.

싸쿤과 푸엉, 린도 넋을 놓고 하늘만 올려다보았다.

수인족 술법사들도 몸이 얼어붙기는 마찬가지였다.

수인족 술법사들 가운데 대부분은 다크 그린이라는 흑주술을 오늘 처음 보았다. 그런데도 술법사들은 저 검녹색 불꽃들이 얼마나 위험한 것인지를 본능적으로 깨달았다.

그런 편린이 한두 개도 아니고 무려 수백 개였다. 한데 그 위험한 곳에 직접 뛰어들고 싶겠는가?

수인족들는 고개를 절레절레 내저으며 뒤로 몇 걸음 물러났다.

결국 피사노교의 사도들과 수인족 술법사들도 두 손을 놓고 이탄의 공격이 끝나기만을 기다릴 수밖에 없었다.

'후훗.'

이탄이 허공에서 씨익 미소를 지었다.

사실 이탄은 흥분해서 마구 공격을 퍼붓는 것이 아니었

다. 이것도 다 계산했던 일이었다.

이탄의 공격이 비효율적인 것은 사실이었으나, 이 자리에 있는 그 누구도 이탄의 속내를 의심하지 못했다. 모두들 이탄이 선보이는 무지막지한 공격에 놀라서 어안이 벙벙했다.

이탄은 헤아릴 수 없이 많은 블러드 트리를 소환하는가 싶더니, 그 다음엔 검녹색 편린을 끝도 없이 쏟아내었다.

어지간한 사도들은 블러드 트리 서너 그루를 소환하는 것만으로도 기진맥진하곤 했다. 심지어 쌀라싸와 같은 신인도 한 번에 수천, 수만 그루의 블러드 트리를 소환하는 것은 불가능했다.

검녹색 편린도 마찬가지.

지금까지 쌀라싸가 전쟁터에서 보여준 검녹색 편린은 한 번에 많아야 대여섯 개 안쪽이었다.

한데 이탄은 수백 개가 넘는 압도적인 물량으로 적을 밀어붙였다.

북명 원정대와 수인족 술법사들은 이탄의 어마어마한 물량공세에 기가 질려서 이탄을 의심할 수가 없었다.

또 한 가지.

이탄은 초반에 무고한 관광객들을 아무런 망설임 없이 희생시켰다. 이탄이 소환한 블러드 트리는 주변 관광객들의 피를 증발시키면서 공격을 시작했다.

이 끔찍한 장면이 사도들과 수인족 술법사들의 뇌리에 불도장처럼 틀어박혔다. 그들의 눈에 비친 이탄은 사람을 벌레처럼 여기는 악마, 그 자체였다.

그러니 아무도 이탄을 의심하지 않을 수밖에.

마침내 마르쿠제 술탑의 1차 방어술법진이 무너졌다. 무려 수 킬로미터에 걸쳐서 설치되었던 투명 방어막이 검녹색 편린에 의해서 모조리 녹아버렸다.

이탄은 그제야 부하들을 동원했다.

[모두 진격하여 적의 2차 방어선을 두드려라.]

이탄의 뇌파가 쩌렁쩌렁하게 울렸다.

[드디어 활약할 때가 되었군.]

그리사드의 가모 화목란이 눈빛을 날카롭게 벼렸다.

[뿌어억.]

브라세의 지휘관인 브루커빈은 가슴 깃털을 웅장하게 부풀렸다.

칼만 일족의 젊은 가주 쇼도는 금빛 갈고리를 땅바닥에 긁어 불똥을 만들어 놓았다.

피사노교의 사도들도 주먹을 꽉 말아 쥐었다.

Chapter 2

그때 이탄이 뇌파 한 마디를 더 던졌다.

[단, 섣불리 적진으로 뛰어드는 것은 금물이다. 아군의 피해가 커지지 않도록 밖에서부터 차근차근 함락시킨다. 뱀이 알을 통째로 집어삼키는 것처럼 마르쿠제 술탑 놈들의 숨통을 밖에서부터 조여 버리는 것이다. 으흐흐흐.]

이탄은 악당처럼 웃었다.

그 소름 끼치는 웃음에 화목란과 브루커빈, 쇼도가 몸서리를 쳤다.

어쨌거나 공격은 시작되었다. 성질 급한 투계족들이 가장 먼저 돌담을 넘었다. 투계족 술법사들은 부루커빈의 지시에 따라 마르쿠제 술탑에 바짝 접근한 다음, 하얀 깃털을 우수수 날렸다.

브라세 가문 특유의 술법으로 강화된 깃털이 뿌연 안개 속으로 빨려 들어갔다.

이 안개야말로 마르쿠제 술탑의 2차 방어선이었다. 비록 눈으로는 보이지 않지만, 안개 안쪽 계단 위에는 마르쿠제 술탑이 우뚝 솟아 있었다.

투계족 술법사들이 안개 속 술탑을 향해서 총공세를 퍼붓는 동안, 브루커빈도 전력을 다해 마르쿠제 술탑의 외곽을 두드렸다.

화목란은 날카로운 눈으로 투계족들의 공격을 지켜본 다음, 손가락으로 전방을 가리켰다.

[우리도 시작하자.]

[넵, 가모님.]

화목란의 명에 따라서 오소리족 사냥꾼들이 술탑에 바짝 접근했다. 사냥꾼들은 열을 지어 척척 진군하더니, 술탑 앞에서 공격 진형을 갖추었다.

1열과 2열은 바닥에 무릎을 꿇고 착석.

3열과 4열은 선두 열의 어깨 사이로 오른손을 내밀었다. 오소리족 사냥꾼들의 오른손 손등에는 소형 크로스보우가 장착되어 있었다.

사냥꾼들은 크로스보우로부터 쇠뇌를 연사했다. 빗발처럼 날아간 쇠뇌가 마르쿠제 술탑의 2차 방어선 안쪽으로 정확히 떨어졌다.

브라세 가문과 그리사드 가문이 원거리 공격을 감행하는 동안, 칼만의 악어족 술법사들은 다른 방법을 사용했다.

원래 악어족 술법사들은 근접전에 강한 자들이었다.

그렇다고 해서 악어족들이 원거리 공격에 무지하냐?

이건 또 아니었다. 쇼도가 손을 치켜들자 악어족 술법사들은 각자 가지고 있던 독향로를 마르쿠제 술탑 앞에 쭉 늘어놓았다.

검은 로브를 뒤집어 쓴 악어족 술법사들이 독향로 앞에서 중얼중얼 주문을 외웠다. 그러자 향로에서 몽글몽글 쏟아진 독이 바람을 타고 마르쿠제 술탑 방향으로 흘러들어갔다.

칼만 일족의 독은 공기보다도 더 미세하여 조밀한 방어진도 그대로 뚫고 내부로 스며드는 것이 특징이었다. 또한 이 독특한 독은 넓게 퍼지지 않고 한 방향으로 정확하게 파고드는 특징도 지녔다.

그래서 이를 목격한 북명의 수인족들은 [칼만 일족은 독으로 이루어진 뱀을 부린다.]고 표현했다. 향로에서 흘러나온 독이 마치 뱀 떼처럼 정확하게 먹잇감을 향해서 움직이기 때문이었다.

수인족들이 공격을 개시하자 이탄은 피사노교의 사도들에게 눈을 돌렸다.

"뭣들 하느냐? 어서 너희도 원거리 공격을 시작해라."

"위대한 신인의 명을 받드나이다."

린을 제외한 나머지 사도들이 즉각 머리를 숙였다.

가장 먼저 공격을 물고를 튼 사도는 힐다였다. 힐다는 최근 초마의식에 성공하여 부정 차원의 여악마종과 결합했다.

이 여악마종은 진작부터 힘을 쓰고 싶어 몸이 근질근질 했다. 그러다 출전 기회가 주어지자 반색을 하며 눈을 떴다.

힐다의 가슴 섶이 부욱 찢어졌다. 그 속에서 뿔이 2개 달린 여악마종의 얼굴이 징그럽게 튀어나왔다.

[끼이야아앙!]

여악마종은 사나운 울음과 함께 부정 차원의 힘을 뭉텅이로 끌어왔다.

그 에너지가 힐다의 양손을 통해 드러냈다. 힐다가 두 손을 치켜들자 그녀의 손끝에 검보랏빛 기운이 말랑말랑한 젤리처럼 뭉쳐서 일어났다.

"가라—."

힐다는 양손에 응집한 검보랏빛 기운을 전방으로 뿌렸다.

둥그런 구 형태로 뭉쳐서 날아간 검보랏빛 기운이 마르쿠제 술탑의 안개 속으로 들어가더니 갑자기 수십 미터 크기로 부풀었다. 그것도 그냥 부푼 것이 아니라 성게처럼 가시가 뾰족뾰족하게 돋았다.

쿠쿠쿵!

술탑의 측면에서 둔중한 폭음이 울렸다.

브라세 가문의 투계족 술법사 수백 명이 깃털을 퍼부어

도 미동도 하지 않던 것이 마르쿠제 술탑의 안개 술법진이었다.

그리사드 가문의 오소리족 사냥꾼 수백 명이 쇠뇌를 미친 듯이 날려도 침묵하던 것이 마르쿠제 술탑의 안개 술법진이었다.

이 끈적끈적한 방어술법진은 칼만 악어족이 독을 흘려보내도 별반 대응하지 않았다.

한데 그 술법진이 힐다의 공격 한 방에 흔들렸다. 술법진의 일각이 무너지면서 안개의 일부가 흩어졌다. 뿌연 안개가 걷히자 산등성이를 타고 올라가는 계단이 보였고, 그 위에 세워진 마르쿠제 술탑의 저층도 살짝 드러났다.

마르쿠제 술탑의 술법사들은 지금 술탑 앞에 질서정연하게 도열한 채 마르쿠제의 명이 떨어지기만을 기다리는 중이었다.

이탄이 눈을 찌푸렸다.

'아 씨. 왜 이렇게 세게 공격해? 그냥 툭탁거리는 척만 하면서 시간을 끌려고 했는데, 힐다 때문에 계획을 망쳤네. 술탑의 2차 방어선에 벌써 구멍을 내면 이찌라는 거야?'

이탄은 짙은 구름 위를 힐끗 쳐다보았다.

이탄의 눈에는 뿌연 구름 속이 훤히 보였다. 지금 탑의 1층 앞 공터에는 마르쿠제 술탑의 일반 술법사들이 긴장한 표정으로 늘어선 상태였다. 술법사들은 마르쿠제로부터 돌격 명령이 떨어지기만을 기다리는 중이었다.

한편 술탑의 꼭대기에는 마르쿠제 대선인이 직접 삼두룡의 중앙 머리 위에 올라탄 채 침입자들을 노려보고 있었다.

마르쿠제의 바로 아래쪽 탑의 상층부에는 사천왕을 비롯하여 비앙카 선자, 레베카 선자 등의 모습이 포착되었다.

한데 비앙카의 표정은 무척 심각했다.

이탄이 고개를 갸웃했다.

'아직까지 마르쿠제 술탑에 인명피해가 발생한 것도 아니잖아. 우리는 이제 겨우 2차 방어선을 두드릴 뿐이라고. 그런데 비앙카 선자님의 표정이 왜 저렇게 어둡지?'

비단 비앙카만 표정이 어두운 게 아니었다. 레베카 선자나 사천왕, 심지어 마르쿠제 대선인의 표정도 딱딱하게 굳어 있기는 마찬가지였다.

이들이 이처럼 심각한 이유는 조금 전 이탄이 보여준 수백 개의 검녹색 편린 때문이었다.

제8화

곤

Chapter 1

최근 마르쿠제 술탑의 수뇌부들은 피사노교와의 전투를 통해서 검녹색 편린이 얼마나 무서운 파괴력을 가지고 있는지를 절감하게 되었다.

아울 검탑에서 벌어진 전투가 바로 그 계기가 되었다. 당시 쌀라싸와 이탄은 모든 백 진영 사람들에게 검녹색 편린의 위력을 톡톡히 보여주었다.

'한데 그 무시무시한 흑주술을 한도 끝도 없이 쏟아 내다니!'

비앙카는 등골이 오싹했다.

사천왕들도 머리카락이 쭈뼛 서버렸다.

이탄은 자신 때문에 상대방이 놀란 것도 모르고 검지로 관자놀이를 긁적였다.

'이거 참. 저렇게 긴장한 모습을 보니까 괜히 내가 미안해지잖아.'

이탄이 속으로 입맛을 다셨다.

그렇다고 여기서 이탄이 포위망을 풀고 술탑에 대한 공격을 중단할 수는 없었다.

마르쿠제의 발목을 잡아달라는 쌀라싸의 부탁 때문이 아니었다. 솔직히 말하면 이탄은 흑과 백의 대전쟁에 마르쿠제 술탑이 개입하지 않기를 희망했다. 그게 어렵다면 마르쿠제 술탑이 최대한 전쟁에 늦게 개입하기를 원했다.

'술탑 입장에서도 대전쟁에 일찍 끼어들어서 득이 될 게 뭐 있겠어? 대선인님, 그냥 탑 안에서 얌전히 좀 계쇼.'

이탄은 마르쿠제 대선인을 향해서 마음속으로 중얼거렸다.

그때 힐다가 한 번 더 검보랏빛 구체를 안개 속으로 던졌다.

말랑말랑한 구체가 술탑을 향해서 날아갔다. 그리곤 지면과 충돌한 순간 수십 미터 크기로 부풀었다. 성게처럼 뾰족하게 가시가 돋은 검보랏빛 덩어리는 이내 무지막지한 폭발을 일으켰다.

쿠쿠쿵!

또다시 지축이 울렸다. 안개가 흩어지고, 술탑의 2차 방어선에 더 큰 구멍이 뚫렸다. 아무래도 힐다와 결합한 여악마종은 보통내기가 아닌 듯했다.

'어우 썅.'

이탄이 아랫입술을 꽉 깨물었다.

애타는 이탄의 속도 모르고 여악마종은 통쾌하게 웃었다.

[꺄하하하하, 꺄하하.]

하지만 다음 순간, 여악마종의 웃음이 뚝 끊겼다.

흉포한 포효와 함께 구름을 뚫고 삼두 드래곤이 모습을 드러낸 탓이었다. 삼두 드래곤의 중앙 머리 위에는 마르쿠제 대선인이 우뚝 서 있었다.

여악마종뿐 아니라 이탄도 깜짝 놀랐다.

[꺄하?]

'벌써 대선인이 튀쳐나온다고? 이럼 곤란한데.'

이탄이 얼굴을 찌푸릴 때였다. 마르쿠제는 품에서 검푸른 깃발을 하나 꺼내더니 침입자들을 향해 던졌다.

삼각 형태의 깃발은 불과 어린아이 손바닥 크기라 장난감처럼 보였다. 하지만 이탄은 깃발을 본 순간 두 눈을 부릅떴다.

坤(곤)

깃발에 적힌 문자가 이탄의 눈에 확 틀어박혔다.

이탄은 저게 어떤 의미의 문자인지 해석하지 못했다. 그러나 문자를 목격한 순간, 저것이 붉은 침에 새겨져 있는 문자와 같은 계통임이 느껴졌다.

또한 삼각 깃발에 적힌 문자는 이탄이 연마한 고대의 술법 천주부동이나 그릇된 차원에서 이탄이 탁본으로 받은 건곤대나이(乾坤大挪移), 혹은 이탄이 수집한 광목오음 악보나 팔곡에 사용된 문자와도 같은 계통이었다.

'적양갑주의 권능이나 천주부동, 건곤대나이, 광목오음, 팔곡이 모두 비슷한 뿌리에서 시작되었다는 점은 나도 짐작하고 있었는데, 마르쿠제 대선인님도 그 뿌리에 닿아 있었구나. 역시 대선인님다워.'

이탄은 긴박한 와중에도 마르쿠제를 향해서 찬사를 보냈다.

이탄이 신비로운 문자를 보며 나름 신기해하는 동안, 마르쿠제는 기분이 썩 좋지 않았다.

평소 마르쿠제는 3개의 법보를 목숨처럼 아꼈다.

이 가운데 첫 번째는 천궁선이라는 이름의 부채였다. 이 천궁선이야말로 마르쿠제를 상징하는 병기로 유명했다.

일단 마르쿠제가 천궁선을 펼치면 하늘에서 불과 얼음의 기운을 머금은 거대한 화살이 소낙비처럼 쏟아진다고 하였다. 그것도 좁은 범위가 아니라 산 하나를 뒤덮을 만큼 넓은 영역에 걸쳐서 화살 세례가 쏟아지는 것으로 알려졌다.

천궁선은 지난 세기 말 마르쿠제가 와힛을 상대로 싸울 때에도 유용하게 사용했다.

또한 마르쿠제는 천궁선을 모방하여 2개의 부채, 즉 십염선과 팔한선을 제작한 다음, 이 가운데 십염선은 손녀인 비앙카에게, 그리고 팔한선은 레베카에게 선물했다.

한데 마르쿠제에게는 천궁선보다도 더 아끼는 법보가 2개 존재했다.

그중 하나가 바로 여신의 반지였다.

신의 유물이라 알려진 반지에는 세상을 구성하는 기묘한 힘이 풍겨 나왔기에 마르쿠제는 이 반지를 가까이 두고 깨달음을 얻으려고 애를 썼다.

그러다 지난 아울 검탑 전투 당시 마르쿠제는 피사노교의 새로운 신성(이탄)을 만나 여신의 반지를 사용했다.

당시 마르쿠제는 피사노교의 악종(이탄)이 더 크게 성장하기 전에 싹을 잘라버려야 한다는 생각에 사로잡혔다. 그래서 목숨처럼 아끼던 반지를 아낌없이 그 악종에게 집어던졌다.

항거할 수 없는 거력을 품고 날아온 여신의 반지가 이탄의 가슴에 틀어박혔다. 그 순간 인과율의 여신이 공간을 뛰어넘어 나타나더니 다짜고짜 이탄에게 달려들었다.

인과율의 여신은 이탄이 인과율을 도둑질해갔다며 미친 년처럼 공격했다. 이탄은 간신히, 정말 아슬아슬하게 인과율의 여신을 물리쳤고, 겨우 소멸의 위기를 넘겼다.

물론 그 와중에 이탄이 최상격의 인과율을 빼앗았으니 이탄도 손해는 아니었다. 더불어서 이탄은 마르쿠제가 날린 여신의 반지도 덤으로 손에 넣었다.

반지를 잃은 마르쿠제는 두고두고 그 일을 후회했다.

"신의 비밀이 담긴 반지는 천궁선보다 더 귀한 법보가 아니던가. 반지를 곁에 두고 참선을 거듭하다 보면 선8급을 지나 그보다 더 위로 올라갈 방도를 깨우칠 가능성도 있는데, 그 귀한 법보를 허무하게 날려먹었어. 게다가 반지만 잃었지 결국 피사노교의 악종을 제거하지도 못했잖은가. 이건 정말 피해가 막심해."

동차원으로 돌아온 뒤, 마르쿠제는 이런 독백을 하며 머리카락을 쥐어뜯었다.

하지만 마르쿠제에게는 아직 비장의 법보가 하나 더 남아 있었다. 해석 불가의 문자가 적혀 있는 삼각 깃발이 바로 그 법보였다.

이 깃발 또한 여신의 반지와 마찬가지로 항거할 수 없는 신의 힘이 느껴졌다.

마르쿠제는 깃발을 가까이 두고 수련을 거듭하면서 선7급의 경지를 뛰어넘어 선8급으로 올라서기만을 고대했다.

한데 오늘 마르쿠제는 아울 검탑에서 부딪쳤던 피사노교의 신성과 다시 만나게 되었다. 일전에 마르쿠제를 기겁하게 만들었던 피사노교의 악종은 한층 더 막강해진 모습으로 나타나 술탑의 1차 방어선을 녹여버렸다.

Chapter 2

마르쿠제는 나름 큰 충격을 받았다.

"저 악종을 막지 못하면 오늘 부로 우리 술탑의 역사는 끝이겠구나. 저자가 검녹색 편린 수백 발을 날려 아군을 전멸시키기 전에 손을 써야 해."

마르쿠제가 판단컨대, 피사노교의 젊은 악종은 피에 굶주린 대악마였다.

"보통 공격을 하다가 상대 진영의 방어막을 만나면, 그 막에 구멍을 낸 다음 안으로 쳐들어가지 않나? 그런데 저 지독한 악마 놈은 일반적인 상식을 따르지 않아. 놈은 단지 막에 구멍만 내는 것에 그치지 않고 수 킬로미터에 걸쳐서 설치된 술법방어진 전체를 녹여버렸다고. 크우우우. 이게 의미하는 바가 뭐겠어? 놈은 오늘 우리 술탑 전체를 싹 다 불살라버리겠다는 뜻을 선포한 게야. 전방, 후방, 측면, 모두 다 틀어막고서 우리를 전멸시키겠다는 계획이라고. 크우우."

마르쿠제는 이탄을 단단히 오해했다.

"다른 것은 몰라도 비앙카만은 살려야 해. 아무리 귀한 법보도 비앙카의 목숨만큼 중요하지는 않지."

강한 위기감을 느낀 마르쿠제가 아끼고 또 아끼던 최후의 법보를 꺼내들었다. 품에서 삼각 깃발을 꺼낸 마르쿠제는 그 깃발을 이탄에게 던졌다.

마침 이탄 앞에는 힐다가 있었다. 힐다와 여악마종은 마르쿠제가 그녀를 향해서 삼각 깃발을 날렸다고 생각했다.

[꺄핫?]

여악마종은 기다렸다는 듯이 검보랏빛 구체를 만들어 삼각 깃발을 향해 던졌다.

이 구체는 술탑의 2차 방어선에 타격을 입힐 만큼 위력이 대단했다.

[장난감 깃발 따위는 단숨에 날려주마.]

여악마종은 날아오는 깃발을 찢어발긴 다음, 마르쿠제와 직접 부딪쳐볼 요량이었다.

그 순간 삼각 깃발로부터 문자가 튀어나왔다. 힐다는 물론이고 여악마종도 그 모습을 보지 못하였지만, 이탄의 눈에는 문자가 깃발에서 튀어나오는 모습이 생생하게 보였다.

문자는 마치 살아 있는 생명체처럼 날아오르더니 이 세상 전체를 수십 미터쯤 푹 가라앉혔다.

세상 전체가 동시에 하강한 터라 사람들은 이 변화를 잘 인지하지 못했다. 다만 사람들은 순간적으로 몸이 아래로 추락하는 느낌을 받았다가 다시 괜찮아졌다.

힐다도 잠시 몸을 휘청했다. 힐다는 깃발을 향해서 뛰어오르다 말고 주춤하더니, 다시금 높이 도약했다.

"위험해."

이탄은 순간적으로 힐다의 옆에 나타났다. 이탄이 힐다의 목을 잡아 뒤로 끌어당기는 것과 동시에 깃발로부터 무지막지한 중력이 발휘되었다.

이 중력은 동차원이 감히 감당하지 못할 만큼 무거웠다.

이 정도의 중력에 노출되었다가는 동차원의 모든 건물이 마구잡이로 뜯어져 삼각 깃발로 빨려 들어갈 듯했다. 길거리를 돌아다니던 사람들도 당연히 중력을 벗어나지 못하고 삼각 깃발에 끌려갈 터였다.

그 엄청난 인력 앞에서는 술법사들도 예외일 수 없었다. 완급이나 만급 수도자는 물론이고 선급의 선인들도 버티기 불가능했다.

'삼각 깃발에서 튀어나온 문자는 동차원 전체를 집어삼키고도 남을 무게를 가지고 있어. 이건 마치 온 우주를 집어삼키는 블랙홀과 같다고.'

이탄의 판단이 정확했다.

당장 주변의 모든 빛이 문자 속으로 빨려들어 갔다. 주변 공간이 일그러지면서 흙이 후두둑 일어났다. 커다란 술탑 전체가 문자를 향해서 기우뚱 기울었다.

심지어 이탄마저 문자를 향해서 주르륵 딸려갔다.

"젠장!"

이탄은 권능을 잔뜩 끌어올려 문자로부터 발생하는 중력을 틀어막았다.

이탄이 외면하는 순간, 이 자리에 있는 모든 이들의 운명은 끝장이었다. 심지어 마르쿠제나 비앙카마저 저 문자 속으로 끌려들어 가 하나의 작은 점으로 욱여넣어질 게 뻔했다.

아니, 그건 시작에 불과했다. 술탑에 이어서 랑무 대산맥 전체가 문자 속으로 끌려들어 갈 테고, 그 다음엔 북명과 남명이 차례로 흡수될 터.

그 증거로 이 일대의 시간과 공간이 일그러지기 시작했다.

무릇 감당할 수 없이 큰 중력은 시간과 공간에 왜곡을 일으키게 마련 아니던가.

이탄은 무한시의 권능을 일으켜서 일그러진 시간을 폈다. 이탄은 무한공의 권능도 함께 사용하여 공간이 구겨지는 것을 막았다.

그렇게 이탄과 문자가 팽팽하게 맞서는 가운데, 평행차원이 살짝 열렸다.

과거 이탄이 부정 차원에서 여섯 눈의 존재와 부딪칠 당시에도 이런 현상이 벌어졌었다. 최근 이탄이 언노운 월드에서 인과율의 여신과 싸울 당시에도 임시적으로 평행차원이 만들어졌더랬다.

시간과 공간을 뒤틀어버리는 신격 존재, 혹은 마격 존재가 충돌하다 보니 자연스럽게 평행차원이 생겨날 수밖에 없는 것이다.

뚝.

일순간, 동차원 전체의 시간이 멈췄다.

마르쿠제 술탑을 에워싼 이탄의 부하들과, 그에 맞서서 전의를 다지던 술탑의 술법사들은 모두 멈춰선 시간 속에서 조각상처럼 굳었다.

그렇게 모든 사물이 멈춘 가운데 이탄은 한 걸음을 내디뎌 우주로 나아갔다.

삼각 깃발에서 튀어나온 문자도 이탄을 따라서 우주로 튀어나왔다.

Chapter 3

“몇 번을 겪었던 현상이라 이제는 놀랍지도 않네. 이번에는 또 어떤 신격 존재가 등장하려나? 나와라.”

이탄은 여유롭게 뒷짐을 지고 상대를 불렀다.

이탄이 목을 좌로 한 번 우로 한 번 꺾었다.

예전에 이탄이 반지와 부딪쳤을 때는 파동으로 이루어진 괴상한 존재(인과율의 여신)이 등장했다.

‘이번에 삼각 깃발 속에서는 뭐가 튀어나오려나?’

이탄이 흥미진진하게, 그러면서도 긴장을 한 채 지켜보았다.

그러는 가운데 坤(곤)이라는 문자는 물거품처럼 우주에 녹아들었다. 대신 우주가 통째로 들고 일어나 희끄무레한 형체를 갖추었다.

“오냐. 너는 또 누구냐?”

이탄이 으르렁거렸다. 이탄은 상대가 모습을 완전히 드러내기도 전에 전투태세부터 갖추었다.

이탄의 뇌에서 썰물처럼 빠져나간 음차원의 법력이 이탄의 몸을 1,000개로 분열시켰다. 1,000명의 이탄이 하나로 힘을 합쳐 음양종의 거신강림대진을 만들었다.

콰콰쾅!

우주에 벼락이 쳤다. 고대에 활약했던 거신이 강림했다.

이탄은 거신이 된 상태에서 백팔수라 제 6식 수라천세(修羅千歲)를 발동했다.

이 수라천세는 정상적인 법력이 아닌 어둠의 법력으로 구현한 수라천세였다. 당연히 정상적 수라가 아닌 악귀수라가 등장했다.

거신과 하나가 된 악귀수라는 헤아릴 수 없이 많은 손을 뻗어 우주 저편을 공격했다. 이 손 하나하나마다 회색 태양이 이글이글 떠올랐다.

화륵! 화륵! 화륵! 화르륵!

5,000개나 되는 회색 태양은 만자비문의 힘을 오롯이 품고 있었다. 이 하나하나의 태양마다 부정 차원을 지배하는 인과율의 권능이 농축되어 있다는 뜻이었다.

이건 시작에 불과했다. 거대한 악귀수라가 포효하는 순간, 이탄의 몸에서 빠져나온 시뻘건 기운이 우주 저편을 향해 돌진했다.

시뻘건 기운이 곧 적양갑주였다.

이탄이 망령목에 매달리기 전, 기적적으로 손에 넣은 이 권능은 이내 거대한 뱀이 되어 우주로 짓쳐나갔다.

뱀은 뱀이되 발과 발톱도 존재했다. 머리에는 왕관처럼 뿔도 돋았다. 그러니 이건 뱀이 아니라 용에 가까웠다.

쿠콰콰콰콰—.

뱀의 몸통에 무수히 돋은 발톱이 회색 태양을 여의주처럼 붙잡고는 신격 존재에게 달려들었다.

[허어, 저건!]

우주 저편에 뭉쳐 있는 희끄무레한 덩어리, 즉 신격 존재가 무언가를 말할 듯 뇌파를 달싹거렸다.

하지만 신격 존재는 끝내 뇌파를 잇지 않았다. 대신 신격 존재로부터 상상을 초월하는 중력이 발동했다.

순간 우주 저편이 시커멓게 물들었다.

과거 이탄과 싸웠던 여섯 눈의 존재는 온몸이 암흑물질로 구성되어 있기에 검은색을 띨 수밖에 없었다.

지금 이탄 앞에 등장한 신격 존재는 여섯 눈의 존재와는 달랐다. 원래 이 신은 희끄무레한 덩어리 형태인데, 가공할 중력을 발동하는 순간 주변의 모든 빛이 빨려온 탓에 검게 보일 뿐이었다.

그 모습이 마치 우주 저 멀리 거대한 블랙홀이 나타난 듯했다.

쿠콰콰콰콰.

우주에 머물던 모든 행성과 항성들이 중력을 견디지 못하고 블랙홀 속으로 빨려들어 갔다.

와르르르르.

우주에 아름답게 펼쳐져 있던 은하도 블랙홀을 향해서 미친 듯이 밀려갔다.

마치 온 우주가 블랙홀을 향해서 함몰되는 듯한 광경이 연출되었다.

이탄이 적양갑주의 권능으로 만들어낸 거대 붉은 뱀도 블랙홀의 영향으로부터 자유롭지는 못했다. 신격 존재를 향해서 돌격하던 거대 붉은 뱀은 한층 더 속도가 빨라졌다. 붉은 뱀이 진격하는 속도에 중력이 잡아당기는 힘까지 더해진 탓이었다.

속도가 조절되지 않자 붉은 뱀이 몸을 거칠게 꿈틀거렸다.

쿠쿵! 쿠쿵! 쿠쿵!

회색 태양들이 마구 날아가 폭발했다. 그 즉시 부정 차원의 인과율이 위력을 발휘했다. 거대 붉은 뱀은 인과율의 폭발을 이용해서 블랙홀이 잡아당기는 힘에 저항하려 시도했다.

쉽지 않았다.

이곳은 그릇된 차원이 아니기에 부정 차원의 인과율은

제 힘을 100퍼센트 내지 못했다.

"결국 언령을 써야 하나?"

이탄이 얼굴을 찌푸렸다.

이탄은 신의 권능을 여러 개 가지고 있지만, 그 권능들을 마음껏 휘두를 수 있는 상황은 못 되었다.

부정 차원에서는 이탄이 만자비문을 사용할 때마다 여섯 눈의 존재가 나타나 이탄과 치고받고 싸웠다.

꼭 여섯 눈의 존재가 아니더라도 이탄은 '부정 차원에서 만자비문의 뜻과 힘을 함부로 드러내면 안 된다.'는 예감을 느꼈다.

마치 여섯 눈의 존재 말고도 만자비문의 힘을 탐내는 또 다른 마격 존재가 있을 것 같은 예감이었다.

반면 정상 세계에서는 이 걱정은 없었다. 설령 이탄이 정상 세계에서 만자비문을 마음껏 사용하더라도 여섯 눈의 존재는 등장하지 않을 것이다. 실제로 이탄은 찝찝한 기분 없이 마음껏 만자비문을 사용했다.

반대로 이탄은 가능한 언령을 자제했다.

얼마 전 이탄이 아울 검탑 전투에서 인과율의 여신과 싸우게 된 것도 모두 언령 때문이 아니던가.

Chapter 4

'내가 언령을 사용하면 그 괴상한 여신이 또 나타날지도 몰라. 전에는 내가 그 여신을 간신히 이겼다만, 지금 2대 1로 싸우게 되면 나는 끝장이야.'

이탄은 이런 우려 때문에 언령을 마음껏 활용하지 못했다. 대신 이탄이 차선책으로 선택한 것이 바로 신급 술법이었다.

'어디 한번 해보자.'

이탄이 의지를 일으켰다. 거대한 악귀수라가 여러 개의 손을 전면으로 뻗었다.

후웅!

그 즉시 우주 저편에 거대한 빛의 기둥이 내리 찍혔다.

빛의 기둥이 비추는 범위 안에서 기이한 힘이 작용했다. 이것은 주변의 모든 것을 멈추는 힘이었다.

천주부동 작렬!

하늘의 기둥이 강림한 범위 안에선 아무것도 움직이지 못한다. 날아오던 화살도 멈추고, 바람도 멈추고, 번개마저 허공에 박제된 것처럼 굳어버리는 것이 바로 천주부동의 효과였다.

심지어 이탄의 천주부동은 우주 끝에서 발생한 가공할 중력마저 멈춰버렸다.

덕분에 브레이크 없이 블랙홀로 빨려가던 거대 붉은 뱀이 드디어 멈춰 섰다.

희끄무레한 신격 존재가 펄쩍 뛰었다.

[천주부동이라니. 아니 어떻게 권의 술법을 네가?]

신격 존재가 무의식 중에 내뱉은 독백이 이탄의 뇌리에 전달되었다.

이번에는 이탄이 흠칫했다.

'응? 천주부동을 알아? 게다가 권의 술법이라고?'

갑자기 이탄의 심장이 쿵쿵 뛰었다.

'저 희끄무레한 신이 천주부동을 안다고? 그렇다면 그는 광목오음이나 적양갑주도 알아볼까? 조금 전 내가 적양갑주와 만자비문을 드러내었을 때 왠지 저놈이 반응을 보였던 것 같기도 하고.'

이탄의 생각은 길게 이어지지 않았다. 거대 붉은 뱀이 우주 저편의 블랙홀을 향해서 본격적인 공격을 퍼부은 탓이었다.

행성이 터지는 듯한 소음이 마구 울렸다. 우주 저편에서 성운이 쾅! 쾅! 폭발했다. 태초에나 있었을 법한 빅뱅이 다시 도래하는 듯도 싶었다.

신격 존재도 붉은 뱀에서 쉽게 밀리지 않았다. 상대는 붉은 뱀을 향해서 대응 공격을 퍼부었다.

거대 붉은 뱀의 주변으로 새로운 블랙홀이 2개나 추가되었다.

세상 그 어떤 물질보다도 단단한 붉은 뱀이다. 그런 붉은 뱀이 블랙홀의 가공할 중력에 의해 금방이라도 몸이 찢어질 것처럼 흔들렸다.

회색 태양 수천 개가 이글이글 타오르면서 공간을 일그러뜨리고 시간을 조종해도 이 엄청난 중력을 100퍼센트 막아내기란 어려웠다.

결국 이탄은 천주부동을 한 번 더 사용했다.

후옹!

블랙홀 위로 천주부동이 떨어졌다. 중력이 잠시 멈칫했다.

거대 붉은 뱀은 다시금 힘을 되찾고는 우주 저편을 향해서 강력한 공격을 퍼부었다. 온 우주를 한 바퀴 휘감을 듯한 거대 붉은 뱀과, 온 우주를 집어삼킬 듯 인력을 발휘하는 블랙홀의 힘겨루기는 그야말로 어마어마했다.

충돌의 여파에 휘말려 무수히 많은 행성들이 터져나갔다. 차원 전체가 붕괴할 듯이 뒤흔들렸다.

이탄은 적양갑주와 만지비문 5,000개, 그리고 천주부동까지 총동원하고도 정체불명의 신을 거꾸러뜨리지 못했다.

정체불명의 신도 블랙홀만으로는 이탄을 제거할 수 없었다.

그렇게 대치 상태가 팽팽하게 이어지자 이탄은 다시 한 번 고민에 빠졌다.

'결국 상대를 제압하려면 언령을 써야 하나? 물론 광목 오음이나 팔곡도 쓸 만하지만, 지금은 아몬의 토템이 수리가 끝나지 않아 그 악보들을 연주하기 불가능하잖아. 아니면 아조브라도 동원해 봐?'

아조브는 차원의 벽을 베고 새로운 차원을 열어주는 놀라운 법보였다. 다만 이탄이 아조브를 전투에 활용하기에는 아직 효능이 애매모호했다.

그렇게 이탄이 망설일 때였다. 이탄의 등 뒤에서 갑자기 블랙홀이 열렸다.

쭈와와아악—.

가공할 흡입력이 이탄의 악귀수라를 잡아끌었다.

순간적으로 악귀수라가 휘청거렸다. 악귀수라의 팔다리 가운데 일부는 블랙홀의 방향으로 확 꺾였다. 악귀수라의 팔다리에서 우두둑하고 뼈 으스러지는 소리가 울렸다.

쭈쭝!

이탄은 반사적으로 눈에서 노란 광선을 내뿜었다. 고대 악마사원의 삼대 무기 가운데 하나인 나라카의 눈이 발동한 것이다.

이탄은 노란 광선으로 블랙홀을 가격한 다음, 그 반동으로 중력장에서 탈출했다.

이탄이 멀리 벗어나기도 전에 더 강한 인력이 발생하여 악귀수라를 블랙홀로 잡아당겼다.

"이이익."

이탄은 어금니를 꽉 물었다.

여기서 버텨봤자 기운만 빠질 뿐이었다. 이 지독한 중력으로부터 벗어날 길은 없었다.

그렇다면 방법은 하나뿐.

백팔수라 제2식 수라군림(修羅君臨) 발동!

"우아아악—."

이탄은 자폭이라도 하려는 듯이 블랙홀 속으로 오히려 뛰어들었다.

〈다음 권에 계속〉

DREAMBOOKS★

DREAMBOOKS★

DREAMBOOKS★

DREAMBOOKS★